KB138738

크로스 파이어

유혹 ❶

A Crossfire Novel
Bared to You

실비아 데이 지음 | 정미나 옮김

크로스 파이어

유혹 1

19.0

데이비드 알렌 굿윈 박사에게 이 책을 바치며

무한한 사랑과 감사를 전한다.

고마워요, 데이브. 당신은 내 삶의 구원자예요.

감사의 말

편집자 신디 황에게 깊은 감사와 존경의 마음을 전한다. 그녀는 이 야기가 내 손을 떠나 책으로 출판되기까지 여러모로 애써주었다. 이 이야기를 탐내며 기어코 얻어내기 위해 그녀가 보여준 열정과 노력은 감동적이기까지 했다. 신디, 정말 고마워요!

대단한 열정과 추진력을 보여준 내 에이전트, 킴벌리 왈렌에 대한 마음은 말로 다할 수도 없을 지경이다. 그녀는 몇 번씩이나 내 기대를 넘어서는 일솜씨를 보여주었다. 내가 흡족한 마음으로 선뜻 '그대로 진행해주세요'라는 말을 하지 않을 수 없었을 만큼. 킴, 나에게 필요한 것을 정확히 짚어내며 일을 추진해줘서 고마워요!

신디와 킴의 뒤에서 열정적인 지지를 해준 버클리Berkley 및 트라이 던트 미디어 그룹Trident Media Group의 담당 팀원들에게도 감사 인사를 전하고 싶다. 이 크로스파이어 시리즈에 대해 팀원들이 보내준 지원과 열의는 놀라울 정도였다. 그 점에 대해 매우 감사할 뿐만 아니라 정말로 복 받은 기분이 든다.

편집자 힐러리 사레스에게도 더없이 고맙다. 그녀는 내 글을 꼼꼼히 살피고 내가 더 잘 쓰도록 격려해주었다. 나를 채찍질하며 사정을 봐주지도, 사소한 세부 묘사를 대충 넘어가게 내버려두지도 않았다. 더 열심히 글을 쓰도록 자극해준 그녀 덕분에 훨씬 더 좋은 책이 나올 수 있었다. 힐러리, 당신이 아니었다면 지금의 이 책은 불가능했을 거예요. 정말 고마워요!

뛰어난 실력의 원고 교열자 마사 트라첸버그와 본문 편집디자이너 빅토리아 콜로타에게도 감사를 전한다.

《크로스파이어 유혹》 원고 절반을 읽고 나서 정말 마음에 든다고 말하며 힘을 주었던 테라 클라인펠터에 대한 감사 인사도 빼놓을 수 없다. 고마워요, 테라! 동료작가 E.L. 제임스에게도 감사한 마음이다. 제임스는 독자의 마음을 사로잡으며 더 읽고 싶어 안달 나도록 흥미진진한 이야기를 써냈다. 제임스, 당신의 이야기는 정말 끝내줬어요!

카티 브라운, 제인 리테, 앤젤라 제임스, 칼리 필립스, 마리즈 블랙, 엘리자베스 무라치, 칼라 파크스, 기테 도허티, 제니 애스피널……. 열거하자면 매우 많지만, 이 책을 다른 사람들과 같이 읽으며 감동적인 평을 해준 분들께 꼭 감사 인사를 보내고 싶다! 이 자리에 이름을 미처 못 넣었더라도 내 마음속에 소중히 간직되어 있음을 믿어주길 바라며, 그 모든 분들에게 정말 감사드린다.

소녀 시절을 크로스 크릭Cross Creek에서 지냈던 모든 이들에게도 감사하며 모두의 꿈이 이루어졌길 바란다. 여러분에겐 그럴 자격이 있으므로.

1

"어디 가서 축하주라도 한잔해야지 안 되겠는데."

룸메이트가 야단을 떨었지만 나로선 새삼스러울 것도 없었다. 아무리 작고 사소한 일이라도 축하할 거리를 찾아내지 않으면 캐리 테일러가 아니었으니까. 그의 그런 면이 언제나 나에겐 매력으로 다가왔다.

"첫 출근을 앞두고 밤에 술을 마시다니, 그건 안 되지."

"그러지 말고 가자, 에바."

캐리가 이삿짐 상자 여섯 개가 널브러져 있는 새집의 거실 바닥에 주저앉으며 사람 마음을 녹일 듯한 멋진 미소를 지어 보였다. 이사하고 짐을 푼 지 며칠이 지났는데도 그를 보면 여전히 황홀했다. 군살 없는 늘씬한 체격, 짙은 색 머리, 초록색 눈. 캐리는 언제 봐도 흠잡을 데 없이 매우 멋진 남자였다. 그가 나의 가장 소중한 친구로 이렇게 가까운 사이가 되지 않았다면 정말 원통했을 뻔했다.

“진탕 마시자는 게 아니야. 가볍게 와인 한두 잔 하자고. 잠깐 기분 좀 내고 8시쯤 들어오면 되잖아.”

“내가 좀 늦을지도 몰라서 그래.”

나는 요가팬츠와 몸에 착 달라붙는 탱크톱을 가리키며 말을 이었다.

“회사까지 걸어서 얼마나 걸리는지 재본 다음에 헬스클럽에 갈 거거든.”

“빨리 걸어갔다가 운동도 후딱 끝내고 오면 되잖아.”

눈썹을 완벽한 활 모양으로 추켜올리는 캐리를 보다가 나는 그만 웃음을 머금고 말았다. 언젠가 전 세계의 광고판과 패션잡지에 오르고도 남을 만한 백만 불짜리 얼굴이었다. 어떤 표정을 지어도 상대의 마음을 사로잡고 마는 남자.

“내일 퇴근 후에는 어때?”

내가 말을 돌렸다.

“내가 하루를 잘 버티고 오면 그것도 축하할 일이잖아.”

“좋아. 그럼 난 새 주방에 가서 저녁 준비나 해야겠다.”

“어……, 좋은 생각이야.”

캐리는 요리하는 걸 즐기긴 했지만 그다지 소질은 없었다. 그가 흘러내린 머리카락을 입으로 훅 불며 씩 웃어 보였다.

“이 집 주방은 웬만한 레스토랑이라면 다들 군침 흘릴 만큼 근사하다니까. 이런 주방에서라면 요리를 망치기도 어려울걸.”

나는 못 미더웠지만 요리 얘기라면 아예 안 꺼내는 게 낫겠다 싶어서 손을 흔들며 밖으로 나왔다. 엘리베이터를 타고 1층 로비로 내려오자 도어맨이 호들갑스럽게 문을 열어주었고, 나는 미소로 화답했다.

건물 밖으로 발을 내딛는 순간, 사방에서 밀려드는 흥미로운 냄새와 소리들이 이곳이 맨해튼임을 말해주고 있었다. 고향 샌디에이고에서 국토를 횡단해온 차원이 아니라 아예 다른 세상에 온 기분이었다. 같은 대도시인데도 한 곳은 사시사철 온화한 기후가 이어지고 관능적이도록 나른한데, 또 다른 한 곳은 활기와 열광적인 에너지로 넘치고 있으니 그럴 만도 했다.

원래 나의 꿈은 브루클린의 엘리베이터도 없는 오래된 아파트에서 지내는 것이었다. 하지만 말 잘 듣는 착한 딸 노릇을 하느라 할 수 없이 브루클린 대신에 어퍼 웨스트 사이드에 집을 얻게 되었다. 캐리가 룸메이트로 함께 지내게 되었으니 망정이지 안 그랬으면 월세가 어지간한 사람들의 1년 치 수입보다 비싼 휑한 아파트에서 외로움에 고달파했을지도 모른다.

도어맨이 나에게 고개를 숙여 보이며 말을 붙였다.

"안녕하세요, 트라멜 양. 택시를 불러드릴까요?"

"아니, 괜찮아요 폴. 좀 걸으려고요."

나는 운동화의 둥그런 뒤축에 체중을 팍 실으면서 말했다. 그가 싱긋 웃었다.

"오후 이 시간쯤 되면 날이 선선해지죠. 걸으실 만할 겁니다."

"푹푹 찌기 전에 6월의 날씨를 즐겨야 한다고 들었거든요."

"정말 맞는 얘기입니다, 트라멜 양."

현관의 유리 차양은 건물의 나이나 입주자들의 분위기에 걸맞게 현대적이었다. 차양 밖으로 나와 가로수가 늘어선 거리를 걸어보니 동네 주변은 비교적 조용했다. 그런 조용함을 즐기며 걷다보니 어느새 차량의 물결로 북적거리는 브로드웨이가 나타났다. 시간이 좀 지나면 언젠가는 나도 그 속에 자연스럽게 섞이게 될 테지만, 아직 나는 사이비 뉴요커나 다름없었다. 뉴욕에 번듯한 집과 직장을 갖고 있으면서도 아직까지 지하철이 내키지 않고 택시를 잡는 데도 애를 먹고 있으니 말이다. 걸으면서 눈을 휘둥그레 뜨고 두리번대지 않으려 애썼지만 생각처럼 잘 되지 않았다. 구경할 것도, 익혀둘 것도 너무 많은 맨해튼이었다.

주변에서 느껴지는 인상들이 내겐 어리벙벙할 따름이었다. 자동차 배기가스 냄새와 노점상의 음식 냄새가 한데 뒤엉켜 풍겨오는가 하면, 호객하는 노점상의 고함과 길거리 공연가들의 음악 소리가 뒤섞여 들려왔다. 신기할 정도로 다양한 얼굴과 스타일과 억양들, 감탄이 터지는 멋진 건물들……. 그리고 그 많은 차들이라니! 세상에나, 도로를 꽉 메운 그런 혼잡한 차량의 물결은 생전 처음 보는 광경이었다. 앰뷸런스나 순찰차, 아니면 소방차가 귀청이 떨어질 듯한 사이렌을 울려대며 쉴 새 없이 노란 택시의 물결을 헤치고 지나다녔다. 덜거덕

거리며 좁은 일방통행로를 빠져나가는 쓰레기차도, 배달시간에 쫓겨 꼬리에 꼬리를 문 차량들 사이로 배짱 좋게 밀어붙이는 택배 기사들도, 마냥 신기했다.

진짜배기 뉴요커들은 그 속에서도 태연히 제 갈 길을 가곤 했다. 말하자면 뉴욕을 대하는 뉴요커들의 태도에는 즐겨 신는 신발을 신은 듯한 편안함과 익숙함이 배어 있었다. 그 누구도 길가의 패인 구멍과 통풍구에서 피어오르는 증기를 낭만적 감상에 젖어 구경하지도 않았고, 우르릉거리며 지하철이 지나갈 때 발밑의 바닥이 진동해도 눈 하나 깜짝하지 않는데, 나만 바보처럼 헤벌쭉 웃으며 발가락을 오그렸다.

나에게 뉴욕은 새로 시작하는 연애 같았다. 나는 꿈에 젖은 듯 들떠 있었고 그런 티를 감추기는커녕 팍팍 풍겨댔다. 그 바람에 나는 앞으로 일하게 될 건물로 걸음을 옮기는 내내 침착함을 잃지 않기 위해 무진 애를 써야 했다.

그래도 일에 관한 한, 나는 내 뜻을 이루었다. 나는 내 장점을 살려서 부끄럽지 않게 돈을 벌고 싶었고, 당연히 말단 직원부터 시작해야 했다. 그렇게 나는 미국 굴지의 광고대행사인 '워터스 필드 앤 리먼'에서 마크 개리티라는 사람의 보조로 일하게 되었다. 금융업계의 거물인 새아버지 리처드 스탠튼은 나의 그런 결정을 매우 못마땅해했다. 자존심을 조금만 굽히면 자기 친구 밑에서 편하게 일할 수 있을 텐데 말을 듣지 않는다면서.

"너나 네 아버지나 그놈의 고집은 못 말리겠구나. 네 아버지도 경찰 월급으로 네 학자금 대출을 갚으려면 평생이 걸린다는데도 그렇게 말을 안 듣더니만."

사실 학자금 문제로 아빠가 고집을 꺾지 않아서 크게 다툼이 벌어진 적이 있었다. 다른 남자에게 딸의 학비를 대게 할 수는 없다며 아빠 빅터 레이스는 새아버지의 제안을 막무가내로 거절했다. 나는 아빠의 뜻을 존중했다. 한 번도 인정한 적은 없지만 새아버지 역시 그랬던 것 같았다. 나로선 두 분의 입장을 다 받아들일 수밖에 없었다. 내 힘으로 대출금을 갚으려고도 해봤지만, 결국엔 두 손 들고 말았으니 말이다. 아빠에게 그것은 자존심의 문제였다. 아빠로 말하자면, 엄마의 거절로 결혼까지 이르지는 못했지만 나에게만은 아버지로서의 책임을 다하겠다는 결심이 요지부동인 분이었다.

어쨌거나 그런 심란한 과거지사를 떠올려봐야 짜증만 날 뿐이었다. 나는 빨리 회사까지 걸어가는 일에만 마음을 집중했다. 30분이 채 못 되어 워터스 필드 앤 리먼이 입주해 있는 크로스파이어 빌딩에 도착했다. 일부러 월요일의 혼잡한 시간대를 골라 시간을 잰 것치고, 그 정도면 만족스러웠다.

고개를 뒤로 젖혀 크로스파이어 빌딩을 쭉 훑어 올라가다 보니 가느다란 띠 모양을 이룬 구름까지 보였다. 그야말로 위용이 대단한 건물이었다. 사파이어로 빚은 듯 반짝반짝 빛나는 뾰족탑 형태의 건물이 매끄럽게 뻗어 올라 구름을 뚫고 솟아 있는 그 광경이란. 그리고 구리 장식 테두리의 회전문을 밀고 들어가면 그 안의 인테리어도 건물의 외관 못지않게 감탄스럽다는 것을 나는 잊지 않고 있었다. 면접을 보러 왔을 때 봤던 황금 줄무늬의 대리석 바닥과 벽, 고급 알루미늄 소재의 보안 데스크, 직원 전용 게이트 등 인상적인 모습이 벌써 머릿속에 그려졌다.

나는 요가팬츠 주머니에서 새로 받은 ID 카드를 꺼내 검은색 정장 차림을 하고 있는 경비 두 명에게 내보였다. 경비들은 의심스러운 눈빛으로 나를 멈춰 세웠다. 하긴 내 옷차림이 심하리만큼 격에 맞지 않았으니 그럴 만도 했겠지만, 어쨌거나 잠시 뒤에 그대로 통과시켜주었다. 이제 엘리베이터를 타고 20층까지 올라가면 집에서 사무실까지의 총 소요 시간은 계산 끝. 목표 달성이 코앞이었다.

내가 막 엘리베이터 쪽으로 걸음을 옮기려는데 난데없는 소동이 벌어졌다. 날씬한 몸매에 짙은 색 머리를 한껏 멋 부린 어떤 여자가 게이트를 지나다 가방이 끼어 뒤집히는 통에 안에 있던 동전이 우르르 쏟아지고 만 것이다. 대리석 바닥으로 동전들이 굴러다니며 난리인데도 사람들은 못 본 척 외면하고 지나칠 뿐이었다. 나는 보다 못해 딱해서 얼굴을 찡그리고는 몸을 구부려 여자와 같이 동전을 줍기 시작했다. 어디선가 경비 한 명도 와서 우리를 도와주었다.

"고마워요."

여자가 어쩔 줄 몰라 쩔쩔매는 와중에도 얼른 미소를 띠며 말했다.

"고맙긴요. 저도 이런 적 있어서 그 기분 잘 알아요."

내가 쭈그려 앉으며 5센트 동전 하나를 집으려 하던 그때였다. 고급스러운 옥스퍼드 신사화와 그 위를 덮은 검은색의 정장바지가 눈앞에 턱 나타났다. 나는 남자가 비켜주기를 잠시 기다렸지만 그럴 기미가 없기에 왜 그런가 싶어 고개를 들고 쳐다봤다. 조끼까지 갖춰 입은 스리피스 맞춤 정장이 눈길을 확 사로잡았다. 그 옷이 감싸고 있는 훤칠한 키에 탄탄하면서도 날씬한 몸을 훑어볼 때는 설렘마저 일었다. 남성적 매력을 물씬 드러내는 몸이었다. 그러다 남자의 얼굴에 시선이 멈추는 그 순간, 나는 완전히 넋을 잃고 말았다.

와우.

그저 와우, 이 한마디밖에 생각나지 않았다.

남자가 품위 있게 몸을 숙이더니 바로 내 앞에 무릎을 굽혀 앉았다. 남성적 매력이 넘쳐흐르는 그 모습을 바로 눈앞에서 보며 얼이 빠진 나는 정신을 못 차리고 그저 멍하니 쳐다만 봤다.

바로 그때, 그 남자와 나 사이에 미묘한 공기가 일었다.

그가 나를 빤히 쳐다보더니 방패막이 스르륵 걷히듯 눈빛이 바뀌었고 숨이 턱 막히도록 뜨거운 기운이 느껴졌다. 끌어당기는 듯한 그 힘이 손에 잡힐 듯 점점 강렬해졌다.

나는 나도 모르게 본능적으로 뒤로 물러나다 그만 엉덩방아를 찧으며 벌러덩 자빠졌다. 대리석 바닥에 팔꿈치를 세게 찧어 욱신거렸지만 아프거나 말거나 신경 쓸 정신이 아니었다. 나는 눈앞에서 나를 응시하는 남자의 시선에 완전히 사로잡혀 버렸다. 숨 막힐 듯 잘생긴 얼굴을 감싼 새까만 머리카락, 어느 조각가라도 기뻐서 눈물을 흘릴 만한 환상적인 골격, 단단함이 느껴지는 입매, 칼날 같은 콧날, 짙푸른 눈. 정말 끝내주게 멋진 남자였다. 살짝 실눈을 뜬 푸른 눈에서는 아무 표정도 읽을 수 없었다.

와이셔츠도 양복도 검은색이었지만 넥타이는 그 근사한 푸른 눈동자와 완벽한 조화를 이루고 있었다. 날카롭고 예리한 그 눈이 나를 뚫어질 듯 응시했다. 나는 심장박동이 빨라지면서 숨이 차 입술이 벌어졌다. 그는 체취마저도 환상적이었다. 향수는 아니고 바디워시인 듯했다. 아니면 샴푸 향이거나. 아무튼 무슨 향인지 몰라도 그 사람 자체만큼이나 기막히게 매력적이었다.

그가 나에게 손을 내밀었고 그때 소맷자락 아래로 오닉스 커프스단추와 명품으로 보이는 시계가 드러났다.

나는 떨리는 숨을 들이마시며 그의 손을 잡았다. 그가 잡은 손에 힘을 꽉 줄 때는 심장이 터질 것 같았다. 살이 맞닿는 순간, 찌릿찌릿한 느낌이 팔을 타고 올라오며 목덜미의 털까지 일어났다. 그는 당당한 인상을 풍기며 날카롭게 뻗은 눈썹 사이를 찡그리면서 잠시 꼼짝하지 않고 그대로 있었다.

"괜찮으세요?"

교양이 느껴지는 부드러운 음성이었다. 마음을 사르르 떨리게 만드는 허스키함까지 섞인 그런 음성. 섹스를, 그것도 환상적인 섹스를 연상시키는 목소리. 그와 오래 이야기를 나누는 것만으로도 오르가슴을 느낄 수 있을 것 같다는 생각마저 스쳤다.

나는 바짝바짝 탄 입술을 한 번 핥고 나서 대답했다.

"괜찮아요."

그가 절도 있는 동작으로 일어서더니 나를 일으켜주었다. 내가 시선을 돌리지 못해서 우리의 시선은 계속 엉켰다. 찬찬히 보니 그는 첫눈에 짐작했던 것보다 더 젊었다. 어림잡아 아직 서른 살이 안 된 듯했는데 날카롭고 예리한 눈빛만큼은 나이에 비해 훨씬 성숙해 보였다.

나는 그에게 끌렸다. 허리에 밧줄이 묶여서 그에게 천천히, 거침없이 끌어당겨 지는 것처럼 그렇게.

나는 눈을 깜빡이며 반쯤 얼빠진 정신을 가다듬었고, 그의 손을 천천히 놓았다. 그는 그냥 잘생긴 남자가 아니었다. 뭐랄까……, 온몸과 마음을 사로잡았다. 와이셔츠를 잡아 뜯듯 벗기며 후두두 떨어지는 단추들과 함께 자제심도 다 던져버리고 싶어질 만큼, 여자의 마음을 흔드는 그런 남자. 나는 명품 슈트를 휘감은 세련되고 도시적인 그를 바라보며 원색적이고 원초적이고 격정적인 섹스를 상상해버렸다.

그가 몸을 숙이더니 떨어뜨린 줄도 모르고 있던 내 ID 카드를 주웠다. 그 사이에 그의 도발적인 시선으로부터 해방된 나는 겨우 제정신을 차렸다.

나 자신에게 화가 났다. 그는 더할 수 없이 태연하기만 한데 나 혼자 감정을 주체 못해 이렇게 쩔쩔매다니. 내가 왜?

대답은 하나뿐이었다. 내가 그에게 반했으니까.

내 앞에서 거의 무릎까지 구부리며 자세를 낮추고 있던 그가 나를 올려다봤다. 그런 그의 모습에 다시 내 평정심은 무너졌다. 그가 나와 계속 눈을 맞추며 일어섰다.

"정말 괜찮으세요? 어디에 가서 좀 앉으셔야 하는 건 아닌지……"

나는 얼굴이 화끈 달아올랐다. 지금까지 만나 온 남자들 가운데 자신감과 품위가 가장 넘치는 남자 앞에서 어설프고 꼴사나운 모습을 보이고 있었다.

"중심을 잃고 넘어진 것뿐이에요. 괜찮아요."

나는 시선을 돌려 동전을 쏟았던 여자를 쳐다봤다. 그녀는 도와준 경비에게 감사 인사를 한 뒤에 돌아서서 나에게 다가오더니 과하다 싶게 사과했다. 나는 그녀를 마주 보며 손안에 그득 주운 동전을 내밀었지만 그녀 역시 어느새 그 매력남에게 시선을 빼앗겨 나란 존재를 완전히 잊고 있었다. 나는 그냥 손을 쭉 뻗어 동전을 그녀의 핸드백 안에 넣어주었다. 그리고 용기 내어 다시 흘끗 남자를 쳐다보았다. 그 짙은 색 머리 여자가 당연히 인사를 받아야 할 내가 아니라 그를 보며 감사의 말을 쏟아내고 있었지만 그의 눈은 나를 향하고 있었다.

나는 그녀가 말하는 중간에 끼어들며 얘기했다.

"제 카드 좀 주시겠어요?"

그가 카드를 건네주었다. 나는 돌려받으며 손이 맞닿지 않으려 애썼지만 그의 손가락이 내 손가락을 스쳤고 또다시 찌릿한 전율이 흘렀다.

"감사해요."

나는 웅얼웅얼 인사를 하고는 그를 비켜지나 회전문을 밀고 거리로 나왔다. 길가로 나온 뒤엔 잠깐 멈춰 서서 공기를 크게 들이마셨다. 이런저런 기분 좋은 냄새와 독한 냄새들이 뒤섞인 뉴욕의 공기가 훅 밀려들었다.

마침 빌딩 앞에 번드르르한 검은색 벤틀리 SUV가 서 있었다. 얼굴이 발그레 물들어 있고 회색빛 눈이 지나치게 반짝반짝 빛나고 있는 내 모습이 그 차의 얼룩 한 점 없는 썬팅 유리에 그대로 비쳤다. 전에도 그런 얼굴을 한 나를 본 적이 있었다. 바로 남자와 잠자리를 갖기 직전 욕실 거울 속에서였다. 마치 '준비 됐어요'라고 말하는 내 특유의 얼굴인 셈이었는데 지금 내가 그런 얼굴을 하고 있다니, 정말 어이가 없었다.

내가 미쳤나봐. 정신 차려.

위압적이고 치명적인 남자, 미스터 다크 앤 데인저러스. 그 매력남과 겨우 5분을 있어놓고는 설레고 들떠서 몸이 한껏 달아 있다니. 아직도 그에게 끌리고 있는 내가 느껴졌다. 그가 있는 안으로 다시 들어가고 싶은, 설명할 수 없는 충동이 일었다. 어차피 크로스파이어 빌딩에 온 목적을 마무리 짓지도 못했잖아? 아니야, 다시 들어갔다간 나중에 자책할 게 뻔해. 이 정도면 하루 동안 할 수 있는 바보짓은 다 했어.

"됐어. 그냥 가자."

나는 혼잣말로 스스로 나무랐다.

그때 경적 소리가 소란스럽게 빵빵 울려댔다. 한 택시가 다른 택시 앞으로 갑자기 끼어들며 아슬아슬 충돌을 피하는가 싶더니 어떤 겁 없는 사람이 신호가 바뀌기 몇 초 전 교차로에 들어서는 바람에 택시가 급브레이크를 밟으면서 난장판이 벌어져 있었다. 곧이어 고성이 터지며 욕설과 삿대질이 마구 오갔다. 그들이 진짜 화나서 그러는 것은 아니었다. 으레 그렇듯 잠시 후 언제 말다툼을 벌였느냐는 듯 모두 흩어졌다.

인파 속에 섞이며 헬스클럽으로 향하는데 웃음이 배시시 비어져 나왔다.

아무튼, 뉴욕은 참 대단한 도시야.

나는 속으로 이렇게 생각하며 다시 마음이 진정되는 것을 느꼈다.

원래는 러닝머신으로 워밍업을 한 다음에 운동기구 몇 가지를 하면서 마무리할 작정이었다. 그런데 킥복싱 초보자 강습이 시작한다기에 한번 배워보고 싶은 마음이 들었다. 강습이 끝나갈 때쯤에 나는 평소의 모습으로 돌아와 있었다. 운동을 하고 났더니 근육도 뻐근하고 적당히 피곤해지기도 해서 잠자리에 들면 바로 곯아떨어질 것 같았다.

"정말 잘하시던데요."

땀으로 범벅된 얼굴을 수건으로 닦고 있을 때, 누군가가 말을 걸었다. 나는 말을 걸어온 젊은 남자를 쳐다봤다. 호리호리하고 늘씬한 근육질의 남자는 멋진 갈색 눈에 잡티 하나 없는 구릿빛 피부를 가지고 있었다. 탐이 날 만큼 풍성하고 긴 속눈썹과는 대조적으로 머리는 빡빡 민 대머리였다.

"감사합니다."

나는 멋쩍어서 한쪽 입을 삐죽 올리며 덧붙여 물었다.

"처음 해보는 거 너무 티 났죠?"

그가 싱긋 웃으며 손을 내밀었다.

"파커 스미스라고 합니다."

"에바 트라멜이에요."

"당신은 타고난 소질이 보여요, 에바. 조금만 훈련받으면 정말 한 실력 하겠어요. 뉴욕 같은 도시에서 호신술을 익히는 건 필수 아닙니까."

그가 벽에 걸린 게시판을 가리켰다. 그러고는 압핀으로 고정된 명함과 전단지들로 도배된 게시판 사이에서 형광색 전단지에 붙은 연락처 꼬리표 하나를 잡아 뜯어 나에게 건넸다.

"이스라엘 특공무술인데, 크라브 마가라고 들어봤어요?"

"네. 제니퍼 로페즈가 나온 영화에서요."

"제가 그 크라브 마가를 가르치고 있는데, 당신을 가르쳐보고 싶어요. 그게 제 웹사이트 주소와 도장 전화번호예요."

나는 그의 접근방식이 마음에 들었다. 그의 시선만큼이나 직설적이었고 미소에서도 가식 같은 것은 느껴지지 않았다. 혹시 하룻밤 상대를 낚으려 작업을 거는 건 아닐까, 하는 의심도 들긴 했지만 그가 워낙 침착하게 굴어서 헷갈렸다.

파커는 팔짱을 턱 끼더니 자신의 알통을 과시했다. 그는 검은색 민소매티에 반바지 차림이었다. 컨버스화는 신기 편할 만큼 적당히 닳아 있었고 발목 위쪽으로 문신이 살짝 보이기도 했다.

"웹사이트에 강습 시간표가 있으니까 보시고 도장에 한번 구경 오세요. 와서 적성에 잘 맞을지 직접 확인해봐요."

"예, 생각해볼게요."

"꼭이에요."

그가 다시 손을 내밀더니 힘차고 자신감 있게 내 손을 꽉 잡으며 한마디를 덧붙였다.

"다시 뵙길 기다리고 있겠습니다."

집으로 돌아오니 온 집 안에 군침 도는 냄새가 진동했다.

서라운드 스피커에서는 아델이 부르는 소울풍의 '체이싱 페이브먼트chasing pavements'가 감미롭게 흘러나오고 있었다. 널찍한 거실의 건너편을 돌아보니 캐리가 음악에 맞춰 몸을 흔들며 레인지 앞에서 뭔가를 젓고 있었다. 조리대 위에는 마개를 딴 와인 병과 와인 잔 두 개가 놓여 있었고 잔 하나에는 벌써 레드와인이 반쯤 채워져 있었다.

"오늘 메뉴는 뭐야? 시간이 좀 더 걸릴 것 같으면 먼저 샤워부터 해도 돼?"

내가 가까이 다가가며 큰 소리로 물었다.

캐리가 능숙하고도 세련된 동작으로 나머지 와인 잔에 와인을 따라서 보조식탁으로 밀어주었다. 캐리를 보고 있으면 누구라도 믿기 힘들 것이다. 그가 어린 시절엔 마약 중독자인 어머니와 위탁가정 사이를 전전했고 좀 더 자라 청소년기엔 소년원과 주립 갱생보호시설을 들락거렸다는 것을.

"미트소스 파스타야. 그리고 다 됐으니까 샤워는 좀 참아주셔. 재미는 있었어?"

"응, 헬스클럽에 간 뒤부터는."

나는 티크재 의자 하나를 당겨 앉았다. 그러고는 킥복싱 강습과 파커 스미스에 대해 얘기해주며 물었다.

"같이 가보지 않을래?"

"크라브 마가 배우러?"

캐리가 고개를 절레절레 내저었다.

"격한 운동이라 안 돼. 여기저기 멍이 들 텐데 그러면 내 밥줄 끊기게? 그래도 확인 차 같이 가주긴 할게. 그 자식이 이상한 놈일지도 모르니까."

파스타 면을 체에 확 붓는 그를 보며 내가 되물었다.

"이상한 놈?"

경찰인 아빠의 가르침 덕분에 나는 남자들의 본심을 꽤 잘 읽는 편이었다. 그 덕에 크로스파이어 빌딩에서의 그 매력남은 괜히 엮였다간 골치 아플 남자인 것을 직감했다. 보통 사람이라면 누군가를 도와줄 때 잠깐의 어색함을 지우기 위해 살짝 미소라도 지어주기 마련인데 그 남잔 그렇지 않았다. 참, 그러고 보니 나도 그 남자에게 미소를 지어주지 않았잖아?

"우리 자기는 말이지, 섹시한 데다 미모까지 받쳐줘서 탈이야. 널 본 남자라면 누구나 데이트 신청을 하고 싶어 안달할걸."

캐리가 싱크대 수납장에서 오목한 접시를 꺼내며 말했다. 나는 그에게 코를 찡끗해 보였다.

그가 접시 하나를 내 앞에 놓았다. 다진 쇠고기와 완두콩이 듬뿍 들어간 토마토소스가 면 위에 좀 모자란 듯싶게 덮여 있었다.

"너 지금 나한테 숨기는 거 있지? 뭐야? 어서 털어놔 봐."

역시 캐리는 눈치가 백 단이었다.

접시 밖으로 삐져나온 스푼 손잡이를 잡은 나는 음식에 대한 평은 건너뛰기로 하고 말문을 열었다.

"오늘 지상에서 최고로 멋진 남자와 마주친 것 같아. 아니, 전 세계 역사상 가장 멋진 남자라고 해야 할까?"

"정말? 난 내가 제일 멋진 남잔 줄 알았는데. 더 얘기해봐."

캐리는 그냥 서서 먹을 셈인지 그 자리에 그대로 선 채로 다 그쳤다. 나는 그가 자신의 그 요상한 요리를 몇 입 먹는 것을 지켜보고 나서야 용기 내어 맛을 봤다.

"사실 할 얘기도 별로 없어. 내가 크로스파이어 빌딩 로비에 엉덩방아를 찧으며 벌러덩 자빠졌고 그 남자가 손을 잡아 일으켜주는 것으로 시시하게 끝났으니까."

"키는 커, 아니면 작아? 머리는 금발이야 짙은 색이야? 체격은? 보기 좋아, 비쩍 말랐어? 눈동자 색은?"

나는 두 입째 맛본 파스타를 와인과 함께 삼켰다.

"키는 크고 머리는 까만색이야. 말랐으면서도 체격이 좋았어. 푸른 눈이었고. 차림새며 스타일로 봐선 더럽게 부자 같더라. 섹시하기는 또 어찌나 섹시하던지. 있지, 어떤 남자들은 잘생겼는데도 후끈 달아오르게 하지 못하고, 또 어떤 남자들은 겉으로 보기에 별 매력은 없는데 여자를 막 흥분시키고 그러잖아. 그런데 이 남자는 잘생겼으면서도 사람을 흥분시키는 매력까지 있더라고."

그 어둡고 치명적인 다크 앤 데인저러스와 살이 닿았을 때처럼 마음속이 사르르 설레왔다. 머릿속에서 숨 막힐 듯한 그 얼굴이 수정처럼 또렷하게 떠올랐다. 인간이 그렇게 황홀하도록 멋져도 되는 거야? 아직도 뇌세포가 다 화끈거려 달아오르고 있는 지경이라니.

캐리가 식탁에 팔꿈치를 괴며 바짝 몸을 숙여왔고 그때 긴 앞머리가 선명한 초록색 눈 한쪽을 덮었다.

"그래서 그 남자가 널 일으켜준 다음엔?"

나는 어깨를 으쓱했다.

"그게 끝이야."

"그게 끝이라고?"

"그냥 밖으로 나왔어."

"뭐? 꼬리도 쳐보지 않고?"

나는 음식을 한 입 더 먹었다. 웬일로 먹을 만했다. 정말 배가 고파서 그렇게 느껴진 건지도 모르겠지만.

"그 남자는 쉽게 유혹해볼 수 있는 그런 남자가 아니었어, 캐리."

"남자는 꼬시면 다 넘어오게 돼 있어. 결혼해서 행복하게 잘 사는 유부남들도 이따금 가벼운 불장난을 즐긴다고."

"내 말은, 어딘가 치명적인 위험을 풍기는 남자였다고."

내가 덤덤히 말했다.

"아, 그런 남자구나."

캐리는 다 안다는 듯 고개를 끄덕이며 말을 이었다.

"나쁜 남자도 너무 가까워지지만 않는다면 사귀는 재미가 쏠쏠한데."

물론 캐리라면 누구보다 잘 알 것이다. 나이를 불문하고 모든 남자와 여자들이 캐리 앞에서는 깜빡 죽으니까. 그런데 어떻게 된 일인지 캐리는 골라도 꼭 골치 아픈 상대만 골랐다. 스토커나 사기꾼, 그에게 홀딱 빠져서 자살하겠다고 협박하는 사람, 다른 애인을 두고서 양다리 걸치는 사람 등 별의별 사람이 다 있었다.

"재미 삼아 만날 그런 남자는 아닌 것 같았어. 너무 강렬했어. 그런데 잠자리에서 환상적일 것 같긴 하더라."

"그래, 그거야. 현실의 그 남자는 잊어버려. 그냥 환상 속에서 그 남자의 얼굴을 떠올리며 즐기면 그만이지 뭐."

나는 차라리 그 남자를 머리에서 완전히 지우고 싶어서 말을 돌렸다.

"내일은 모델 오디션 없어?"

"당연히 있지."

캐리는 청바지, 태닝 로션, 속옷, 향수 광고 등등 스케줄을 좔좔 읊어댔다.

나는 다른 잡생각은 다 밀어내고 캐리에게만, 지금 잘나가고 있는 캐리의 모델 일에만 생각을 집중하기로 했다. 캐리 테일러를 찾는 러브콜이 날로 늘어나면서 이제 그는 사진가와 광고주들 사이에서 프로 근성도 있고 끼 있는 모델로 주목을 끌고 있었다. 그런 캐리가 감격스럽고 매우 자랑스러웠다. 정말 먼 길을 걸어왔고 많은 어려움을 이겨낸 그였으니까.

저녁을 먹고 났을 때 그제야 L자형 소파의 한 귀퉁이 옆에 놓여 있는 커다란 선물상자 두 개가 눈에 들어왔다.

"저 상자들은 뭐야?"

"끝내주는 거."

캐리가 내가 있는 거실로 나오며 대답했다.

그 말을 듣는 순간 감이 딱 왔다. 새아버지와 엄마가 보낸 선물일 게 뻔했다. 돈은 엄마에게 행복의 조건이었고, 다행히도 엄마의 세 번째 남편인 스탠튼 아저씨는 엄마는 물론 엄마의 주변 사람들을 위해서까지 그런 금전적 필요를 채워줄 능력이 되었다. 나는 이런 식의 선물 공세가 반갑지 않았지만 엄마는 나의 돈에 대한 기준이 엄마와 다르다는 사실을 잘 받아들이지 못했다.

"이번엔 또 뭘 보내신 거야?"

나보다 12센티미터쯤 더 큰 캐리가 내 어깨에 팔을 척 두르며 말했다.

"사람이 고마워할 줄 모르면 못 쓰지. 그 아저씬 너희 엄마를 사랑하셔. 너희 엄마의 버릇을 망쳐놓으려 기를 쓰시고, 또 너희 엄만 네 버릇을 망쳐놓으려 기를 쓰시지. 너만 그렇게 질색하는 게 아닐걸? 그 아저씨도 너를 위해 이러시는 게 아니야. 너희 엄마를 위한 거지."

나는 캐리의 그 말을 인정하지 않을 수 없어서 한숨을 푹 내쉬었다.

"뭘 보내신 건데?"

"토요일에 있을 가정지원센터 자선만찬에 입고 갈 멋진 옷. 네가 입을 눈부신 드레스랑 내가 입을 명품 턱시도. 물론 나를 위한 선물까지 챙긴 건 너를 위한 일이겠지만. 나를 네 녀석의 말동무로 옆에 붙여놔 주어야 네가 더 잘 참는다는 걸 알고 계신 거지."

"그래, 맞아. 그나마 아저씨가 그런 눈치가 있으시니 다행이야."

"그걸 눈치 못 챌 분이 아니시지. 뭐든 훤히 꿰는 능력이 있으니까 그런 거부가 되신 거 아니겠어."

캐리는 어정쩡하게 서 있는 나를 잡아끌며 말했다.

"그러지 말고 이리 와서 구경 좀 해보라고."

다음 날 아침 9시 10분 전, 나는 크로스파이어 빌딩의 회전문을 밀고 로비로 들어갔다. 출근 첫날이니만큼 최대한 좋은 인상을 주고 싶어서 몸에 딱 붙는 심플한 원피스에 검은색 하이힐 차림으로 맞춰 입었다. 구두는 집에서 워킹화를 신고 나왔다가 엘리베이터를 타고 올라가면서 바꿔 신은 거였지만. 금발의 머리는 8자 모양으로 멋지게 틀어 올렸다. 물론 내 솜씨는 아니었다. 머리를 만지는 데 서툰 나 대신에 헤어스타일 연출에 전문가 뺨치는 캐리가 실력을 발휘해주었다. 아빠에게 졸업선물로 받은 작은 진주 귀걸이, 그리고 스탠튼 아저씨와 엄마에게 받은 롤렉스 시계로 멋도 좀 내봤다.

외모에 과하게 신경을 썼나 싶어 슬슬 걱정이 됐지만 로비에 들어서는 순간 마음이 바뀌었다. 운동복 차림으로 바닥에 자빠졌던 일이 생각나서 그렇게 꼴사나운 모습이 아닌 것에 다행스러울 따름이었다. 내가 ID 카드를 얼른 쓱 보이고 게이트로 들어갈 때 두 명의 경비는 나를 전혀 기억하지 못하는 표정이었다.

20층까지 올라온 나는 흥분된 마음을 안고 워터스 필드 앤 리먼의 복도로 들어섰다. 안내 데스크로 들어가는 문은 방탄유리로 되어 있었고, 벽도 마찬가지였다. 문 앞에서 내가 ID 카드를 들어 보이자 초승달 모양의 데스크에 있던 직원이 버튼을 눌러 문을 열어주었다. 나는 ID 카드를 가방에 넣으며 인사했다.

"안녕하세요, 메구미."

그녀의 붉은빛 블라우스가 시선을 확 끌었다. 메구미는 아시아계 피가 약간 섞인 혼혈인데, 정말 예뻤다. 짙은 색에 숱이 풍성한 머리는 뒤쪽이 더 짧고 앞쪽은 면도칼처럼 날렵하게 커트된 단발 스타일이었다. 눈꼬리가 올라간 갈색 눈은 따스한 느낌을 풍겼고 도톰한 입술은 자연스러운 핑크빛이 감돌았다.

"어서 와요, 에바. 마크 씨는 아직 출근 전이신데, 당신 자리가 어딘지 알죠?"

"그럼요."

나는 손을 흔들어 보이고는 안내 데스크 왼편의 통로 끝에서 왼쪽으로 꺾었다. 꺾은 쪽을 따라 쭉 들어가니 전에는 비어 있던 그곳에 파티션으로 나뉜 자리들이 마련되어 있었다. 그중 하나가 내 자리였다.

곧장 그 자리로 간 나는 핸드백을 내려놓고 철제 책상의 맨 아래 서랍에 워킹화를 담은 가방을 넣고 나서 컴퓨터를 켰다. 그다음엔 집에서 가져온 사진 액자를 꺼냈다. 코로나도 비치에서 캐리와 찍은 사진, 엄마와 스탠튼 아저씨의 사진, 캘리포니아 주 오션사이드 시 순양함을 타고 근무 중인 아빠 사진, 이렇게 세 장의 사진을 함께 꽂아 놓은 액자였다. 다음으로 가져온 것은 화려한 색의 유리꽃 다발이었는데, 캐리가 그날 아침에 '첫 출근' 기념으로 준 선물이었다. 나는 유리꽃 다발을 액자 옆의 틈에 꽂아 고정해놓고 나서 어떤가 보려고 의자에 앉은 채 몸을 뒤로 젖혔다. 그때였다.

"안녕, 에바."

상사의 목소리에 나는 얼른 일어나 인사했다.

"안녕하세요, 개리티 씨."

"그냥 마크라고 불러. 같이 내 사무실로 갈까?"

나는 그를 따라 좁고 긴 통로를 가로질러 갔다. 전에 봤을 때도 같은 생각을 했었지만 새로 모시게 될 상사는 정말 편안한 인상이었다. 윤기 나는 가무잡잡한 피부, 깔끔하게 다듬어진 턱수염, 웃는 인상의 갈색 눈 때문에 특히 더 그랬다. 얼굴은 각이 졌고 한쪽 입꼬리만 말아 올리며 웃을 때 모습이 매력적이었다. 그리고 깔끔하고 호감 가는 분위기를 풍기는 데다 신뢰와 경의를 불러일으킬 만한 자신감 넘치는 태도도 인상적이었다.

그가 유리와 크롬 소재의 책상 앞에 놓인 의자 하나를 가리키더니 내가 먼저 그 비싼 인체공학적인 에어론 의자에 앉기를 기다렸다가 뒤따라 앉았다. 뒤쪽으로 하늘과 고층 건물들이 훤히 내다보이는 사무실 안에서 보니 마크는 성공하고 힘깨나 있는 사람처럼 보였다. 사실 그는 직급이 대리에 불과했고 사무실도 이사진에게 비하면 닭장 수준이었지만, 사무실 전망만큼은 흠잡을 데 없이 좋았다.

그가 뒤로 기대앉으며 싱긋 미소를 지었다.

"새로 이사한 아파트는 정리 잘했고?"

그걸 기억하고 있다니 놀라웠지만 고맙기도 했다. 이번이 두 번째 만남이었지만 단박에 그가 좋아졌다.

"대강요. 아직 상자 몇 개는 손도 못 대고 있어요."

"샌디에이고에서 왔다고 했던가? 멋진 도시지만 뉴욕과는 많이 다른 곳이지. 야자수 나무가 그립지 않아?"

"뽀송뽀송한 공기가 그리워요. 여긴 습해서 적응하려면 좀 걸릴 것 같아요."

"어쩌나. 습한 공기라면 여름이 와야 본격적으로 시작인데."

그가 싱긋 웃었다.

"자, 그럼……. 첫 출근 날이고 자넨 내가 처음으로 두는 보조이니 슬슬 일 얘기 좀 해볼까? 내가 아직은 누구한테 일을 지시하는 게 어색하지만 금방 숙달될 테니 그건 걱정 말고."

나는 금세 마음이 편해졌다.

"어서 빨리 뭐든 시켜만 주세요. 일하고 싶어서 몸이 근질거려요."

"자네를 내 아랫사람으로 들이게 된 건 나로서도 큰 성과야, 에바. 이곳에서의 일이 즐거웠으면 좋겠어. 커피 좋아하나?"

"커피 없인 못 살아요."

"히야, 내가 취향이 잘 통하는 보조를 얻었군그래."

그가 싱글벙글 웃으며 이어 말했다.

"커피 심부름을 시킬 생각은 없지만 얼마 전에 휴게실에 들어온 새 커피머신 사용법 좀 알려주면 좋겠는데."

나는 싱긋 웃으며 대답했다.

"예, 알겠습니다."

"어쩐다? 또 무슨 말을 해야 할지, 이거 난감하네."

그가 멋쩍은 듯 목덜미를 문지르다 말했다.

"내가 지금 진행 중인 일들을 같이 보면서 시작해볼까?"

그 뒤로 그날 하루는 눈 깜짝할 사이에 빠르게 지나갔다. 마크는 광고주 두 명과 협의를 진행하고 한 직업학교의 광고

콘셉트를 구상 중인 기획팀과 장시간의 회의를 갖기도 했다. 기획에서부터 최종 결실에 이르기까지 여러 부서의 분업과 협업이 어떤 식으로 일어나는지 직접 지켜보고 있자니 가슴이 벅찼다. 회사가 돌아가는 구조를 더 생생히 느껴보기 위해 야근도 마다치 않을 태세였지만, 5시를 10분 남겨두었을 때 전화벨이 울렸다.

"마크 개리티 사무실의 에바 트라멜입니다."

"어제 미뤘던 축하주 마시러 가게 빨리 집으로 오시지."

괜히 무서운 말투를 꾸며내는 캐리의 목소리에 웃음이 터졌다.

"알았어, 알았어. 금방 갈게."

나는 컴퓨터를 끄고 책상을 정리했다. 엘리베이터 앞에 다다랐을 때 휴대폰을 꺼내 캐리에게 '지금 가는 중'이라는 문자를 빠르게 찍기 시작했다. 그때 엘리베이터 도착을 알리는 소리가 울렸고 나는 엘리베이터 쪽으로 몸을 돌리며, 문자의 보내기 버튼을 누르느라 다시 휴대폰으로 관심을 돌렸다. 곧이어 엘리베이터 문이 열렸고 나는 한 발짝 걸어 나갔다. 앞을 보려고 흘끗 눈을 들었다가 푸른 눈과 시선이 마주쳤다. 순간, 숨이 턱 막혔다.

그 섹시남이 엘리베이터에 혼자 타고 있었다.

2

은색 넥타이, 새하얀 와이셔츠. 강렬한 무채색의 옷차림이 그 멋진 푸른색 눈을 더 돋보이게 했다. 재킷의 단추를 풀어헤치고 두 손을 편하게 바지 주머니에 찔러 넣고 서 있는 그가 내 눈에 들어온 그 순간, 난데없이 벽에 쿵 부닥친 것처럼 머리가 아찔해졌다.

나는 그만 우뚝 멈춰 섰다. 내 기억 속 모습보다 훨씬 더 매혹적인 그 남자에게서 시선을 떼지 못한 채로.

그렇게 새까만 머리는 본 적 없었다. 윤기가 좔좔 흐르고 머리끝이 칼라 위까지 내려오는 약간 긴 머리. 엄마가 걸핏하면 말하곤 했던 날라리들이나 하고 다닌다는 불량기가 살짝 감도는 그런 섹시한 머리 스타일이, 성공한 사업가 이미지에 나쁜 남자라는 매력까지 더해주고 있었다. 나는 두 주먹을 꽉 쥐었다. 그 머리를 만지고 싶은, 보이는 것처럼 정말 비단결처럼 부드러울지 확인해보고 싶은 그 마음을 꾹 누르느라.

문이 닫히려 했다. 그가 느긋하게 한 걸음 앞으로 나오더니 문열림 버튼을 눌렀다.

"자리 넉넉하니까 타요, 에바."

잠시 얼이 빠져 있던 나는 어딘가 섹시하면서도 힘 있는 그 목소리에 정신이 확 들었다. 저 사람이 어떻게 내 이름을 알고 있지?

그제야 그가 로비에서 내 ID 카드를 주웠던 것이 생각났다. 누굴 기다리는 중이라 다른 엘리베이터를 타고 내려가겠다고 말할까? 잠깐 동안 이런 생각도 들었지만 내 머리는 얼른 생각을 되돌렸다.

내가 왜 이래야 하지? 저 남자도 크로스파이어 빌딩에서 일하는 것 같은데 마주칠 때마다 피할 수는 없잖아? 저 남자의 섹시함을 아무렇지 않게 대하려면 자주자주 봐야 했다. 목석처럼 여길 수 있을 때까지. 에휴! 물론, 그게 가능하다면 말이지만.

나는 엘리베이터 안으로 걸어 들어갔다.

"감사합니다."

그가 버튼에서 손을 떼며 다시 뒤로 물러났다. 문이 닫히고 엘리베이터가 내려가기 시작했다.

나는 곧바로 후회했다. 그와 같이 엘리베이터를 타는 게 아니었다.

그를 의식하고 있으니 피부가 쭈뼛쭈뼛 섰다. 그렇게 좁은 공간 안에서 그가 뿜는 '오라aura'는 대단했다. 그가 발산하는 기운과 성적 매력이 손으로 만져지는 듯했다. 나는 자꾸 이 발 저 발로 체중을 옮기며 발을 가만히 놔두지 못할 정도로 안절부절못하고 있었다. 가슴이 두근거리다 못해 숨쉬기까지 거북했다. 나는 또다시 그에게 설명할 수 없는 묘한 끌림을 느꼈다. 그가 무언으로 요구를 하면 나는 거기에 응하도록 본능적으로 맞추어져 있기라도 한 것 같았다.

"첫 출근은 즐거웠어요?"

뜻밖의 물음에 나는 화들짝 놀랐다. 좁은 엘리베이터 안에 그의 목소리가 울리면서 유혹적인 리듬으로 귀에 감겨왔다.

뭐야? 내가 첫 출근인 걸 어떻게 알았지?

"예, 즐거웠어요. 그쪽은 어떠셨어요?"

나는 침착하게 대꾸했다.

내 옆얼굴을 부드럽게 훑는 그의 시선이 느껴졌지만 나는 고급 알루미늄 소재의 엘리베이터 문에 관심을 쏟으려 안간힘을 썼다. 심장이 콩닥콩닥 뛰고 뱃속이 마구 떨렸다. 마음은 뒤숭숭하고 바보가 된 기분이었다.

"글쎄요, 나는 첫 출근이 아니라서."

그가 살짝 재미있어하는 말투로 대꾸하더니 덧붙였다.

"어쨌든 괜찮은 하루였어요. 그리고 시간이 갈수록 더 잘 풀리고 있고."

무슨 뜻으로 한 말인지 알 수는 없었지만 나는 고개를 끄덕이며 어렵사리 미소를 지어 보였다. 엘리베이터가 12층에서 멈추더니 친해 보이는 세 사람이 신 난 듯 수다를 떨며 올라탔다. 나는 그 사람들에게 자리를 내주려고 뒤로 물러나면서 엘리베이터 구석, 그 치명적인 매력남의 맞은편에 서게 되었다. 그런데 그가 옆으로 비켜서며 내 쪽으로 다가왔다. 우리는 갑자기 바짝 붙어 서게 되었다.

그는 흠 잡을 데 없이 잘 맨 넥타이를 괜히 고쳐 맸고, 그때 그의 팔이 내 팔을 스쳤다. 나는 숨을 깊게 들이쉬며 앞 사람들의 대화에 정신을 집중했다. 그를 향해 예리하게 뻗치는 의식을 무시하려 안간힘을 썼다.

하지만 소용없는 일이었다. 그가 그렇게 거기에, 바로 내 옆에 있었다. 어디 하나 나무랄 데 없이 멋지고 체취마저 황홀한 그가. 내 생각은 저 혼자 달음박질치며 상상 속으로 빠져들었다. 저 양복 안, 그의 몸은 얼마나 탄탄할까? 그 몸에 닿는 느낌은 어떨까? 그의 거기도 당당할까, 아닐까…….

엘리베이터가 로비에 도착했을 때 나는 정말 마음이 놓여 신음 소리를 내뱉을 뻔했다. 앞 사람들이 내리길 초조하게 기다렸다가 나갈 기회가 오자마자 앞으로 한 발짝 내디뎠다. 그러자 그가 손을 뻗어 내 허리께를 짚더니 내 옆으로 걸어 나오며 나를 에스코트해주었다. 그렇게 민감한 곳에 그의 손이 닿는 순간 찌릿함이 몸 전체로 퍼졌다.

게이트 앞에 이르러 그의 손이 내 몸에서 떨어지자 왠지 모를 상실감이 느껴졌다. 그를 흘끗 보며 마음을 읽어보려 했지만 나를 보고 있는 그의 얼굴은 어떤 기색도 내비치지 않았다.

"에바!"

캐리였다. 캐리는 길쭉한 다리를 더 부각시키는 청바지와 눈을 더 돋보이게 하는 연초록색 박스 스타일 스웨터 차림이었다. 모든 사람의 시선을 한눈에 받으면서 로비의 대리석 기둥에 느긋하게 기대 있었다. 내가 발걸음을 늦추며 캐리에게 다가갈 때 그 신적인 섹시남은 우리를 지나쳐 회전문을 나가더니 운전사가 딸린 검은색 벤틀리 SUV의 뒷자리에 미끄러지듯 유연하게 올라탔다. 전날 저녁 길가에서 봤던 그 SUV였다.

차가 출발하자 캐리가 휘파람을 불었다.

"알겠다, 알겠어. 쳐다보는 표정을 보아하니 네가 얘기했던 그 남자구나, 그렇지?"

"그래, 맞아. 바로 그 남자야."

"같은 회사 사람?"

캐리가 팔짱을 끼더니 나를 잡아끌고 거리로 나갔다.

"아니야."

나는 워킹화로 갈아 신으려고 길 위에 멈춰 섰다가 지나가는 사람들 사이에서 중심을 잡느라 캐리에게 몸을 기댔다.

"누군지 나도 몰라. 그런데 나한테 첫 출근 괜찮았냐고 묻더라. 괜히 더 궁금해지게 말이야."

캐리가 씩 웃었다. 내가 다른 쪽 발로 바꿔 딛다가 비틀대며 한 발로 깡총거리자 내 팔꿈치를 받쳐주며 말했다.

"흠……. 저런 사람이 가까이에 있으면 누구라도 일이 손에 잡히지 않을걸. 나도 잠깐 머릿속이 하얘져서 아무 생각 못 하겠던데."

나는 허리를 펴며 똑바로 섰다.

"확실히 나만 그런 게 아니구나. 가자. 지금 나한텐 술이 필요해."

다음 날 아침 뒷골이 살짝 욱신거리는 채로 출근했다. 와인을 너무 많이 마신 탓이었다. 하지만 엘리베이터를 타고 20층까지 올라가면서 별로 후회가 되진 않았다. 어제 내가 할 수 있었던 선택은 술을 진탕 마시거나 딜도를 돌려대는 것이었는데 가짜 페니스에 그 치명적 매력남의 역할을 맡기기는 죽어도 싫었다. 나는 그 사람을 보는 것만으로도 흥분해서는 정신줄을 놓고 말았다. 그 남자는 그 사실을 알 리도 없고, 관심도 없을 텐데 나 혼자 말이다. 상한 자존심 때문에라도 그를 상상하며 만족할 수는 없다.

책상 맨 아래 서랍에 소지품을 집어넣고 나서 보니 마크는 아직 출근 전이었다. 나는 커피 한 잔을 뽑아서 내 자리로 돌아와 요즘 즐겨 들어가는 광고업계 관련 블로그 몇 곳에 새로 올라온 글들을 훑어봤다.

"에바!"

내가 놀라서 움찔하는데 마크가 내 옆으로 다가오며 씩 웃었다. 반질반질하고 가무잡잡한 피부와 대비되는 하얀 이가 반짝반짝 빛났다.

"안녕하세요, 마크."

"나야 늘 안녕하지. 아무래도 에바는 내 행운의 마스코트인가 봐. 내 사무실로 오지. 태블릿 가지고. 오늘 밤 야근 가능한가?"

"아, 네."

나는 왠지 모르게 한껏 들떠 있는 그를 뒤따라갔다.

"다행이야, 잘 됐군."

그가 의자에 푹 기대앉으며 말했다.

나는 전날 앉았던 의자에 앉아서 얼른 메모장 프로그램을 열었다.

"어……, 킹스맨 보드카에서 프로젝트 제안요청서를 보내라는 연락이 왔는데 그쪽에서 내 이름을 지명했지 뭔가. 이런 경우는 처음 있는 일이야."

"축하해요!"

"고마워. 하지만 축하 인사는 광고를 확실히 따냈을 때를 위해 아껴두자고. 제안요청서가 통과되더라도 아직 입찰 과정이 남아 있으니까. 내일 오후에 나하고 만나고 싶다니 그 설명회도 잘 해내야 하고."

"와우, 작업 스케줄이 보통 그런 식인가요?"

"아니야. 보통은 제안요청서가 통과되고 나서야 회의를 갖지. 하지만 이번 경우는 달라. 최근에 킹스맨과 C.I.를 인수한 크로스 인더스트리는 자회사를 수십 개나 거느리고 있는 곳이야. 이번 광고를 따낼 수 있다면 큰 고객을 무는 셈이지. 그쪽에서도 그 점을 잘 알고 있고. 우리야 시키는 대로 다 맞춰줘야 할 처지인데, 첫 번째로 해야 할 일이 나에게 들어온 설명회 요청이야."

"보통은 팀으로 일하지 않나요?"

"맞아. 팀으로 프레젠테이션을 해. 하지만 그 사람들은 일이 돌아가는 시스템을 잘 알더라고. 높은 임원은 계약을 하도록 설득하는 역할이고 결국 실무는 나 같은 사람이 한다는 것을 말이야. 제안요청서에 우리 광고안에 대한 많은 정보가 담겨 있긴 하지만 실무자인 내가 일을 잘할지 어떨지 그 역량을 프레젠테이션을 통해 직접 심사하고 싶은 거겠지. 솔직히 그 사람들이 유난스럽고 까탈 떤다고 욕할 수도 없어. 크로스 인더스트리 같은 큰 회사와 거래할 때는 흔히 있는 일이기도 하거든."

그가 한 손으로 곱슬곱슬한 머리카락을 쓸며 부담스러운 심경을 드러냈다.

"에바 당신은 킹스맨 보드카를 어떻게 생각하지?"

"어, 그게……, 솔직히 말씀드리면 처음 들어봐요."

마크는 몸을 뒤로 벌렁 젖히며 껄껄 웃었다.

"히야. 나만 그런 줄 알았더니. 아무튼, 다행인 것은 킹스맨 보드카에 대해선 언론에서 나쁘게 보도한 적이 없다는 거야. 그런 걸 잘 다루려면 골치 아프거든."

"전 뭘 도와드릴까요? 보드카 조사와 야근 말고 또 뭘 해야 하죠?"

그가 입술을 오므리며 잠깐 생각에 잠겼다가 말했다.

"지금부터 말할 테니 메모해두게."

그 이후로 우리는 점심시간도 반납하고 다른 직원들이 모두 퇴근한 뒤로도 한참을 남아 일하며 광고 전략가들에게 받은 초기자료를 검토했다. 7시가 조금 지났을 때 마크의 휴대폰이 울렸다. 조용한 사무실에 갑자기 끼어든 전화벨 소리에 나는 화들짝 놀랐다.

마크는 스피커 모드로 전화를 받으며 일을 계속했다.

"안녕, 자기야."

"그 불쌍한 아가씨 밥은 먹이고 일하는 거야?"

훈훈한 남자의 목소리였다.

마크가 자기 사무실의 유리벽으로 나를 흘끗 쳐다보더니 말했다.

"이런……, 깜빡했네."

나는 터진 웃음을 들키지 않으려 얼른 고개를 돌리며 아랫입술을 깨물었다. 전화기에서 코웃음 소리가 크게 울렸다.

"출근한 지 겨우 이틀째인데 벌써 늦도록 야근을 시키고 밥까지 굶기다니. 그만두겠다고 하면 어쩌려고 그래."

"젠장. 그렇구나. 스티븐, 자기야."

"'자기야'라고 부르지도 마. 그 여직원 중국 요리 좋아해?"

나는 마크에게 엄지손가락을 들어 보였다. 그가 씩 웃었다.

"응, 좋아해."

"알았어. 20분 후면 도착할 거야. 내가 들어갈 수 있게 미리 경비원한테 말이나 넣어줘."

정확히 20분이 다 되어갈 무렵, 나는 스티븐 엘리슨이 대기실에서 안으로 들어올 수 있게 버튼을 눌러 문을 열어주었다. 빨간 머리에 푸른 눈이 인상적인 그는 얼굴 가득 웃음을 지으며 사무실 안으로 들어왔다. 짙은 색 청바지에 캐주얼한 워킹화, 깔끔하게 다림질한 셔츠 차림으로 스타일이 아주 다를 뿐, 파트너만큼이나 잘생긴 남자였다. 우리 세 사람은 마크의 책상에 둘러앉아 흰쌀밥에 깐풍기, 브로콜리 소고기 볶음 등을 접시에 덜어 젓가락으로 떠먹기 시작했다.

알고 보니 스티븐은 도급업자였고 마크와는 대학교 때부터 커플이었다고 했다. 두 사람이 이야기를 주고받으며 어울리는 모습을 보고 있으니 매우 좋아 보였고 살짝 질투마저 났다. 두 사람은 기막히게 죽이 잘 맞아서 함께 있는 사람까지 즐겁게 했다.

"아니, 이 아가씨 뭐야? 엄청 많이 먹잖아. 그렇게 먹는데 그게 다 어디로 가는 거예요?"

내가 세 번째로 접시에 음식을 덜려고 할 때 스티븐이 휙 휘파람을 불며 말했다.

나는 어깨를 으쓱했다.

"헬스클럽에 다니거든요. 아마 그 덕분 아닐까요……?"

"신경 쓸 거 없어. 스티븐이 그냥 질투 나서 하는 말이니까. 여성스러운 몸매를 지켜야 하거든."

마크가 씩 웃으며 끼어들었다. 스티븐이 파트너를 흘겨봤다.

"쳇. 이 아가씰 데리고 가서 직원들하고 점심을 먹어야겠어. 얼마나 많이 먹을 수 있는지를 놓고 돈내기 하면 내가 이길 걸."

나는 싱긋 웃었다.

"재미있겠는데요."

"하. 좀 유별난 구석이 있는 아가씨일세. 그 웃음을 보니 딱 알겠네."

문득 반항적이고 파괴적이었던 때의 내가 얼마나 유별났는지 떠올랐다. 나는 그 기억을 더듬지 않으려고 시선을 떨구어 음식을 내려다봤다. 마침 마크가 나서서 나를 구해주었다.

"내 부하직원 괴롭히지 마. 그나저나 네가 유별난 여자들에 대해 뭘 안다고 그러냐?"

"게이 남자들과 친구하길 좋아하는 여자들이 있다는 정도는 알지. 우리 같은 남자들의 사고방식을, 생각이 잘 통한다고 좋아한다니까."

그가 한번 히죽 웃었다가 말을 이었다.

"그것 말고도 몇 가지 더 알지. 이봐……, 둘 다 그렇게 황당한 얼굴 하지 마. 난 이성 간의 사랑이 정말 그런 과장광고 같은지 확인해보려고 만나본 것뿐이었어."

"그래?"

확실히 마크도 처음 듣는 얘기인 듯했다. 하지만 입가를 씰룩 움직이는 표정으로 미루어, 두 사람의 관계에 깊은 확신을 가지고 있어서 그저 재미있게 받아들이는 듯했다.

"그래서 확인은 잘 했어요?"

내가 대담하게 물었다. 스티븐은 어깨를 으쓱했다.

"내 얘길 확대해석하진 말았으면 해요. 왜냐하면 누가 봐도 나는 표준적 계층이 아니고 내가 얻은 표본추출도 아주 한정되어 있으니까요. 어쨌거나 난 그런 이성 교제 없이도 견딜 수 있겠던데요?"

정말 인상적이었다. 스티븐이 마크가 몸담고 있는 광고 분야의 전문용어를 섞어가며 이야기를 할 수 있다니. 각자 일하는 분야가 멀어도 한참 먼데도 서로 일 얘기를 나누며 관심 있게 들어주는 사이라니.

마크가 젓가락으로 브로콜리 줄기를 집으며 스티븐에게 말했다.

"현재의 네 동거 형태를 고려하면 그러는 편이 좋을 거야."

식사를 마치자 어느덧 8시가 되었고 청소하는 사람들이 들어왔다. 마크는 괜찮다는데도 택시를 불러주겠다고 우겼다.

"내일 일찍 나와야 하죠?"

내가 묻자, 스티븐이 마크와 어깨를 부딪치며 말했다.

"전생에 무슨 착한 일을 했기에 이런 직원을 얻었을까."

"내 생각엔 지금 생에서 너를 참고 견디는 것에 대한 보답 같은데."

마크가 천연덕스럽게 받아쳤다. 스티븐도 그냥 당하지 않았다.

"이봐, 난 이래 봬도 화장실 에티켓도 잘 배운 몸이라고. 일을 보고 변기뚜껑을 내릴 줄 아는 사람이란 말이지."

"그래서 그게 뭐에 도움이 되는데?"

마크는 나에게만 슬쩍 못 말리겠다는 뉘앙스의 표정을 지어 보였다. 파트너에 대한 애정이 담긴 따뜻한 눈빛으로.

다음 날 마크와 나는 킹스맨 팀과의 4시 설명회를 위한 준비로 하루를 정신없이 보냈다. 점심도 광고 실무에 참여하게 될 두 명의 기획자들과 함께 회의를 하며 대충 때웠다. 그런 다음엔 킹스맨의 웹사이트와 소셜 미디어 활동에 대한 메모들을 검토했다.

3시 30분이 되자 좀 초조해졌다. 도로 상황이 엉망일 것이 뻔한데도 마크는 전혀 움직일 생각이 없었다. 심지어 내가 시간이 얼마 남지 않았다고 얘길 해줬는데도 그는 계속 일만 할 뿐이었다. 그러더니 4시가 되기 15분 전에야 재킷도 다 입지 못한 채로 사무실에서 후다닥 뛰어나와서는 활짝 웃으며 말했다.

"같이 가, 에바."

나는 책상에 앉아서 눈을 깜빡이며 그를 올려다봤다.

"정말이요?"

"나를 도와 열심히 준비했잖나. 어떻게 진행되는지 보고 싶지 않아?"

"예, 그럼요."

나는 벌떡 일어났다. 문득 내 모습이 이번 설명회에서 괜한 꼬투리가 될지도 모른다는 생각이 들어 까만색 타이트 스커트를 매만지고, 긴팔 실크 블라우스의 소매를 반듯이 폈다. 우연의 일치인지, 다행히도 내 다홍색 블라우스가 마크의 주황색 넥타이와 완벽하게 어울렸다.

"감사합니다."

긴장과 설렘으로 부푼 가슴을 안고 마크와 엘리베이터에 오르는 순간, 나는 깜짝 놀랐다. 내려가는 게 아니라 위로 올라가는 엘리베이터였던 것이다. 어리둥절해하는 사이 엘리베이터는 맨 꼭대기 층에 다다랐다. 꼭대기 층의 대기실은 20층과 비교도 안 될 정도로 훨씬 널찍하고 화려했다. 화분에서 고비와 백합 향이 풍겼고 희뿌연 반투명 유리로 된 보안 출입구에는 굵직한 남성적 글씨체의 '크로스 인더스트리'라는 사명이 모래분사식 기법으로 새겨져 있었다. 그제서야 나는 이 빌딩 이름이 '크로스파이어'였다는 것을 기억해냈다.

커피나 차를 들겠냐는 접대용 멘트가 오가고 난 후, 들어간 지 5분이 채 되지 않아서 우리는 문이 닫힌 회의실 앞으로 안내되었다. 두리번거리고 있을 시간도 없었다. 안내 직원이 문손잡이로 손을 뻗을 때, 마크가 반짝반짝 빛나는 눈으로 나를 보며 물었다.

"준비됐나?"

나는 미소를 지었다.

"준비됐어요."

문이 열렸고 먼저 들어가라는 마크의 손짓에 나는 밝게 웃으며 마음을 다잡고 안으로 들어섰다. 그런데……, 우리가 들어오는 것을 보고 자리에서 일어나는 맞은편의 남자를 보는 순간, 나는 그 자리에 그대로 굳어버리고 말았다.

다크 앤 데인저러스!

내가 갑자기 멈추며 좁은 문간을 막는 바람에 뒤따라 들어오던 마크가 내 등에 부딪혀 나는 그만 앞으로 비틀거리고 말았다. 그 순간 미처 손쓸 틈도 없이 다크 앤 데인저러스가 내 몸을 잡아 번쩍 들어 올리더니 나를 품에 안았다. 갑자기 폐에서 공기가 쑥 빠져나가 버리고 곧이어 내가 가진 상식도 모조리 빠져나갔다. 그와의 사이에 옷이라는 막이 가로막고 있긴 했지만, 손바닥에 닿는 돌처럼 단단한 팔 근육과 탄탄한 복근이 내 손바닥과 배에 그대로 느껴졌다. 그가 헉 하고 숨을 들이쉬자 부풀어 오르는 그의 가슴에 자극되어 젖꼭지마저 딴딴해졌다.

오, 이건 아니야. 이게 무슨 망신이람.

일련의 이미지들이 속사포같이 머릿속을 스쳐갔다. 앞으로 며칠, 몇 주, 그리고 몇 달 내내 내가 그 섹시남 앞에서 비틀대고 넘어지고 자빠지고 미끄러지고 부딪히는 온갖 모습들이 그려졌다.

"또 만났네요. 항상 재미있게 마주치는군요, 에바."

그가 낮은 소리로 속삭일 때 그 목소리의 진동에 온몸이 저릴 지경이었다.

창피함과 열망으로 얼굴이 화끈 달아올랐다. 회의실에는 그 말고도 다른 두 명이 더 와 있었는데 나는 그에게서 떨어져야겠다는 마음이 들질 않았다. 그의 주의가 나에게만 쏠려 있어서, 그의 탄탄한 몸이 강하게 끌어당기는 듯한 오라를 발산하고 있어서 더더욱 그랬다.

"크로스 씨, 등장이 요란해서 죄송합니다."

내 뒤에서 마크가 말했다.

"아닙니다. 잊지 못할 인상적인 등장이었네요."

크로스가 나를 놓아주면서 몸 전체가 밀착되자 다리에 힘이 풀려 뾰족한 힐로 똑바로 서 있기가 힘들 정도였다. 그는 검은색 슈트 차림에 셔츠와 넥타이 모두 연회색으로 받쳐 입고 있었다. 늘 그랬듯 정말 멋졌다.

저렇게 환상적인 외모를 가지고 있으면 기분이 어떨까? 어디를 가든 동요를 일으킬 것이 뻔할 텐데.

마크가 손을 뻗어서 나를 잡으며 조심스레 부축해주었다. 그러자 크로스의 시선이 내 팔꿈치를 잡고 있는 마크의 손에 머물렀다. 마크가 나를 놓아줄 때까지 계속.

"저기, 그럼, 소개해 드리겠습니다. 이쪽은 제 보조, 에바 트라멜입니다."

마크가 침착하게 상황을 추스르며 말문을 열었다.

"우리, 초면이 아니죠, 에바."

크로스가 자기 옆의 의자를 빼주며 말했다.

나는 치명적인 매력을 뿜어내는 피오라반티 명품 슈트남의 품 안에서 느꼈던 그 아찔함으로부터 미처 다 헤어 나오지 못한 상태였다. 어찌해야 할지 난감해서 마크를 쳐다봤다.

크로스가 바짝 몸을 기울이며 명령하듯 나직이 말했다.

"앉아요, 에바."

마크가 고개를 짧게 까딱해 보였지만 나는 이미 크로스가 시키는 대로 의자에 앉으려 몸을 굽히고 있었다. 퍼뜩 머리가 뒤따라와 이성적인 사고를 발동하기도 전에 먼저 몸이 본능적으로 순종하고 있었다.

그 뒤로 한 시간 동안 나는 안절부절못하는 마음을 달래려 애를 태웠고, 그 사이에 마크는 크로스와 두 명의 킹스맨 이사들에게 호된 심문을 받아야 했다. 이사들은 세련된 정장바지 차림에 매력적인 짙은 색 머리카락을 가진 여성들이었는데, 짙은 자주색 정장의 이사가 유난히 크로스의 관심을 얻으려 열심이었다면 크림색 정장의 이사는 내 상사에게 관심을 쏟고 있었다. 마크는 우리 광고대행사의 활동, 특히 그와 기존 광고주 사이의 소통이 어떻게 기존 광고주의 브랜드 가치를 확실히 각인시켰는지에 대해 조리 있게 설명해나갔고, 세 사람 모두 마크의 그런 능력에 깊은 인상을 받은 것 같았다.

나는 쉽게 좌중을 압도하는 크로스 앞에서 그렇게 침착할 수 있는 마크가 존경스러웠다.

"유익한 설명이었습니다, 개리티 씨."

마크의 설명이 끝난 후 다들 가져온 자료들을 정리할 때 크로스가 가볍게 칭찬을 하더니 이어 말했다.

"시간이 되면 직접 제안요청서를 검토해보고 싶군요. 당신은 킹스맨에 어떤 콘셉트를 시도해보고 싶나요, 에바?"

나는 갑작스러운 질문에 놀라 눈을 깜빡이며 되물었다.

"예?"

그의 시선은 타는 듯이 강렬했다. 꼭 나만 쳐다보는 것 같아서 또다시 마크가 존경스러웠다. 한 시간 동안 저런 시선의 압박 속에서 설명해야 했을 텐데 그는 어떻게 견뎠을까?

크로스의 의자가 탁자와 직각으로 돌려져 내 쪽을 향해 있었다. 그는 오른팔을 반질반질한 목재 탁자 위에 얹은 채 그 길고 우아한 손가락으로 탁자를 리드미컬하게 어루만지고 있었다. 나는 그의 소맷부리께의 손목을 흘끗 보았다가 살며시 드러난 살결에 눈이 갔다. 짙은 색 털이 살짝 덮인 그 황금빛 살결을 보는 순간 흥분이 되어 클리토리스에 찌릿한 자극이 왔다. 그는 정말로 너무나……, 남성적이었다.

"마크가 제안한 콘셉트들 중에 어떤 것이 마음에 들죠?"

그가 다시 한 번 물었다.

"저는 다 훌륭한 것 같은데요."

그가 멋진 얼굴에 태연한 표정을 지으며 다시 말했다.

"당신의 솔직한 의견을 듣기 위해 다른 사람들을 내보낼 수도 있어요. 그게 필요하다면요."

나는 손가락으로 의자의 팔걸이를 힘껏 움켜쥐었다. 침착해야 해.

"크로스 씨, 그냥 솔직히 제 의견을 말씀드릴게요. 꼭 들으셔야 하겠다면, 제 생각엔 비교적 저렴한 비용으로 즐길 수 있는 매력적인 사치품으로 부각시키는 것이 대다수 소비계층에 어필할 수 있을 것 같습니다. 하지만 제가 부족해서……."

"나도 그렇게 생각해요."

크로스가 일어서며 재킷의 단추를 채웠다.

"그 콘셉트로 진행해주세요, 개리티 씨. 그럼 다음 주에 다시 뵙죠."

나는 너무 빨리 일이 진행되는 것에 놀라 잠시 그대로 앉아 있었다. 마크 쪽을 돌아보니 그 역시 놀라서 기뻐해야 할지 당황해야 할지 어리둥절해하는 표정이었다.

나는 의자에서 일어나 앞장서서 문으로 갔다. 옆에서 걷고 있는 크로스를 지나치게 의식하면서. 그의 걸음걸이, 특히 그 관능적이기까지 한 세련되고도 도도한 절제된 동작은 나를 흥분시켰다. 그는 잠자리에 서툴 것 같지도, 애가 탄 여자가 알아서 몸을 갖다 바치도록 질질 뺄 것 같지도 않았다.

크로스는 엘리베이터까지 가는 동안 내내 내 옆에 붙어서 걸었다. 내 기억으론 스포츠를 화제로 마크에게 몇 마디 건넨 것 같긴 한데 그를 향해 시시각각 일어나는 내 반응에 너무 정신이 쏠려 귀담아듣지 못했다. 엘리베이터 문이 열렸을 때 나는 안도의 한숨을 쉬며 얼른 마크와 같이 앞으로 걸어 나갔다. 바로 그때.

"잠깐만요, 에바."

크로스가 부드럽게 날 부르더니 내 팔꿈치를 붙잡았다.

"개리티 씨, 금방 내려보내겠습니다."

마크가 놀란 얼굴로 그를 바라봤고, 미처 뭐라 대답할 사이도 없이 엘리베이터 문이 스르르 닫혔다.

크로스는 아무 말도 없다가 엘리베이터가 내려가자 버튼을 다시 누르며 내게 물었다.

"같이 잠자리 갖는 사람 있어요?"

너무 무덤덤하게 물어와서 그의 말을 이해하기까지 잠깐 시간이 걸렸다. 나는 기가 막혀서 숨을 헉 들이마셨다.

"그게 댁하고 무슨 상관인데요?"

그가 나를 쳐다보았고, 나는 처음 그와 마주쳤던 순간에 보았던 그 위압적인 힘과 강철 같은 통제력을 또다시 느꼈다. 그리고 그 때문에 나도 모르게 한 발짝 뒤로 물러났다. 오늘만 벌써 두 번째였다. 그나마 이번엔 넘어지지 않았지만. 아무튼 나는 점점 발전하고 있었다.

"당신하고 자고 싶으니까요, 에바. 무엇 때문에 내가 당신한테 자꾸 신경이 쓰이는 건지 알아야겠어요. 그런 게 있다면 말이에요."

다리 사이의 안쪽이 갑자기 쿡 쑤셔 와서 나는 중심을 잡으려 벽으로 손을 뻗었다. 그가 붙잡아주려 손을 내밀었지만 내가 손을 들어 막았다.

"글쎄요, 저는 정말 흥미가 없습니다, 크로스 씨."

내 대답에 그의 입가에 희미한 미소가 번졌다. 웃으니까 사람이 어떻게 저럴 수 있나 싶을 만큼 더 잘생겨 보였다. 젠장!

땡, 하는 엘리베이터 도착음 소리에 나는 깜짝 놀랐다. 그만큼 신경이 팽팽히 긴장되어 있었던 것이다. 그렇게 욕망이 자극되긴 처음이었다. 정말 다른 사람에게 그렇게 타오를 듯 뜨겁게 끌리기는 처음이었다. 그리고 성욕을 느낀 사람에게 그렇게 빨리 마음에 상처를 입어본 것도.

나는 엘리베이터 안으로 들어서며 그를 마주 봤다.

그는 싱긋 미소를 지었다.

“또 봐요, 에바.”

문이 닫혔고 나는 철제 난간에 축 기대서며 자세를 추스르려 애썼다. 20층에 다다라 가까스로 정신을 가다듬자마자 문이 열리면서 마크의 모습이 보였다. 그는 우리 층 대기 구역에서 왔다 갔다 하고 있었다.

“아니, 에바. 뭐가 어떻게 된 일이야?”

마크가 우뚝 멈춰 서며 낮은 목소리로 물었다.

“저도 정말 모르겠어요.”

나는 급히 숨을 내쉬었다. 당황스럽고 화났던 크로스와의 대화를 털어놓고 싶었지만 그럴 수 없었다. 확실히 상사에게 털어놓을 만한 얘기는 아니었으니까.

“아무렴 어때요? 아무튼 당신에게 광고를 맡길 생각인 것 같던데요.”

마크의 얼굴에 찡그린 표정이 사라지고 씩 웃음이 번졌다.

“내 생각도 그래. 정말 광고를 맡길 것 같아.”

“제 룸메이트가 툭하면 하는 말인데요, 이런 경사를 축하도 없이 넘어가면 서운하죠. 스티븐과 함께 식사하실 수 있게 제가 저녁 예약해놓을까요?”

“그거 좋지. ‘퓨어 푸드 앤 와인’에 7시로 부탁해. 자리가 있을지 모르겠지만. 만약 자리가 없다고 하면 에바가 알아서 괜잖은 곳으로 해주고.”

우리가 마크의 사무실로 돌아오기가 무섭게 임원들이 마크에게 우르르 몰려들었다. 사장 겸 CEO인 마이클 워터스, 회장과 부회장인 크리스틴 필드와 월터 리먼이었다. 나는 최대한 티를 내지 않고 조용히 그 네 사람 사이에서 빠져나와 슬쩍 내 자리로 왔다.

그리고 퓨어 푸드 앤 와인에 전화를 걸어 두 사람 자리를 잡아 달라고 사정했다. 얼마 동안 간이라도 내줄 듯 굽실거리고 애걸하자 그 여직원은 마침내 항복했다.

‘마크, 오늘은 당신에게 정말 행운의 날인가 봐요. 7시에 예약됐어요. 즐거운 시간 보내세요!’

나는 마크의 자리에 메모를 남기고는 한시라도 빨리 집에 가고 싶은 마음에 회사를 나섰다.

“그 남자가 뭐랬다고?”

캐리가 우리의 흰색 L자형 소파 맞은편에 앉으며 고개를 내저었다.

“황당하지?”

내가 와인을 한 모금 더 음미하며 대꾸했다. 집까지 걸어오는 길에 사온 소비뇽 블랑이었다. 기분 좋게 차갑고 상큼한.

“나 참, 어찌나 황당하던지. 아직도 그런 얘길 나눈 게 맞는지 얼떨떨해. 내가 그 남자의 페로몬에 너무 취해서 환각을 일으킨 건 아닌가 싶다니까."

"그래서?"

나는 소파에서 다리를 끌어안으며 모서리에 몸을 기댔다.

"그래서 뭐?"

"알면서 왜 그래, 에바."

캐리는 커피 테이블에서 넷북을 집어들더니 책상다리를 하고는 그 위에 턱 올려놓았다.

"이것저것 검색 좀 해볼까?"

"난 그 사람 알지도 못해. 성 말고는 이름도 몰라. 그런 나한테 어떻게 그런 말을. 정말 어이없어."

"그 남잔 네 이름을 알잖아."

캐리가 키보드를 두드리며 말을 이었다.

"또 그 보드카 광고 의뢰 건은 어떻고? 특별히 네 상사를 지목했다며?"

풀어헤친 머리칼을 손으로 쓸어내리던 나는 그 말에 멈칫했다.

"마크는 아주 유능한 사람이야. 크로스가 사업의 감이라는 게 조금이라도 있다면 그걸 알아차렸겠지."

"사업에 소질이 있긴 한가 본데?"

캐리가 넷북을 돌려서 크로스 인더스트리의 홈페이지를 보여주었다. 홈페이지엔 크로스파이어 빌딩의 사진이 그 위용을 과시하고 있었다.

"이 빌딩 그 남자 거야, 에바. 기데온 크로스가 빌딩의 소유주라고."

나는 눈을 감고 말았다. *젠장, 기데온 크로스라니.* 어쩜 이름까지 그렇게 섹시하담. 생긴 것처럼 세련된 남성미가 풍기는 이름이었다.

"여러 자회사에 마케팅 담당 직원을 따로 두고 있는 사람이야. 아마 수십 명은 될 걸. 실무에 자기가 직접 나서지 않아도 됐을 텐데."

"그만 해, 캐리."

"그 남잔 섹시하고 돈 많고 너랑 자고 싶어 해. 뭐가 문제야?"

나는 캐리를 똑바로 쳐다봤다.

"이젠 그 남자랑 마주칠 때마다 거북할 것 같아. 한동안 일에만 매달리고 싶어. 난 내 일이 정말 좋아. 마크도 정말 좋고. 업무에 하나부터 열까지 나를 참여하게 해줘서 지금도 벌써 아주 많이 배웠어."

"트래비스 박사님이 예측된 위험 얘기 해줬던 거 기억 안 나? 네 담당 정신과 의사가 때로는 위험을 감수해야 한다고 했으니까 그렇게 해야지. 넌 잘 해낼 수 있어. 너도 크로스도 성인이잖아."

캐리는 인터넷 검색으로 관심을 되돌리며 이어 말했다.

"우와. 그 남자 서른 살이 되려면 아직 2년은 더 남았다는 거 알았어? 정력이 장난 아니겠는데."

"무례함이 장난 아니지. 어떻게 그런 말을 해. 나를 남자랑 못 자서 환장한 여자로 보는 것 같아서 불쾌했다고."

캐리가 잠시 아무 말 없이 고개를 들어 나를 바라보았다. 연민이 담긴 부드러운 눈빛이었다.

"미안해, 자기야. 넌 아주 강한 앤데. 나보다 훨씬 강한데 내가 괜히 주제넘은 얘기했나 봐. 난 그냥 네가 나처럼 과거의 짐에 얽매이지 않았으면 해서 그런 거였어."

"강하긴 뭐가? 강하지 못할 때가 더 많은 것 같은데."

나는 시선을 피했다. 우리의 아픈 과거를 들춰 얘기하고 싶지 않았다.

"나도 그 남자가 데이트를 신청해주길 원하고 있어. 하지만 여자를 침대로 데려가고 싶다면 그런 식 말고 더 좋게 얘길 했어야지."

"그러게 말이야. 무례한 자식 같으니라고. 거시기를 주체 못 해 끙끙댈 때까지 너한테 안달하게 내버려둬. 그놈은 그래도 싸."

그 말에 풋, 웃음이 나왔다. 언제나 나를 잘 웃겨주는 캐리였다.

"그 남자 거시기가 그렇게 될 일이 있을 것 같진 않지만, 상상만 해도 재밌다."

캐리가 넷북을 탁 닫으며 물었다.

"우리 오늘 밤엔 뭐 할까?"

"브루클린의 그 크라브 마가 도장에 가보고 싶은데."

헬스클럽에 갔다가 파커 스미스를 만나고 온 후 크라브 마가에 대해 좀 알아본 터였다. 회사에서 이상한 일들을 겪고 나니 그런 거칠고 육체적인 스트레스 분출이 점점 더 절실해졌다.

크라브 마가가 기데온 크로스를 보며 느꼈던 그 강렬한 흥분을 줄 수는 없겠지만 내 건강을 생각하면 그게 훨씬 덜 위험할 것 같았다.

3

"매주 몇 번씩 네가 밤에 여기에 오는 걸 알면 엄마와 스탠튼 아저씨가 가만 안 계실 것 같은데."

캐리가 쌀쌀한 기운이 살짝 감도는 것뿐인데도 유난스레 폼나는 데님 재킷을 몸에 두르며 말했다.

창고를 개조한 파커 스미스의 도장은 외벽을 벽돌로 쌓은 건물로, 현재 지역개발을 위한 몸부림이 한창인 브루클린의 구 공업지구에 위치해 있었다. 안이 아주 널찍했고, 밖에서는 안에서 무슨 일이 일어나고 있는지 전혀 알지 못할 정도의 육중한 철문도 있었다. 캐리와 나는 알루미늄 소재의 관람석에 앉아 매트에서 서로 대련 중인 여섯 명을 구경하고 있었다.

"으이크."

한 남자가 사타구니를 걷어차이는 광경을 보자 마치 내가 맞은 것처럼 몸이 움찔했다. 아무리 패딩을 대고 있어도 얼마나 아플지 상상이 됐다.

"캐리, 스탠튼 아저씨가 그걸 어떻게 알겠어?"

"네가 병원에 실려 갈 테니까."

그가 나를 흘끗 쳐다봤다.

"농담이 아니야. 크라브 마가는 거친 운동이야. 서로 치고받으면서 진짜로 때리는 거잖아. 멍 자국으로는 들키지 않겠지만 그래도 네 새아버지가 어떻게든 알아내실걸. 늘 그러시잖아."

"엄마 때문이야. 엄마가 시시콜콜 다 얘기하시니까. 엄마한테는 이 얘기 안 할 거야."

"왜?"

"이해 못 하실 테니까. 엄만 내가 과거 일 때문에 내 몸을 내가 지키고 싶어서 그런다고 생각하실 거야. 그러면서 죄책감에 잔소리를 해대시겠지. 운동과 스트레스 해소가 주된 목적이라고 해봐야 절대 안 믿으실걸."

나는 손바닥으로 턱을 괴며 어떤 여자 대련자와 함께 매트에 올라서는 파커를 지켜봤다. 파커는 훌륭한 코치였다. 끈기 있고 세심한 데다 이해하기 쉽게 설명도 잘해줬다. 그의 도장은 험악한 동네에 있었지만 생각해보면 그런 위치가 그가 가르치는 무술의 쓰임새와 잘 맞는 것 같기도 했다. 크고 휑한 창고라 현실감이 극대화되기도 했다.

"파커라는 저 남자 정말 멋진데."

캐리가 속삭였다.

"결혼반지도 끼고 있거든."

"나도 봤어. 괜찮은 상대는 꼭 임자 있는 몸이란 말이지."

파커가 강습을 끝낸 후에 우리 쪽으로 왔다. 짙은 눈이 밝게 빛을 발했고 미소는 그보다도 더 밝았다.

"직접 와서 보니까 어때요, 에바?"

"수강신청은 어디에서 해요?"

그의 섹시한 미소에 캐리가 손을 뻗어 내 손을 저리도록 꽉 쥐었다.

"이쪽으로 오세요."

금요일은 멋지게 시작되었다. 마크는 제안요청서를 위한 정보 수집 과정을 세세하고도 낱낱이 설명해주었다. 크로스 인더스트리와 기데온 크로스에 대한 것도 덤으로 알려주며 자신과 그가 동갑이라는 얘기도 들려주었다.

"정말 믿기지가 않아. 그 사람을 바로 앞에서 대하고 있으면 나와 같은 나이라고는 생각하기 어려워."

"맞아요."

나는 맞장구를 쳤다. 이틀 동안 그를 못 본다는 생각에 내심 아쉬워하면서.

관심 없다고 스스로 숱하게 말했지만 다 자기기만이었다. 사실 나는 그와 마주칠지도 모른다는 기대감에 들떠 있었다. 주말을 앞두고 그럴 기회가 사라졌다는 것을 깨닫고 나서야 내 마음이 그렇다는 것을 알게 되었지만 말이다. 그와 가까이 있으면 정말 황홀했다. 더군다나 그를 바라보고 있으면 미칠 듯이 즐거웠다. 주말에 그다지 신 나는 계획도 없는 터라 나는 맥이 빠졌다.

마크의 사무실에서 메모를 하고 있을 때 내 책상의 전화벨이 울렸다. 나는 달려가서 전화를 받았다.

"마크 개리티 사무실-."

"에바, 우리 딸. 잘 지냈니?"

나는 새아버지의 목소리를 듣고 의자에 털썩 주저앉았다. 스탠튼 아저씨의 목소리는 언제 들어도 조상 대대로 부자 집안인 사람의 분위기를 풍겼다. 교양 있고 권위 있는 거만한 목소리.

"아저씨. 별일 없으시죠? 엄마는 잘 계세요?"

"그래. 여긴 별일 없다. 네 엄마도 항상 그렇듯 잘 지내고."

엄마의 안부를 전할 때 아저씨의 어조가 한결 부드러워져서, 나는 그 점에 감사했다. 솔직히 아저씨에게는 여러 가지로 감사했지만 가끔은 그런 고마운 마음과 아빠를 배신하는 것 같은 마음 사이에서 균형을 잡기가 힘들었다. 아빠가 새아버지와의 소득 격차에 대해 지나치게 의식한다는 것을 알고 있었으니까.

"잘 지내신다니, 다행이에요."

나는 마음을 놓으며 대꾸했다.

"제 드레스랑 캐리 턱시도를 받고 나서 두 분께 감사 편지 드렸는데 받으셨어요?"

"그래, 받았다. 참 사려도 깊지. 그게 뭐 그렇게 감사할 일이라고. 잠깐만 기다리거라."

아저씨가 누군가와 잠깐 말을 나누었다. 비서인 것 같았다.

"에바, 우리 딸. 오늘 같이 점심을 먹었으면 좋겠는데. 그리로 클랜시를 보내마."

"오늘요? 어차피 내일 밤에 만날 텐데 그때 뵈면 안 될까요?"

"안 된다. 꼭 오늘 봐야 해."

"하지만 점심시간이 한 시간밖에 안 되는데요."

그때 누군가가 어깨를 툭 쳤다. 돌아보니 마크가 내 자리 칸막이 옆에 와 있었다.

"두 시간 줄게. 일을 잘해서 주는 상이야."

그가 작게 속삭였다.

나는 한숨을 내쉬며 입모양으로 감사하다고 말했다.

"점심시간이 12시부터인데 괜찮으세요?"

"괜찮고말고. 어서 보고 싶구나."

나로선 스탠튼 아저씨와 단둘이 만나는 일이 마뜩지 않았지만 의무감에 떠밀려 12시가 다 되어갈 무렵 사무실을 나섰다. 밖에 나가보니 리무진 한 대가 도로변에서 나를 기다리고 있었다. 스탠튼 아저씨의 운전사 겸 보디가드인 클랜시가 문을 열어주었다. 잠시 뒤 운전석에 올라탄 클랜시는 나를 도심지의 상업지구로 데려갔다. 12시 20분쯤, 나는 스탠튼 아저씨의 사무실 회의 테이블 앞에 앉아 기막히도록 훌륭한 2인분의 점심 식사를 감상하고 있었다.

내가 들어오고 얼마 지나지 않아 스탠튼 아저씨가 말끔하고 기품 있는 모습으로 들어왔다. 새하얀 백발과 주름살에도 여전히 꽤 미남형인 얼굴. 이지적인 날카로움을 내뿜는 푸른 눈. 젊고 예쁜 아내와, 우리 엄마와 결혼하기 전 한창 바쁘던 시절부터 꾸준히 관리해온 균형 잡히고 탄탄한 체격. 안으로 들어오는 아저씨를 보고 일어서자 아저씨가 내 볼에 입을 맞추어주었다.

"오늘 정말 예쁘구나, 에바."

"감사해요."

나는 자연 금발인 엄마를 많이 닮았다. 아빠를 닮은 회색 눈만 빼고.

스탠튼 아저씨가 테이블 상석에 앉았다. 그 뒤로 펼쳐진 뉴욕의 환상적인 스카이라인은 아저씨가 얼마나 거물급 인사인지를 잘 보여주고 있었다.

"어서 들거라."

아저씨가 말했다. 힘 있는 남자들 특유의 그런 당당한 명령이었다. 마치 기데온 크로스가 그러하듯이. 아저씨도 크로스의 나이 때 저돌적이었을까?

나는 포크를 집어 들고 치킨, 크랜베리, 호두, 페터 치즈로 버무려진 샐러드부터 먹어봤는데 맛이 아주 좋았다. 마침 배도 고프던 참이라 꿀맛이었다. 아저씨가 곧바로 본론을 꺼내지 않은 덕분에 식사를 맘껏 즐길 수 있었지만, 그런 유예의 시간은 그리 길지 않았다.

"에바 우리 딸, 크라브 마가에 관심이 있는 것 같던데 그 얘길 좀 하자."

나는 놀라서 그대로 얼어버렸다.

"예?"

아저씨가 얼음물을 한 모금 마시고 몸을 뒤로 기대더니 완고함이 배어나도록 턱에 힘을 주었다. 아저씨의 입에서 내가 듣고 싶지 않은 얘기가 나오리라는 불길한 신호였다.

"네가 브루클린의 그 도장에 간 일 때문에 네 엄마가 간밤에 말도 못하게 애를 태웠어. 진정시키느라 애 좀 먹었다. 너를 잘 타일러보겠다고 안심시켜서 겨우 달랬어. 네 엄만……."

"잠깐만요."

식욕이 뚝 떨어져버린 나는 포크를 가만히 내려놓았다.

"제가 거기에 간 건 엄마가 어떻게 아신 건데요?"

"휴대폰 위치추적을 했다."

"말도 안 돼."

나는 작은 소리로 내뱉으며 의자에 털썩 기댔다. 그것이 지극히 자연스러운 일인 양 아무렇지 않게 대답하는 아저씨를 보니 비위가 상했다. 속이 메스꺼워지면서 갑자기 먹은 점심을 소화시키기보다 게워버리고 싶어졌다.

"엄마가 아저씨의 회사 전화를 쓰라고 우긴 이유가 그거였군요. 돈을 절약해주고 싶다느니 했던 건 그냥 핑계였어요."

"물론 돈을 절약하려는 의도도 있었어. 하지만 네 엄마 마음의 안정을 위해서 그랬던 것도 맞긴 맞다."

"마음의 안정이요? 다 큰 딸을 감시하는 게요? 그건 옳은 일이 아니에요. 어떻게 그걸 모르세요. 엄만 피터센 박사님한테 계속 상담받고 계시긴 한 거예요?"

아저씨가 정신상담 얘기에 체면치레 상의 거북한 표정을 지었다.

"그럼, 물론이지."

"엄마가 어떻게 행동하고 계신지도 박사님한테 다 얘기하신데요?"

"그건 모르겠다. 모니카의 사생활이니까. 난 간섭 안 한다."

아저씨가 딱딱하게 말했다.

아저씨는 정말로 간섭을 안 했다. 간섭은커녕 엄마의 응석을 받아주고 온갖 비위를 맞춰주며 버릇을 더 망쳐놓았다. 그리고 내 안전에 대한 집착이 도를 넘어서서 황당한 지경에 이르도록 내버려두었다.

"엄마도 이젠 잊으셔야 해요. *저는 다 잊었어요.*"

"그때 너는 어렸다, 에바. 네 엄만 그런 너를 지켜주지 못했다는 생각에 죄책감을 갖고 있어. 그런 마음을 조금은 이해해 줘야지."

"이해요? 스토커처럼 구시는데도요!"

현기증이 핑 돌았다. 엄마가 어떻게 그런 식으로 내 사생활을 침해할 수 있어? 왜 자꾸 그러시는 거야? 엄만 자기 자신도 모자라 나까지 미치게 만들고 있었다.

"이대론 안 돼요."

"복잡하게 생각할 거 없다. 벌써 클랜시에게 얘기해두었다. 네가 그 위험한 브루클린에 가야 할 때는 클랜시가 태워다 줄 거다. 그럼 다 해결되는 거야. 너도 훨씬 더 편해질 테고."

"저를 위하는 것처럼 돌려 말하려고 애쓰지 마세요."

절망감에 눈물이 울컥 치밀어 눈이 따끔거리고 목구멍이 화끈거렸다. 아저씨가 브루클린을 무슨 제3세계 국가라도 되는 것처럼 말하는 것도 싫었다.

"저는 이제 다 큰 성인이에요. 제 일은 제가 결정해요. 법으로도 그렇게 정해져 있잖아요!"

"그런 식으로 말하지 말거라, 에바. 난 네 엄마를 돌보려는 것뿐이다. 그리고 너도."

나는 의자를 뒤로 밀며 자리에서 일어섰다.

"엄마의 나쁜 버릇을 부추기시는 거겠죠. 계속 정신 이상자로 만들고 저까지 미치게 만들고 계신 거라고요."

"앉거라. 식사를 거르면 안 된다. 안 그래도 모니카가 네가 제대로 챙겨 먹지 않는다고 걱정인데."

"엄마는 뭐든 다 걱정이죠. 그게 문제예요."

나는 냅킨을 테이블에 내려놓았다.

"그만 사무실로 돌아가 봐야겠어요."

나는 가능한 한 빨리 그곳에서 벗어나고 싶어서 성큼성큼 문 앞으로 갔다. 아저씨의 비서에게서 핸드백을 다시 받을 때 휴대폰은 책상에 그대로 두고 나왔다. 안내 데스크 쪽에서 나를 기다리고 있던 클랜시가 따라왔지만 그를 떼어내려 해봐야 헛수고라는 것쯤은 알았다. 클랜시는 아저씨 말고는 그 누구의 말도 듣지 않는 사람이었으니까.

클랜시가 다시 회사 앞까지 태워다 주는 동안 나는 뒷자리에서 속을 부글부글 끓이고 있었다.

내키는 대로 불평은 했지만 따지고 보면 나도 아저씨에게 뭐라고 할 처지는 못 되었다. 나도 결국엔 엄마에게 져주게 될 테니까. 안 그래도 고통에 빠져 있는 엄마가 더 고통스러워 할 생각을 하면 마음이 아파서 엄마 뜻대로 하라고 항복하게 될 게 뻔했다. 너무 마음이 여리고 예민한 데다 나에 대한 사랑이 지극한 엄마인 걸 아니까.

크로스파이어 빌딩으로 돌아왔을 때도 기분은 여전히 울적했다. 클랜시가 도로로 차를 빼서 떠날 때 나는 북적이는 보도에 서서 초콜릿을 살 만한 가게나 새 휴대폰을 개통할 만한 휴대폰 대리점이 없나 하고 주위를 두리번거렸다.

주변을 헤매다 모퉁이에 있는 슈퍼 겸 약국에서 초코바 여섯 개를 산 뒤에 크로스파이어 빌딩으로 다시 돌아왔다. 나간 지 아직 한 시간가량밖에 안 지났지만 마크가 덤으로 준 시간을 사용할 기분도 아니었다. 가족 생각을 하면 돌아버릴 지경이니, 차라리 일을 하며 마음을 딴 데로 돌리는 게 나을 것 같았다.

아무도 없는 엘리베이터에 타게 되자 나는 초코바 하나를 뜯어 먹기 시작했다. 20층에 도착하기 전에 다 해치울 작정으로 막 먹어대고 있는데, 4층에서 엘리베이터가 멈췄다. 엘리베이터가 중간에 선 그 잠깐의 시간이 오히려 고마웠다. 마구 먹어대던 걸 멈추고 혀에 녹는 진한 초콜릿과 캐러멜을 음미하면서 기분을 달랠 수 있었다. 하지만 그 시간도, 오래가진 못했다.

문이 스르륵 열리면서 눈앞에 기대온 크로스가 보였다. 그는 다른 두 남자와 얘기 중이었다.

아니나 다를까 이번에도 어김없이 그를 보는 순간 나는 숨이 턱 막혀버리고 말았다. 누그러들던 흥분이 다시 솟구쳤다. 왜 저 사람을 보면 이렇게 되고 말까? 언제쯤 적응이 될까?

나를 본 그가 내 모습을 흘끗 훑어보았다. 뒤이어 그의 입가에 심장을 멎게 할 만한 미소가 천천히 번졌다.

이런, 재수 더럽게 좋네.

크로스가 미소를 거두더니 얼굴을 찡그렸다.

"이 문젠 나중에 마저 얘기합시다."

그가 나에게 시선을 거두지 않은 채 일행들에게 나직이 말했다. 그러고는 엘리베이터 안으로 들어서며 손을 들어 뒤따라 들어오려는 일행을 제지했다. 일행들은 놀라서 눈을 깜빡거리며 나와 그를 번갈아 흘끗거렸다.

나는 제정신을 잃지 않기 위해서라도 다른 엘리베이터를 타는 게 속 편하겠다는 생각에 밖으로 나가려 했다.

"잠깐, 기다려요, 에바."

그가 팔꿈치를 잡아 뒤로 끌어당겼다. 문이 닫히고 엘리베이터가 스르륵 움직였다.

"대체 왜 이러세요?"

내가 톡 쏘아붙였다. 스탠튼 아저씨를 만나고 온 후라, 나를 못살게 굴려고 하는 또 한 명의 위압적인 남자와 마주하기 정말 싫었다.

크로스가 내 양 팔뚝을 붙잡더니 그 새파란 눈으로 내 얼굴을 유심히 살폈다.

"무슨 안 좋은 일이 있었군. 무슨 일이지?"

이제는 익숙해진 그 찌릿찌릿한 전기가 또다시 일어났다. 화가 나서 흥분해 있던 탓에 그 끌림이 더 맹렬히 느껴졌다.

"당신이요."

"나?"

그의 엄지손가락이 내 어깨를 어루만졌다. 그가 나를 놓아주더니 주머니에서 열쇠 하나를 꺼내 엘리베이터 버튼 옆 열쇠 구멍에 꽂아 넣었다. 그러자 버튼에서 맨 꼭대기 층만 빼고 모든 층수의 불이 꺼졌다.

그는 그날도 검은색으로 맞춰 입고 있었는데 이번엔 가는 회색 세로 줄무늬가 들어간 슈트였다. 뒤에서 보는 그의 모습은 또 다른 매력이었다. 어깨가 과하지 않고 딱 보기 좋게 넓어서 가는 허리와 긴 다리가 더 돋보였다. 칼라 위까지 내려온 부드러운 머리카락에 시선이 가는 순간 그 머리카락을 움켜쥐고 싶은 유혹이 일었다. 그것도 세게 꽉. 화가 나 있는 그 와중에도 나는 그를 원하고 있었다.

"지금은 당신하고 얘기할 기분이 아니에요, 크로스 씨."

그가 문 위쪽에 있는, 앤티크풍의 층 표시 바늘을 지켜보며 말했다.

"내가 당신 기분 풀어줄게요."

"관심 없어요."

크로스가 어깨 너머로 나를 흘끗 돌아봤다. 셔츠와 넥타이 둘 다 그의 눈동자처럼 짙푸른 색이어서, 그 모습이 아주 매혹적이었다.

"난 거짓말 싫은데, 에바. 절대로."

"거짓말 아니에요. 그럼 내가 당신한테 끌린다면 어쩔 건데요? 안 그럴 여자가 몇이나 될지 모르겠지만요."

나는 먹다 남은 초코바를 싸서 핸드백에 아무렇게나 쑤셔 넣었다. 기데온 크로스와 같은 공기를 숨 쉬고 있는 순간엔 초콜릿 따윈 필요 없었다.

"하지만 내가 당신한테 끌린다 해도 뭐든 하고 싶은 마음은 없어요."

그때 그가 느긋하게 빙 돌더니 나를 마주 봤다. 그 섹시한 입술에 부드럽게 희미한 미소까지 지은 채로. 그의 그런 느긋함과 태연함이 나를 더 화나게 했다.

"끌린다는 말은 너무 약한 표현 아닌가? 그러니까, 음……."

그가 우리 사이의 공간을 가리키며 말을 이었다.

"우리 사이의 경우는."

"당신이 나를 미친 여자라고 생각할지 모르겠지만, 나는 누군가와 옷을 벗고 침대에서 땀 나도록 뒹굴기 전에 먼저 그 남자를 *좋아해야* 하는 여자예요."

"그게 미친 건 아니지. 하지만 난 데이트할 시간도, 생각도 없어요."

"그건 나도 마찬가지예요. 잘됐네요. 그럼 얘긴 끝난 거니까."

그가 바짝 다가오며 내 얼굴 쪽으로 손을 뻗었다. 나는 피하지 않으려 안간힘을 썼다. 겁먹은 모습을 보여 그에게 만족감을 주고 싶진 않았다. 그는 엄지손가락을 내 입꼬리에 갖다 대며 살짝 쓸어내더니 자기 입술로 가져갔다. 그러더니 그 엄지손가락을 빨며 만족스러운 듯 속삭였다.

"초콜릿과 당신, 정말 맛있어."

순간, 전율이 온몸을 훑고 지나면서 뒤이어 다리 사이에 뜨거운 통증이 번졌다. 치명적이도록 섹시한 그의 몸에서 초콜릿을 핥는 모습을 상상해버리고 말았다.

나를 보는 그의 눈빛이 짙어지더니 목소리를 나직이 깔며 다정스레 말했다.

"내 사전에 로맨스란 것은 없어, 에바. 하지만 당신을 오르가슴에 이르게 해줄 방법은 아주 많이 있지. 직접 보여주고 싶은데."

엘리베이터가 서서히 멈추어 섰다. 그가 열쇠를 뽑자 문이 열렸다. 나는 구석으로 물러서며 손목을 홱 내저어 다가오지 못하게 했다.

"정말 관심 없다니까요."

"얘기 좀 하지."

크로스가 부드러우면서도 완고하게 내 팔꿈치를 붙잡으며 엘리베이터에서 내리도록 다그쳤다.

나는 결국 따라서 내렸다. 그와 있을 때 느끼는 그 찌릿함을 포기할 수 없어서. 시간을 5분 이상 내주면 그가 과연 무슨 말을 할지 궁금하기도 했다.

크로스는 삑 하는 소리와 함께 보안문 안으로 들어서며 잠시의 지체도 없이 성급히 걸었다. 안내 데스크의 예쁘장한 빨강 머리 아가씨가 후다닥 일어나 뭔가를 전하려 했지만 그가 조급한 표정으로 고개를 가로저었다. 그녀는 입을 딱 다물었고 우리가 빠른 걸음으로 지나갈 때 동그랗게 뜬 눈으로 나를 빤히 보았다.

크로스의 사무실로 가는 길은 다행히도 짧았다. 상사가 다가오는 것을 보고 그의 비서가 일어났지만 그는 크로스가 혼자가 아닌 것을 알고는 아무 말 없이 조용히 있었다.

"전화 연결하지 마, 스캇."

크로스가 말하며 열린 양문형 유리문을 지나 나를 자기 사무실로 데리고 들어갔다.

화가 나 있는 그 와중에도 나는 기데온 크로스의 널찍한 그 지휘본부에 감탄하지 않을 수가 없었다. 사무실의 양쪽 면은 바닥부터 천장까지 이어진 전면 전망창으로 도시가 훤히 내려다보였고 나머지 면은 유리로 된 벽이었다. 커다란 책상 맞은편의 불투명한 벽면을 뒤덮은 평면 TV들에서는 전 세계의 뉴스 채널이 계속 흘러나오고 있었다. 별도의 자리 세 곳에 손님 접대 공간이 마련되어 있었는데 각각의 자리는 모두 마크의 사무실 전체 면적보다도 넓었다. 그리고 한쪽에는 바가 딸려 있었는데 보석 장식이 들어간 크리스털 유리병들이 진열된 그 바가 흑백과 회색 일색인 그 사무실 공간에 미약하게나마 색채감을 더해주고 있었다.

크로스가 책상의 버튼을 눌러 문을 닫는가 싶더니 이어서 또 다른 버튼을 눌렀다. 그러자 투명한 유리벽이 순식간에 뿌

옅게 흐려졌다. 이제 밖의 직원들은 우리를 엿볼 수 없게 되었다. 건물 외부 유리도 아름다운 사파이어 빛의 반사필름이 붙여져 사생활이 보호되고 있었다. 그가 재킷을 벗어 크롬제 행거에 걸어놓더니 아직도 문가에 서 있는 내게로 다시 걸어왔다.

"뭐 마실 거라도?"

"아뇨, 됐어요."

미치겠네. 재킷을 벗고 조끼만 입고 있으니 더 멋져 보이잖아. 정말 몸의 굴곡이 더 부각되었다. 그 탄탄한 어깨 하며, 움직일 때마다 도드라지는 그 멋진 팔 근육과 엉덩이까지.

그가 검은색 가죽 소파를 가리켰다.

"앉지."

"일하러 다시 가봐야 해요."

"나도 2시에 회의가 있어. 그러니까 빨리 얘기를 마무리 지었으면 좋겠는데. 그래야 우리 둘 다 다시 일을 시작할 수 있으니까. 자, 앉아요."

"얘길 마무리 짓다니, 무슨 얘길요?"

그가 한숨을 내쉬더니 나를 신부처럼 번쩍 들어 안아 소파로 데려갔다. 나를 소파에 앉혀놓고는 그 옆으로 앉았다.

"당신이 튕기는 얘기. 어떻게 해야 나와 침대로 갈 마음이 생길지 얘기 좀 해봅시다."

"기적이 생기지 않는 한 어림없어요."

나는 그를 밀어내며 떨어져 앉았다. 그러고는 에메랄드 그

린색 스커트 끝단을 잡아당겼다. 젠장, 바지를 입고 왔으면 이렇게 신경 안 쓰였을 텐데.

"당신이 나에게 무례하고 모욕적으로 굴고 있으니까요."

솔직히 그의 그런 점 때문에 더 끌리기도 했지만 그 사실을 그 앞에서 절대로 인정하고 싶지 않았다.

그가 눈을 가늘게 뜨고 나를 똑바로 바라봤다.

"무례해 보일 수도 있겠지. 하지만 그게 내 진심이에요. 당신은 진실이 아닌 거짓이나 입에 발린 말을 원하는 그런 여자들과는 다른 것 같아서 하는 말인데."

"내가 원하는 건 섹스돌 같은 성인 장난감보다는 더 나은 대우를 받는 거예요."

크로스가 눈썹을 번쩍 치켰다.

"흠, 그렇군."

"그럼 더 할 얘기 없으시죠?"

나는 일어섰다.

그가 손가락으로 내 손목을 감아오며 다시 끌어 앉혔다.

"아니, 서로 합의점을 찾았는데 더 얘기해봅시다. 우린 둘 다 서로에게 성적으로 강하게 끌리고 있고 둘 다 데이트를 원하지 않잖아요. 그럼 당신이 원하는 건 뭐지? 유혹? 유혹받고 싶어요?"

나는 그 말에 끌리면서도 한편으론 당황스러웠다. 솔직히 그의 말이 맞았다. 나는 그에게 유혹받고 싶었다. 내 눈앞에서 그렇게 멋지고 남성미를 물씬 풍기는 남자가 나에게 빠져 뜨거운 밤을 보내고 싶어 안달하고 있는데 어떻게 안 그러고 배기겠는가. 하지만 당혹감이 이겼다.

"무슨 거래하듯 맞춰놓고 하는 섹스는 흥미 없어요."

"처음부터 조건을 정해두면 나중에 지나친 기대와 실망에 빠질 가능성이 줄지 않겠어요?"

"지금 장난해요?"

나는 노려보며 쏘아붙였다.

"그걸 지금 말이라고 해요? 아예 섹스가 조건이라고 대놓고 말하지 그래요? 사전 합의된 밑구멍에 사정을 하는 게 조건이라고요?"

그런데 약이 오르게도 그가 머리를 뒤로 젖히며 크게 웃었다. 화통하고 걸걸한 웃음소리가 따뜻한 물이 적셔오듯 나를 휘감았다. 그를 의식하면 할수록 흥분되어서 육체적인 고통의 도가 더 심해졌다. 그렇게 소탈하게 웃는 모습을 보니 지나치도록 섹시해서 현실감마저 없어 보이던 그가 살과 피를 가진 진짜 인간으로 다가왔다.

나는 발딱 일어나 그의 손이 닿지 않을 만큼 뒤로 떨어져 섰다.

"하룻밤 즐기고 마는 그런 섹스에 와인과 장미까지 기대하는 건 무리겠지만, 그래도 몸을 나누려면 다른 건 몰라도 친밀감은 있어야죠. 다정함도요. 최소한 서로에 대한 존중이 필요해요.”

그의 얼굴에서 곧바로 웃음기가 사라지더니 그가 어두운 눈빛으로 일어났다.

“난 내 사생활에 선을 분명히 정해놓는 사람이오. 당신은 그 선을 흐려놓길 바라고 있군. 나는 그럴 만한 이유를 모르겠는데.”

“난 당신에게 바라는 거 아무것도 없어요. 그냥 다시 일하러 가게 붙잡지나 말아줘요.”

나는 성큼성큼 문가로 가서 문손잡이를 확 잡아당겼다. 하지만 문은 꼼짝도 하지 않았다. 나는 작은 소리로 욕을 내뱉었다.

“나가게 해줘요, 크로스 씨.”

어느새 그가 내 뒤에 와 있었다. 내 양어깨 너머의 유리에 손바닥을 딱 붙이고 나를 꼼짝 못하게 가두고 있었다. 그가 그렇게 가까이 다가와 있는데도 내 특유의 자기방어 모드가 작동되질 않았다. 그의 강렬하고 집요한 의지가 손으로 만져질 듯 강한 기운을 뿜어냈다. 그가 더 바짝 다가오자 그 기운이 나를 휘감으며 그와 나를 가두었다. 좀 전까지의 감정은 사라지고 나의 온몸이 그의 몸으로 팽팽히 잡아끌리는 듯한 느낌에 사로잡혔다. 미치도록 화가 나 있는 그 와중에도 그에게 그렇게 본능적으로 끌리고 있다니, 머리가 어지러웠다. 성적 흥분을 확 꺼뜨리는 그런 말을 내뱉는 남자에게 어떻게 그런 흥분을 느낄 수 있는지, 아찔했다.

"뒤돌아봐, 에바."

나는 그의 위압적인 어조에 배인 격정적 욕망에 저항하려 눈을 감았다. 세상에, 그의 체취는 정말 좋았다. 그의 탄탄한 몸에서 발산되는 열기와 갈망이 그를 향한 나의 미칠 듯한 욕망을 자극했다. 그 욕망을 억제할 수가 없었다. 오히려 아직 남아 있던 스탠튼 아저씨에 대한 좌절감과 좀 전의 크로스에 대한 분노 탓에 더 불타오를 뿐이었다.

나는 그를 원했다. 지독히도.

하지만 그는 나에게 별로 좋은 상대가 아니었다. 솔직히 말해서 나 스스로 무덤을 파는 격일 수도 있었다. 그런 관계라면 사양하고 싶었다.

나는 달아오른 이마를 에어컨 바람으로 차가워진 유리에 가만히 댔다.

"그만 해요, 크로스."

"좋아. 당신 정말 사람 애먹이는군."

그의 입술이 내 귀 뒤를 스쳤다. 이어서 그의 한 손이 손가락을 쫙 벌린 채 내 배를 꾹 누르며 그의 몸으로 끌어당겼다. 그는 나만큼이나 흥분해 있었다. 등 아래쪽으로 딱딱하게 일어선 그의 페니스가 느껴졌다.

"돌아보고 작별인사해."

실망스럽고 한심하게도 나는 순순히 돌아서서 문에 축 기댄 채 뜨거운 등을 식혔다. 그는 고개를 숙여 나를 내려다보았다. 그 풍만한 머리카락이 멋진 얼굴을 감싸며 흘러내려 와 있었다. 그가 한쪽 팔뚝을 문에 갖다 붙이며 내 얼굴로 바짝 다가왔다. 내가 숨도 제대로 못 쉴 만큼 가까이. 내 허리에 두르고 있던 손은 이제 내 엉덩이를 팽팽히 감싸 쥐었다. 정말 미쳐버릴 것 같았다. 나를 빤히 바라보는 그의 눈빛이 타는 듯이 뜨거웠다.

"키스. 그 정도는 해주었으면 좋겠는데."

그가 허스키한 목소리로 말했다.

나는 나직이 숨을 헐떡이며 타는 입술을 핥았다. 그가 괴로운 듯 신음 소리를 토해내더니 고개를 숙여 내 입술을 덮어왔다. 나는 깜짝 놀랐다. 그의 단단한 입술이……, 정말 부드러웠다. 그가 입술을 거칠게 누르지 않으려 자제하는 게 느껴졌다. 내가 한숨을 내쉼과 동시에 그의 혀가 안으로 밀고 들어오더니 오래도록, 천천히 나를 맛보았다. 그의 키스는 당당하고 능숙했다. 나를 미칠 듯이 흥분시킬 만큼 적극적이었다.

핸드백이 바닥에 떨어지는 것을 얼핏 느끼면서, 나는 손을 그의 머리카락 안으로 쓸어 넣었다. 그 부드러운 머리카락을 움켜잡으며 그의 입을 내 쪽으로 끌어당겼다. 그가 신음하며 더 깊게 키스했다. 관능적인 혀 놀림으로 내 혀를 어루만졌다. 내 가슴으로 그의 펄떡이는 심장박동이 전해져왔다. 그렇게 심장이 뛰는 걸 보면 생각했던 것만큼 그렇게 가망 없는 남자는 아닌 것 같았다.

그가 문을 떠밀며 문 쪽에서 떨어지더니 내 머리와 엉덩이를 받쳐 들었다.

"당신을 원해, 에바. 골치가 아프든 어떻든, 멈출 수가 없어."

나는 온몸이 그에게 밀착된 채 구석구석 뜨겁고 단단한 그를 더 이상 참을 수 없을 정도로 강하게 느끼고 있었다. 나는 그에게 다시 입을 맞추며 그를 잡아먹을 듯이 격하게 키스했다. 아래가 축축이 젖어오고 너무 민감해졌다. 가슴이 묵직하고 예민해졌다. 갈망에 목이 타 흥분된 클리토리스가 심장과 함께 마구 고동쳤다.

어렴풋한 의식 속에서 등이 소파에 닿는 것이 느껴졌다. 크로스가 한쪽 무릎을 쿠션에, 또 다른 쪽 다리를 바닥에 디딘 자세로 나를 내려다봤다. 왼쪽 팔로 몸통을 지탱한 채로 오른쪽 손으로 내 무릎 뒤쪽을 꽉 쥐었다가 허벅지를 따라 미끄러져 올라왔다. 소유욕이 강렬히 배인 손짓으로.

그 손이 실크 스타킹을 고정시킨 가터벨트 부근까지 점점 올라가자 그의 호흡이 거칠어졌다. 그가 마주 보던 시선을 거두어 아래를 내려다보더니 내 스커트를 밀어 올렸다. 허리 아래의 맨살이 드러났다.

"맙소사, 에바."

그가 가슴을 파르르 떨며 나지막이 말했다. 그 원초적인 음성에 소름이 오소소 일었다.

"당신 상사는 게이라 정말 운이 좋군. 안 그랬으면 당신을 옆에 두고 일이 되겠어?"

얼이 빠져 멍한 채로 가만히 보고만 있는 그 사이에 크로스의 몸이 내 위로 올라왔다. 어느새 내 다리가 벌어지며 그의 엉덩이를 받아들이고 있었다. 근육이 팽팽히 당겨졌다. 그에게로 더 다가가고 싶어서. 어서 빨리 살을 맞대고 싶어서. 처음 그에게 시선을 빼앗겼던 순간부터 쭉 갈망해왔던 그 순간을 어서 맞고 싶어서. 그가 머리를 숙여 한 번 더 입을 맞추며 격정적이고 날카롭게 내 입술을 짓뭉갰다.

바로 그때, 갑자기 그가 몸을 확 젖히며 비틀비틀 일어났다.

절실하고도 기꺼이 받아들일 준비가 된 채로 숨을 헐떡이며 축축이 젖어 있던 나는 잠시 후에야 그의 그런 갑작스러운 반응의 이유를 알아차렸다.

그의 뒤에 누군가가 있었다.

4

갑자기 벌어진 상황에 당황스러워 나는 허둥지둥 일어나 팔걸이에 등을 기대며 스커트를 확 잡아끌었다.

"……2시 약속 시간이 다 됐습니다."

영원처럼 느껴지던 순간이 지나고 나서야, 나는 아직도 사무실 안에 기데온 크로스와 나 단 둘뿐이라는 것을 알았다. 내가 들은 목소리는 스피커에서 흘러나온 소리였다. 크로스는 소파의 저쪽 끝에 서서 얼굴을 붉히고 인상을 찌푸린 채로 가슴을 들썩이고 있었다. 넥타이는 느슨하게 풀리고 바지의 지퍼는 팽팽히 당겨져 있는 모습으로.

내 모습이 어떨지를 생각하니 악몽 같았다. 게다가 업무 복귀 시간도 늦어버렸다.

"제기랄."

그가 두 손을 머리카락 사이로 난폭하게 찔러 넣었다.

"한낮에 사무실 안에서 이게 뭐야, 이런 제길!"

사무실에서 일해야 할 시간에 내가 뭘 하려고 했던 거야? 간신히 제정신으로 돌아온 나는 일어나서 매무새를 단정히 가다듬으려 했다.

"가만있어 봐요."

그가 다가와 내 스커트를 다시 확 잡아 올렸다.

나는 화가 나서 그의 손을 철썩 쳐냈다.

"하지 마요. 좀 내버려두라고요."

"입 다물어요, 에바."

그가 위압적으로 말하며 치마 속으로 검은색 실크 블라우스의 끝단을 잡아 안쪽에 제대로 넣어주고 틀어진 단추 선이 가운데로 똑바로 오게 해주었다. 침착하고 노련한 손놀림으로 치마를 끌어내려 반듯이 펴주었다.

"머리 다시 잘 묶어요."

크로스는 재킷을 다시 입고 나서 넥타이를 고쳐 맸다. 우리는 동시에 문 앞으로 갔고 내가 핸드백을 다시 집으려 허리를 숙일 때 그가 같이 몸을 숙였다.

그는 내 턱을 쥐더니 억지로 자기를 보게 했다.

"어디 좀 봐요, 괜찮은 거야?"

그가 부드럽게 말했다.

목이 화끈거렸다. 정신을 차리고 나니 화가 났고, 창피해서 죽어버리고 싶은 심정이었다. 내 평생 그렇게 정신을 잃은 적은 없었다. 더군다나 *그 남자* 앞에서 정신을 잃었다는 것이 싫었다. 성적 친밀감에 대한 가치관이 너무 냉정해서 나에게 불쾌감과 거부감을 주는 남자 앞에서 그러다니.

나는 잡힌 턱을 홱 당겼다.

"내가 지금 괜찮아 보여요?"

"지금 당신 모습은 정말 아름다워. 그래서 갖고 싶어. 당신을 너무 원해서 괴로울 지경이야. 당신을 다시 소파로 데려가 당신이 그만하라고 사정할 때까지 흥분시키고 싶은 걸 정말 겨우 참아내고 있는 중이라고."

"정말 말 하나는 잘 하는군요."

나는 투덜댔지만 솔직히 불쾌하진 않았다. 사실, 나에 대한 그의 노골적 갈망은 성욕을 크게 자극했다. 나는 다리가 휘청거려 핸드백 끈을 꽉 쥐며 몸을 똑바로 폈다. 그에게서 벗어나야 했다. 퇴근 후에 혼자서 와인을 잔뜩 마셔야 했다.

크로스가 나를 따라 똑바로 섰다.

"볼 일을 다 처리하고 나면 5시 정도 될 테니, 그때쯤 데리러 갈게요."

"아니, 그러지 마세요. 지금 일로 달라진 건 아무것도 없어요."

"젠장, 그렇지 않아."

"그건 당신의 오만이죠, 크로스. 내가 잠깐 정신을 잃긴 했지만 아직 당신 바람대고 따르고 싶진 않아요."

그가 문손잡이를 감싸 쥐었다.

"흠, 그렇군. 나와는 마음이 다르다 이거군. 그럼 이따 다시 얘기해보지."

더 얘길 하자고? 등줄기가 뻣뻣하게 굳었다.

나는 그의 손을 움켜잡고 문손잡이를 확 잡아당긴 후에 그의 팔 밑으로 몸을 숙여서 밖으로 빠져 나왔다. 그의 비서도, 크로스를 기다리고 있던 여자 한 명과 남자 두 명도 놀라서 입을 떡 벌리며 벌떡 일어났다. 등 뒤에서 그의 말소리가 들려왔다.

"스캇이 사무실로 안내해드릴 겁니다. 금방 돌아오겠습니다."

그가 안내 데스크에서 나를 따라잡더니 내 허리 아래로 팔을 두르며 엉덩이를 꽉 쥐었다. 나는 소란을 피우고 싶지 않아서 꾹 참았다가 엘리베이터 근처에 와서 몸을 뺐다.

그는 침착하게 서서 엘리베이터 버튼을 눌렀다.

"5시에 봐요, 에바."

나는 층수 버튼만 빤히 보며 말했다.

"바빠요."

"그럼, 내일."

"주말 내내 바빠요."

그가 내 앞으로 와서 초조하게 물었다.

"누굴 만나는데요?"

"그건 당신이 알 거 없……."

그가 손으로 내 입을 막았다.

"그만. 그럼 언제가 괜찮은지 말해봐요. 그리고 안 된다고 말하기 전에 나를 좀 봐요. 내가 쉽게 단념할 남자인지 아닌지를 판단해보란 말이오."

눈을 가늘게 뜬 그의 표정은 완고하고 단호했다. 나는 몸을 파르르 떨었다. 기 싸움에서 기데온 크로스를 이길 자신이 없었다.

나는 침을 꿀꺽 삼키고는 그가 손을 내릴 때까지 기다렸다가 말했다.

"내 생각엔 우리 둘 다 냉정을 되찾을 필요가 있어요. 이틀 정도 생각할 시간을 갖기로 해요."

그는 집요했다.

"그럼 월요일 퇴근 후에 보도록 하지."

엘리베이터가 도착해서 안으로 들어선 나는 그를 똑바로 보며 말했다.

"월요일 점심시간으로 해요."

점심시간은 1시간밖에 안 되니, 확실하게 빠져나올 구실이 있었다.

문이 닫히기 직전에 그가 말했다.

"또 보게 될 거야, 에바."

그의 어조는 협박 같기도 하고 약속 같기도 했다.

"괜히 쫄 거 없어, 에바."

2시 15분쯤 내 책상 앞에 도착했을 때 마크가 말했다.

"업무에 별 지장을 준 건 아니야. 나도 부회장님과 점심 먹는 게 늦어져서 방금 돌아왔어."

"감사합니다."

그가 그렇게 말해줬는데도 여전히 마음이 편치 않았다. 멋지게 시작했던 금요일 아침이 며칠 전인 듯 까마득히 느껴질 정도로 아주 오래 시간을 비운 것 같았다.

우리는 5시까지 쉬지 않고 일하며 패스트푸드점 광고주와 상담을 하고 유기농식품 체인점의 광고 카피를 살짝 손보는 게 어떨지에 대해서도 논의했다.

컴퓨터를 끄고 서랍에서 핸드백을 꺼내자마자 내 자리의 전화벨이 울렸다. 시계를 흘끗 보니 5시 정각이었다. 엄밀히 말해 근무시간도 끝난 건데 그냥 받지 말까?

하지만 점심시간을 너무 오래 비운 일이 아직까지 마음에 걸렸다. 그래서 참회하는 셈 치고 전화를 받았다.

"마크 개리티 사무-."

"우리 딸, 리처드한테 들었는데 깜빡하고 사무실에 휴대폰을 놓고 갔다며."

나는 얼른 심호흡을 한 뒤에 의자에 몸을 축 기대앉았다. 손수건을 움켜쥐고 있을 엄마의 모습이 눈에 선했다. 엄마가 그렇게 걱정스러운 말투로 말할 때는 그럴 것이 뻔했다. 그럴 때마다 돌아버릴 것 같았지만, 또 한편으론 마음이 찢어지기도 했다.

"아, 엄마. 잘 지내시죠?"

"그럼, 잘 지내지. 걱정해줘서 고맙다."

엄마의 목소리는 소녀 같으면서도 허스키했다. 마릴린 먼로와 스칼렛 요한슨의 목소리를 합쳐놓은 목소리라고나 할까.

"클랜시가 너희 집 경비실에 휴대폰을 가져다 뒀다더라. 휴대폰 없이 다니면 큰일 나요, 우리 딸. 누구에게 전화해야 할 일이 생기면 어쩌려고 그래."

그 휴대폰을 그대로 쓰면서 엄마가 모르는 새 번호를 개통할까 생각도 해봤다. 하지만 더 큰 걱정거리는 따로 있었다. 바로 엄마의 정신건강.

"엄마가 내 휴대폰 위치추적을 하는 것에 대해 피터센 박사님은 뭐라고 하세요?"

수화기 맞은편에서 기어들어가는 말소리가 들렸다.

"피터센 박사님도 내가 네 걱정이 돼서 그러는 걸 아셔."

나는 콧등을 찡그리며 말했다.

"또 한 번 둘이 같이 상담을 받으러 가봐야 할 것 같아요, 엄마."

"어……, 그래. 박사님도 널 다시 봤으면 좋겠다고 하셨어."

박사님이 생각하기에도 엄마가 솔직히 털어놓지 않는 것 같아 보였나 보네. 나는 화제를 돌렸다.

"새 직장이 정말 마음에 들어요."

"그거 잘 됐구나, 에바! 네 상사는 너한테 잘해주고?"

"예, 잘해주세요. 더 바랄 수 없을 만큼요."

"잘생겼니?"

나는 싱긋 웃음이 나왔다.

"예, 아주요. 그리고 임자 있는 몸이에요."

"에잇, 괜찮은 사람은 다 그러더라."

엄마가 웃었고 그 웃음소리에 기분이 좋아진 나도 따라 웃었다.

"어서 빨리 내일이 돼서 자선만찬에서 보고 싶어요."

모니카 트라멜 바커 미첼 스탠튼은 사교 행사에 가면 물 만난 물고기 같았다. 평생 남자의 관심을 부족함 없이 받아온 화려하고 눈에 띄는 미인이었으니 그럴 만도 하지만.

"우리 내일 하루 동안 즐겁게 보내자꾸나."

엄마가 숨도 안 쉬고 말을 이었다.

"너, 나, 그리고 캐리도 다 같이. 스파에 가서 관리도 좀 받고 피부에 광도 내자. 넌 일하느라 피곤했을 테니까 마사지도 받고 그래야겠다."

"그런 거라면 거절할 수 없죠. 캐리도 좋아할 거예요."

"정말 신 난다! 내일 11시쯤에 집으로 차 보내면 되겠니?"

"준비하고 있을게요. 그럼 내일 봐요, 엄마."

전화를 끊은 후에 등을 뒤로 기대며 숨을 내쉬었다. 뜨거운 목욕과 오르가슴이 절실했다. 내가 자기 생각을 하며 자위하는 걸 기대온 크로스가 어쩌다 알게 되더라도 상관없었다. 성적 욕구불만 때문에 자꾸 무력해지고 있었다. 그는 나처럼 그럴 걱정이 없겠지만. 하루가 가기 전에 기꺼이 다리를 벌리려 안달인 여자를 구할 게 틀림없었다.

내가 하이힐을 워킹화로 바꿔 신고 있을 때 내 자리의 전화벨이 또 울렸다. 엄마의 정신을 딴 데로 돌려놓긴 했지만, 그 방법이 늘 오래가지는 못했다. 통화를 마친 지 5분쯤 지났으면 엄마가 휴대폰 문제를 매듭짓지 못했다는 것을 알았을 때도 되었다. 이번에도 그냥 받지 말까 싶었지만 뭔가 마음에 걸리는 기분으로 집에 가고 싶지는 않았다.

나는 평상시와 똑같이 전화를 받았지만 평상시와 달리 목소리에는 맥이 없었다.

"아직도 당신 생각을 하고 있어."

부드럽고도 허스키한 크로스의 목소리가 들리자 안도감이 밀려왔다. 그제야 깨달았다. 나는 다시 한 번 그 목소리를 듣고 싶어 했다는 것을. 그것도 오늘.

맙소사. 그 갈망이 너무 강렬해서 그는 이미 내 몸에 마약 같은 존재가 되어 있었다. 아주아주 강렬한 황홀감을 가져다주는 그런 존재.

"아직도 당신의 느낌을 못 잊겠어, 에바. 당신의 달콤함도. 당신이 가버리고 나서, 미팅 두 건을 갖고 화상회의를 하는 내

내 어찌나 힘들었는지. 당신이 이겼어. 당신이 원하는 걸 말해봐."

"어, 생각 좀 해보고요."

내가 나직이 말했다.

나는 뜸을 들이며 그를 기다리게 하다가 싱긋 웃었다. 거시기가 주체 못할 때까지 안달 나게 만들라던 캐리의 말이 생각나서였다.

"음……, 생각이 잘 안 나네요. 하지만 우정 어린 조언은 해드리죠. 침을 질질 흘리며 당신한테 깜빡 죽는 여자와 시간을 즐기면서 신이 된 것처럼 굴어보세요. 둘 다 제대로 걷지도 못할 만큼 실컷 그 짓을 하세요. 그럼 월요일에 날 보게 될 때쯤엔 지금의 그 마음이 다 날아가고 평상시처럼 그 강박신경증적 생활로 되돌아갈 수 있을 테니까요."

전화기 너머로 삐걱거리는 소리가 들려왔고, 그 순간 책상 의자에 등을 기대고 있는 그의 모습이 그려졌다.

"너무 일방적이군, 에바. 또 한 번 내 마음을 모욕하면 그땐 무릎 위에 엎드려 놓고 엉덩이를 때려주겠어."

"난 그런 거 안 좋아해요."

말은 그렇게 했지만 내 몸은 이미 그의 목소리에 스르륵 녹으며 흥분되고 있었다. 역시 다크 앤 데인저러스였다.

"그건 그때 가서 얘기하고. 일단 지금은 어떻게 하면 좋을지 말해봐."

나는 자리에서 일어났다.

"당신 목소리는 정말 폰섹스를 나누기에 환상적이긴 하지만 난 이제 가봐야 해요. 내 딜도와 데이트가 있거든요."

매정한 거절의 최대 효과를 얻으려면 전화를 끊어야 했지만 궁금해서 견딜 수가 없었다. 내가 던진 그 말에 그가 고소하다는 듯이 싱글싱글 웃고 있을지 어떨지가. 게다가 그와 얘기하는 게 재미있기도 했다.

"오, 에바."

크로스가 뇌쇄적으로 목소리를 깔며 내 이름을 불렀다.

"나를 무릎 꿇고 애걸하게 만들려고 작정한 거야? 어떻게 하면 당신 입에서 B.O.B.와 같이 스리섬을 하자는 말이 나오겠어?"

나는 두 질문 모두를 못 들은 체 무시하며 핸드백을 어깨에 멨다. 내 손이 얼마나 떨리고 있는지를 그가 볼 수 없다는 것이 천만다행이었다. 솔직히 기데온 크로스와 'B.O.BBattery-Operated Boyfriends' 얘길 하게 될 줄은 몰랐다. 남자에게 대놓고 자위 얘기를 해보긴 처음이었다. 더군다나 그는 사실상 잘 모르는 남자가 아닌가.

"B.O.B.와 나는 오래전부터 합의를 본 사이예요. 그래서 우리는 서로 관계가 끝나면 어느 쪽이 이용당했는지 확실히 알죠. 물론, 이용당하는 쪽은 내가 아니고요. 그럼 즐거운 밤 보내요, 크로스."

나는 전화를 끊고 계단 쪽으로 갔다. 기술에 의존하는 것도 피하고 헬스클럽에 가서 해야 할 운동도 대신할 겸 1층까지 걸어 내려갈 생각이었다.

하루 일을 마치고 집으로 돌아온 것에 매우 감사해서 춤을 추듯 신 나게 아파트 현관문을 들어섰다. 그런데 좋아서 후다닥 들어가다가 그만 소파에 앉아 있던 커플을 깜짝 놀라게 만들었다.

"어머."

나는 멋쩍어져서 움찔했다. 내가 불쑥 들어왔을 때 캐리는 어떤 남자와 낯 뜨거운 자세는 아니어도 친밀한 분위기가 풍길 만큼 가까이 앉아 있었다.

어쩔 수 없이 기데온 크로스 생각이 났다. 내가 생각하는 가장 친밀한 행위에서 친밀함을 완전히 제거하길 좋아하는 그 남자가. 나는 하룻밤 상대나 단순한 섹스 파트너들과 관계를 가져봤고 그런 만큼 그냥 섹스와 사랑을 나누는 것이 서로 아주 다르다는 것을 누구보다 잘 알았지만, 섹스를 악수처럼 가볍게 생각할 수 있게 될 것 같지는 않았다. 크로스는 부족할 것이 없어 동정이나 연민을 자극하는 남자는 아니었지만, 어떤 면에서는 섹스를 그런 식으로 여긴다는 것이 가여웠다.

"왔어, 자기야."

캐리가 큰 소리로 말하며 후다닥 일어났다.

"트레이가 가기 전에 네가 왔으면 했는데 잘됐다."

"한 시간 후에 수업이 있어서요."

내가 신발 가방을 바닥에 내려놓고 핸드백을 보조식탁의 의자 위에 올려놓을 때 트레이라는 남자가 커피 테이블을 돌아 나오며 덧붙여 설명했다.

"가기 전에 이렇게 보게 돼서 반가워요."

"저도 반가워요."

나는 그가 내민 손을 잡고 악수하면서 그를 얼른 훑어봤다. 내 또래인 듯했다. 키는 평균이었고 멋진 근육질 체격이었다. 뻗친 금발 머리에 연한 담갈색 눈, 그리고 코에는 언젠가 부러진 적이 있었는지 상처 자국이 보였다.

"와인 좀 해도 될까요? 오늘 긴 하루를 보냈거든요."

내가 물었다.

"그럼요."

트레이가 즉시 대답했다.

"나도 마실래."

캐리가 우리가 있는 보조식탁으로 오며 말했다. 캐리는 헐렁한 블랙진에 어깨가 드러나는 검은 스웨터를 입고 있었다. 편안하고 세련돼 보이는 그 옷차림이 짙은 갈색 머리와 에메랄드빛 눈을 더 돋보이게 해주었다.

나는 와인셀러로 가서 아무 병이나 손에 잡히는 대로 꺼냈다. 병을 따서 잔에 따를 때 트레이가 두 손을 청바지 주머니에 찔러 넣고는 몸을 뒤로 젖힌 채 캐리에게 작게 뭐라고 얘기했다. 그때 전화벨이 울렸고 나는 벽에 걸린 수화기를 집어 들었다.

"여보세요?"

"에바? 파커 스미스예요."

"예, 안녕하세요."

나는 조리대에 엉덩이를 기대고 섰다.

"제가 불쑥 전화해서 기분 나빠 하지 않았으면 좋겠네요. 전화번호는 당신의 새아버지가 알려주셨어요."

내가 못 살아. 오늘 하루 동안 스탠튼 아저씨 때문에 충분히 골치 아팠는데 또야?

"언짢긴요, 아니에요. 무슨 일이신데요?"

"솔직히 말할게요. 지금 만사가 술술 풀리고 있어요. 나한테 당신의 새아버지는 동화 속에서 튀어나온 후원자 같은 분이에요. 도장에 안전 보강과 그동안 절실했던 시설 개선을 위해 투자를 해주기로 하셨거든요. 그래서 전화했어요. 도장이 다음 주에 휴관에 들어가서 강습은 한 주 건너뛰고 월요일부터 다시 시작할 거예요."

나는 눈을 감으며 치밀어 오르는 화를 꾹 참으려 애썼다. 스탠튼 아저씨와 엄마의 극성스러운 과보호가 파커의 잘못은 아니지 않은가. 두 분은 나를 지키려는 그런 행동이 얼마나 모순적인지 모르는 모양이었다. 호신술에 단련된 사람들 천지인 그런 도장에서 나를 지키겠다는 생각은 대체 어디서 나온 걸까.

"잘 됐네요. 어서 빨리 가보고 싶어요. 가서 훈련받을 생각을 하니 정말 신 나요."

"나도 그래요. 열심히 가르쳐줄게요, 에바. 당신 부모님께서 투자한 보람이 있게 해드릴게요."

나는 캐리 앞에 와인을 채운 잔을 놓아주고 내 와인을 한 모금 벌컥 들이켰다. 돈으로 얼마나 많은 협력의 대가를 얻어낼 수 있는지, 또다시 새삼 놀라면서. 하지만 그것 역시 파커의 잘못은 아니었다.

"저야 좋죠."

"그럼 다음 주에 기초부터 시작하는 걸로 합시다. 당신 운전기사에게 강습 시간표도 줬어요."

"좋죠. 그럼 그때 봐요."

내가 전화를 끊을 때 트레이는 캐리를 흘끗 쳐다보고 있었다. 나는 관심 없는 척하며 그런 그의 얼굴을 바라보았는데, 캐리를 향한 그 눈빛은 부드럽고도 애정 어린 열망으로 가득했다. 그런 눈빛을 보고 나니 아무래도 내 문제는 나중으로 미루어야 할 것 같았다.

"가야 하는데 붙잡아둬서 미안해요, 트레이. 수요일 저녁에 피자 먹을 시간 돼요? 그냥 인사나 하는 사이 말고 더 친해지고 싶은데."

"그날 수업이 있는데 어쩌죠."

그가 섭섭하다는 듯 미소를 짓더니 또다시 캐리를 흘끗 쳐다봤다.

"하지만 화요일엔 올 수 있어요."

"잘됐다. 그럼 피자 시켜놓고 같이 영화 봐요."

내가 웃으며 말했다.

"좋죠."

캐리가 문까지 트레이를 배웅하면서 나에게 손키스를 날려 고마움을 전했다. 다시 주방으로 돌아온 캐리는 자기 와인 잔을 잡으며 말했다.

"자, 이제 털어나 봐, 에바. 기분 안 좋은 거 얼굴에 다 써 있거든."

"맞아."

내가 와인 병을 들고 거실로 가며 순순히 인정했다.

"기데온 크로스 때문이지, 그렇지?"

"응. 하지만 그 사람 얘긴 하고 싶지 않아."

크로스의 추근거림이 마음을 들뜨게 하긴 했지만 그의 목적을 생각하면 진절머리가 났다.

"그 얘기 말고 너랑 트레이 얘기 좀 하자. 둘이 어떻게 만난 거야?"

"일하다 우연히 만났어. 어떤 사진작가의 조수로 아르바이트 하고 있거든. 섹시하지 않아?"

그가 행복에 들떠 눈을 반짝반짝 빛내며 말을 이었다.

"그리고 진짜 신사야. 전통적인 그런 신사."

"아직도 그런 사람이 있긴 있구나."

나는 중얼거리듯 말한 후 내 첫 잔을 싹 비웠다.

"그게 무슨 뜻이야?"

"별 뜻 없었어. 미안해, 캐리. 좋은 사람 같더라. 그리고 널 좋아하는 게 눈에 훤히 보이더라고. 사진 공부한대?"

"수의학."

"와우. 멋지다."

"내 생각도 그래. 아무튼 트레이 얘기는 나중에 하고, 무슨 일인지 얘기해봐. 어서 털어놓으라고."

나는 한숨부터 내쉬었다.

"엄마 때문에. 내가 파커의 도장에 관심 있다는 걸 알고 지금 걱정돼서 안절부절못하고 계셔."

"뭐? 그걸 어떻게 아셨는데? 맹세컨대 난 아무한테도 말 안 했다."

"나도 알아. 네가 얘기했을 거라는 생각은 하지도 않았어."

나는 탁자에서 병을 집어 들어 내 잔을 다시 채웠다.

"글쎄, 엄마가 내 휴대폰 위치추적을 하신 거 있지."

캐리가 눈썹을 치켜세웠다.

"정말? 그건 좀……, 섬뜩한데."

"그렇지? 스탠튼 아저씨한테 나도 그렇게 말했는데 아저씬

들은 체 만 체셔."

"이런."

그가 손으로 긴 앞머리를 쓱 넘기며 물었다.

"그래서 어쩌려고?"

"새 전화를 살 거야. 그리고 엄마가 분별력을 갖도록 얘기 좀 잘 해달라고 피터센 박사님과도 상담을 해볼까 해."

"좋은 생각이야. 그 문젠 너희 엄마의 담당 의사에게 맡겨. 그런데……, 회사 일은 괜찮아? 일은 재미있어?"

"정말로 좋아."

나는 소파 쿠션에 머리를 기대며 눈을 감았다.

"지금은 일과 네가 내 구세주야."

"너랑 자고 싶어 하는 그 젊고 끝내주는 억만장자는 어때? 어서 말해봐. 궁금해 죽겠어. 어떻게 됐어?"

나는 결국 추궁에 못 이겨 캐리에게 다 털어놓았다. 캐리가 씩씩대며 야단을 떨어주길 원했는데, 무슨 일인지 그는 얘기를 다 듣고도 조용했다. 고개를 들어 쳐다봤더니 오히려 눈을 반짝이며 입술을 깨물고 있었다.

"캐리? 넌 어떻게 생각해?"

"얘길 들으니 좀 흥분되는데."

그러고는 크게 웃어젖혔다. 그 웃음소리가 따뜻하고 어찌나 화통한지 짜증스럽던 내 기분까지 한 방에 날아가는 느낌이었다.

"그 남자, 지금 굉장히 심란하겠다. 네가 그런 가시 돋친 말을 던졌을 때, 그래서 그 남자가 네 엉덩이를 때려주겠다고 말했다던 그때 말이야, 그 남자 얼굴을 못 본 게 아깝다. 돈을 주고서라도 볼 만한 장면이었을 텐데 말이지."

"어떻게 그런 말을 하는지, 정말 어이없어."

그 으름장을 놓았을 때의 크로스 목소리가 생각나자 손바닥이 축축해지면서 잔에 김이 묻어났다.

"엉덩이를 때리는 게 변태 짓은 아니지. 게다가 소파에서 정상체위를 하려 했으니 기본을 싫어하는 사람도 아닌 거고."

캐리가 소파에 털썩 앉으며 그 잘생긴 얼굴이 더 잘나 보일 만큼 환한 미소를 지었다.

"그만한 남자면 그런 쪽으로는 아쉬울 것 없이 즐길 게 뻔할 텐데. 그런 남자에게, 네가 그렇게 나오니 도전의욕이 제대로 자극받았겠지. 그런데 그 남잔 너를 가지려고 자기가 기꺼이 양보하겠다고 했다며. 장담하는데 그 남자 그런 양보에 익숙지 않을걸. 그러니까 그냥 네가 원하는 게 뭔지 말해."

나는 남은 와인을 캐리와 내 잔에 나누어 따랐다. 몸에 알코올이 좀 들어가니 조금은 기분이 나아진 것 같았다. 내가 원하는 건 뭘까? 뻔한 그런 거 말고 또 뭘 원하는 걸까?

"우린 절대로 맞지 않아."

"소파에서 그런 일이 있었는데도?"

"캐리, 그만 해. 그쯤 해두라고. 그 사람은 로비에서 만난 잘 알지도 못하는 사람에게 대뜸 같이 자자고 했어. 바에서 만나 집까지 데려오게 되는 남자도 그보다는 더 상대를 알려고 해. '이봐요, 이름이 어떻게 되세요?' '여기에 자주 오세요?' '누구랑 왔어요?' '뭐 마실래요?' '춤추지 않을래요?' '직장이 이 근처세요?', 이 정도는 묻는다고."

"그래, 그래, 무슨 말인지 알았어."

캐리가 잔을 탁자에 내려놓으며 이어 말했다.

"나가자. 클럽에 가서 아주 쓰러질 때까지 춤추자. 혹시 알아? 재밌는 얘기로 너를 들뜨게 해줄 남자를 만나게 될지."

"아니면 적어도 술은 사주겠지."

"어, 크로스도 자기 사무실에서 마실 걸 권하긴 했잖아."

나는 고개를 설레설레 내두르며 일어났다.

"어쨌든. 나 샤워부터 하고 나서 나가자."

나는 유행에 뒤처지지 않으려 기를 쓰듯 클럽에서 열심히 춤을 춰댔다. 캐리와 같이 트라이베카에서부터 이스트 빌리지까지 시내의 클럽이란 클럽은 다 훑고 다니며 클럽 입장료에 쓸데없이 돈을 낭비해대면서 멋진 시간을 보냈다. 춤을 하도 춰서 나중엔 다리가 휘청거릴 지경이었지만 캐리가 자기 힐 부츠가 어쩌니저쩌니하며 먼저 투덜댈 때까지 계속 춤을 췄다.

그러다 내 슬리퍼 샌들을 하나 살 생각으로 테크노-팝 클럽에서 캐리와 함께 비틀비틀 나오던 중에, 몇 블록 떨어진 곳의 라운지 바를 선전하는 호객꾼과 마주쳤다.

"잠시 쉬어가기 좋은 곳이에요."

그가 말했다. 보통의 호객꾼들이 보여주기 마련인 그런 가식적 미소나 과대 선전도 없었다. 그런 데다 블랙진에 터틀넥 차림이었는데 상당히 부티 나는 옷이어서 호기심을 자극했다. 전단지나 쿠폰 같은 것도 들고 있지 않았다. 그가 나에게 명함 하나를 건넸는데, 파피루스 종이로 만든 것이었고 명함에 박힌 금박의 글자가 주변의 전광판 불빛을 받아 반짝거렸다. 나는 그것을 보며 프린트 광고에 응용하면 좋겠다 싶어, 머릿속에 기억해두었다.

우리 주위로 사람들이 빠르게 지나치고 있었다. 나보다 술을 조금 더 많이 마신 캐리가 명함의 글자를 흘끗 내려다봤다.

"근사한대?"

"그 명함을 보여주세요. 그럼 입장료 없이 들여보내줄 겁니다."

호객꾼이 우리를 꼬드겼다.

캐리가 팔짱을 끼더니 나를 끌어당겼다.

"자기야. 가자. 근사한 술집에 가면 괜찮은 남자를 찾을 수 있을지 모르잖아."

우리가 그 술집을 찾았을 때쯤 나는 발이 아파 죽을 지경이었지만 그 멋진 입구를 보자마자 아프다는 생각은 쏙 들어갔다. 거리를 따라 난 통로를 쭉 걸어가다가 모퉁이를 돌았을 때, 에이미 와인하우스의 소울풍 목소리가 열린 문 밖으로 흘러나왔고 동시에 잘 차려입은 손님들이 활짝 웃으며 나왔다.

호객꾼의 말대로 그 명함은 매직 키와 같아서 곧바로, 그리고 무료로 들어가게 해주었다. 대단한 미인인 호스티스가 우리를 위층의 VIP 바로 데려갔다. 더 조용하면서도 아래쪽의 댄스 플로어가 내려다보이는 곳이었다. 그중에서 발코니 옆의 아담한 자리로 안내받았는데 테이블을 사이에 두고 반달 모양의 벨벳 소파 두 개가 마주 보고 있었다. 그녀가 테이블 가운데에 음료 메뉴판을 세워놓으며 말했다.

"술은 무료로 제공됩니다. 즐거운 시간 되세요."

캐리가 휙, 휘파람을 불었다.

"와우. 우리 횡재했다!"

"그 호객꾼이 광고에 나온 너를 알아봤나 봐."

그가 씩 웃었다.

"정말 끝내주지 않아? 히야, 정말 대단한 밤이야. 가장 친한 친구랑 이렇게 돌아다니기도 하고, 내 삶 속에 멋진 남자가 새로 등장하기도 하고 말이야."

"정말?"

"트레이와 어떤 사이로 지낼지, 마음이 정해진 것 같아."

그 말을 들으니 기뻤다. 그동안 캐리가 제대로 된 상대를 찾길 얼마나 기대했는지 모른다.

"그 사람이 아직 데이트 신청 안 했어?"

"아직 안 했어. 하지만 그럴 마음이 없어서는 아닌 것 같아."

그가 어깨를 으쓱하며 인위적으로 찢어서 모양을 만든 빈티지 티셔츠를 반듯이 폈다. 검은색 가죽 바지와 징 장식 팔찌에 그 티셔츠를 맞춰 입고 있으니 섹시하면서도 야성적으로 보였다.

"먼저 너와의 관계부터 알아보려는 것 같아. 내가 여자랑 산다고, 그리고 너를 따라 나라 반대편으로 이사 왔다고 말했을 때 당황했거든. 내가 양성애에 마음이 있는 건 아닌지, 몰래 너를 사랑하는 건 아닌지 불안했던 거지. 오늘 두 사람이 만났으면 하고 바랐던 것도 그런 이유 때문이었어. 그 사람에게 너와 내가 어떤 사이인지를 확인시켜주고 싶어서."

"미안해, 캐리. 그 문제에 대해 그 사람이 마음 놓을 수 있게 내가 애써볼게."

"네 잘못도 아닌데 뭘. 걱정 마. 잘될 사이면 저절로 잘 풀리겠지."

그가 그렇게 말하는데도 마음이 편치 않았다. 뭐든 내가 도울 게 없을지, 자꾸 마음이 쓰였다. 그때 남자 두 명이 우리 자리 옆으로 와서 섰다.

"합석해도 될까요?"

둘 중 키가 더 큰 남자가 물었다.

나는 흘끗 캐리의 눈치를 보고 다시 그 남자를 봤다. 두 남자는 형제 같아 보였고 아주 매력적이었다. 둘 다 미소를 머금은 채 자신 있는 표정이었고, 시선은 느긋하고 편안했다.

내가 *'그럼요'*라고 말하려는 그때, 맨살을 드러낸 내 어깨를 꽉 쥐는 따스한 손이 느껴졌다.

"이쪽은 이미 파트너가 있는데."

내 맞은편에서 캐리가 입을 딱 벌리고 멍하니 쳐다보고 있는 사이에 기데온 크로스가 소파를 빙 돌아와 캐리에게 손을 내밀었다.

"테일러, 기데온 크로스라고 해요."

"캐리 테일러예요."

캐리가 기데온의 손을 잡고 활짝 웃으며 악수를 나누었다.

"벌써 제 이름을 아시는 것 같지만요. 아무튼 만나서 반가워요. 당신 얘기 많이 들었어요."

나는 그 순간엔 캐리를 죽여버리고 싶었다. 정말로.

"반가워요."

기데온이 옆으로 앉으며 내 등 뒤쪽의 소파 등받이에 팔을 두르더니 격의 없이, 그리고 내가 자기 여자인 양 손가락으로 내 팔을 가볍게 쓰다듬었다.

나는 허리를 틀어 그를 똑바로 보며 작은 목소리로 쏘아붙였다.

"지금 이게 뭐하는 거예요?"

그가 힐끗 단호한 눈빛을 던지며 말했다.

"난 지금 못할 짓이 없어."

"난 춤이나 추러 가야겠다."

캐리가 짓궂게 씩 웃으며 일어났다.

"좀 있다 올게."

내 절친은 애원하는 내 눈빛을 못 본 체하고는 손키스를 날리며 도망쳤고, 두 남자도 그의 뒤를 따라 자리를 떴다. 나는 가슴이 두근두근 뛰어 세 사람이 멀어지는 것을 눈으로 좇을 뿐이었다. 그렇게 1분쯤 지나고 나자, 기데온을 무시하는 건 이제 웃긴 짓일 뿐만 아니라 불가능한 일이 되어버렸다.

어느새 내 시선은 그를 훑고 있었다. 그는 스포티한 쥐색 바지에 검은색 브이넥 스웨터 차림이었고, 전체적으로 자연스러운 세련미를 풍기고 있었다. 그의 모습이 매우 좋았고 그 모습이 자아내는 부드러운 분위기에 마음이 흔들렸다. 그것이 단지 내가 만들어낸 환상일 뿐임을 알면서도. 그는 여러 면에서 거친 남자였다.

나는 그와 이야기를 해봐야 할 것 같다는 생각이 들어 크게 숨을 들이쉬었다. 어쨌든 나로선 그 점이 가장 큰 불만이었지 않은가? 그가 서로 알아가는 과정을 건너뛰고 바로 침대로 직행하고 싶어 하는 그 점 말이다.

"당신……."

나는 맘속의 말을 잇지 못하고 속으로만 삼켰다.

정말 멋져요. 끝내줘요. 환상적이에요. 더럽게 섹시해요.

결국 나는 어설프게 말을 맺고 말았다.

"……오늘 보기 좋네요."

그가 눈썹을 치켜세웠다.

"오, 나한테 당신 맘에 드는 구석이 있다 이거군. 내 전체 모습이 좋다는 건가? 아니면 옷만? 스웨터만? 그것도 아니면 바지?"

그의 날카로운 어조가 내 약을 올렸다.

"스웨터만 좋다고 말하면 어쩔 건데요?"

"한 열 벌 사서 매일같이 입지 뭐."

"그거 참 딱해서 못 봐주겠네요."

"스웨터가 좋다면서?"

그가 골이 난 듯 또박또박하고 빠르게 말했다.

무릎 위에 얹고 있던 두 손에 자꾸 힘이 들어갔다.

"스웨터를 좋아하지만 슈트도 좋아해요."

그가 잠시 나를 빤히 쳐다보다가 고개를 끄덕였다.

"B.O.B.와의 데이트는 어땠어?"

이런 제기랄. 나는 시선을 피했다. 전화상으로 자위 얘길 하는 건 크게 대수롭지 않았지만, 뚫어질 듯 쳐다보는 그 푸른 눈앞에서는 우물쭈물하게 되었다. 굴욕적이었다.

"키스를 하거나 얘길 나누진 않죠."

그가 손등 쪽으로 내 뺨을 스치듯 가볍게 어루만지며 속삭였다.

"얼굴이 빨개졌는걸."

그의 목소리에서 재미있어하는 기색이 느껴졌다. 나는 얼른 화제를 바꾸었다.

"여기 자주 오세요?"

제기랄. 겨우 생각해낸 것이 이런 상투적인 질문이라니.

그가 내 무릎으로 손을 내리더니 내 한 손을 붙잡으며 꼭 쥐었다.

"필요할 때마다."

순식간에 질투심이 마음을 콕 찌르면서 몸이 뻣뻣하게 굳었다. 그럼에도 관심이 쏠리는 나 자신에게 화가 났지만 그를 째려보며 물었다.

"무슨 뜻이에요? 여자를 낚고 싶을 때 말인가요?"

기데온의 입가에 진심으로 즐거워하는 미소가 번지며 내 감정을 흔들어놓았다.

"큰돈이 들어가는 결정이 필요할 때. 이 클럽이 내 소유거든, 에바."

당연히 그러시겠지. 잘나셨어, 정말.

예쁘장한 웨이트리스가 사각형의 큰 컵에 담긴 핑크빛 아이스 음료 두 잔을 테이블에 내려놓았다. 그녀는 기데온을 쳐다보며 교태 섞인 미소를 지었다.

"말씀하신 대로 가져왔습니다, 대표님. 스톨리 앤 크랜베리 칵테일 두 잔입니다. 또 필요한 건 없으세요?"

"지금은 됐어. 고마워."

그녀가 기꺼이 다리를 벌려줄 그런 여자들 중 한 명인 게 한눈에 보여서 신경이 곤두섰다. 그러다 다음 순간 그녀가 가져다준 칵테일에 마음이 쏠렸다. 내가 클럽에서 즐겨 마시는 칵테일이었다. 그날 밤에도 내내 마셨던 칵테일. 그는 마치 고급 와인을 맛보듯 칵테일을 입 안에서 굴리다가 천천히 삼켰다. 그의 목젖의 움직임을 보고 있자니 나도 모르게 몸이 달아올랐다. 그리고 나를 바라보는 그의 강렬한 시선에 더욱더 흥분이 되었다.

"나쁘지 않군. 우리 클럽이 제대로 잘 만들었는지 맛 좀 봐줘."

그가 작은 소리로 속삭이더니 나에게 키스를 했다. 그의 동작이 순식간에 일어난 것이긴 했지만 나는 그가 다가오는 것을 보고도 고개를 돌리지 않았다. 그의 입술은 차가웠고 알코올이 밴 크랜베리 맛이 났다. 달콤했다. 마음속에서 어지럽게 휘돌던 혼란스러운 감정과 열정이 갑자기 억제할 수 없을 만큼 격정으로 끓어올랐다. 나는 탐스러운 그의 머리카락 사이로 한 손을 찔러 넣어 그를 못 움직이게 붙잡으며 그의 혀를 빨았다. 그가 신음 소리를 토했다. 지금껏 들어본 어떤 신음 소리보다 더 에로틱한 그 소리에 다리 사이가 미칠 듯이 팽팽하게 조였다.

어느 순간 격정적인 내 반응에 스스로 놀란 나는 입을 비틀어 떼며 숨을 헐떡거렸다.

나를 따라 입을 뗀 기데온이 코로 내 얼굴 옆선을 비비면서 입술로 내 귀를 살짝 스쳤다. 그도 숨을 헐떡이고 있었다. 그의 잔 속 얼음이 유리에 짤랑짤랑 부딪히는 소리가 뜨거워진 내 감각을 예리하게 깨웠다.

"당신 안에 들어가고 싶어, 에바."

그가 거칠게 속삭였다.

"당신을 갖고 싶어 못 견디겠어."

나는 테이블 위의 내 잔으로 시선을 떨어뜨렸다. 머릿속이 감상, 회상, 심란함으로 빙빙 돌며 생각이 뒤죽박죽이 되어버렸다.

"어떻게 알았어요?"

그의 혀가 내 귓바퀴를 핥았고 나는 파르르 전율했다. 그의 세포가 내 몸의 모든 세포를 하나하나 끌어당기는 듯한 기분이었다. 그에게 저항하기 위해서는 도저히 불가능할 만큼의 힘이 필요해서 피곤함이 밀려왔다.

"알다니, 뭘?"

"내가 즐겨 마시는 거요. 캐리의 성도요."

그는 숨을 깊게 들이마시더니 몸을 뒤로 뺐다. 자기 잔을 내려놓고 무릎을 끌어올리며 나를 똑바로 마주 보고 앉았다. 그는 또다시 소파 등받이에 팔을 두르면서 손가락으로 내 어깨선을 따라 원을 그렸다.

"내가 운영하는 또 다른 클럽이 있는데 전에 당신이 거기에

갔더군. 당신이 카드를 긁어서 뭘 마셨는지 기록에 남아 있었고. 그리고 캐리 테일러라는 이름은 당신이 사는 아파트의 임대 계약서에서 봤지."

사방이 핑핑 돌았다. *이건 말도 안 돼.* 내 휴대폰. 내 신용카드. 망할 놈의 아파트까지. 나한테 다들 왜 이러는 거야. 숨을 쉬기가 힘들었다. 엄마와 기데온이 교차되면서, 공포감이 밀려왔다.

"에바. 맙소사. 얼굴이 하얗게 질렸어."

그가 내 손에 잔을 들려주었다.

"좀 마셔."

나는 그 스톨리 앤 크랜베리 칵테일을 들이켜 잔을 다 비웠다. 뱃속이 울렁거렸다가 잠깐 지나자 가라앉았다.

"내가 사는 그 건물도 당신 거예요?"

내가 숨이 차서 헐떡이며 물었다.

"정말 묘한 일이지만, 맞아."

그가 탁자 위로 옮겨 앉으며 나와 무릎을 딱 붙이고는 나를 마주 보았다. 그러고는 내 잔을 빼앗아 옆에 내려놓더니 내 차가운 손을 따뜻하게 감싸주었다.

"당신 미쳤어요, 기데온?"

그의 입술이 가늘게 다물어졌다.

"농담이 아니고 진짜로 묻는 건가?"

"그래요, 진짜로요. 우리 엄마도 나를 스토킹하고 정신과 진료를 받고 계세요. 당신도 정신과에 다니나요?"

"지금은 아니지만 당신이 날 미치게 하니까 가능성이 없진 않지."

"그럼 이런 행동이 당신에게 보통 있는 일은 아니라는 건가요?"

심장이 쾅쾅 뛰었다. 고막이 울려 혈관의 피 흐르는 소리가 다 들릴 지경이었다.

그가 한 손으로 머리를 쓸며, 좀 전의 키스 때 내가 헝클어 놓은 머리카락을 다시 매만졌다.

"난 내가 이용할 수 있도록 당신이 자발적으로 남겨놓은 정보에 접근했을 뿐인데."

"그건 아니죠! 내가 당신 이용하라고 그런 정보를 남긴 게 아니잖아요!"

그는 최소한의 예의인 듯 시무룩한 표정을 지어 보였다.

"그래야 당신에 대해 알 수 있으니까, 제기랄."

"그냥 나한테 물어보면 되잖아요, 기데온? 요즘 세상에 그게 그렇게 어려운 일인가요?"

"당신한테는 그게 어려워."

그가 테이블에 있던 칵테일을 단숨에 들이켜며 잔을 거의 다 비웠다.

"당신과 단둘이 있을 수 있는 시간이 언제나 몇 분밖에 안 되니까."

"그야 당신이 하고 싶어 하는 게 어떻게든 나를 자빠뜨리려는 수작뿐이니까 그렇죠!"

"젠장, 에바, 목소리 낮춰!"

그가 내 손을 꽉 쥐며 낮게 말했다.

나는 그를 보며 윤곽 하나하나를 찬찬히 살펴봤다. 불행하게도 그렇게 자세히 뜯어봤는데도 감탄이 조금도 줄지 않았다. 그의 외모에 현혹되지 않고는 못 배길 것 같다는 생각이 들기 시작했다.

그리고 그것은 나만의 얘기는 아니었다. 그의 주변에 있는 여자들이 어떤 반응을 보이는지 다 봐왔으니까. 그런 데다 그는 늙고 머리가 벗겨지고 올챙이처럼 배가 뽈록 나온 남자라도 매력적으로 보이게 할 만큼 대단한 부자였다. 그가 아무리 무례하게 굴어도 여자들이 깜빡 죽고 넘어올 만했다.

그가 내 얼굴로 눈길을 돌리며 물었다.

"날 왜 그렇게 쳐다보는 거지?"

"생각 좀 하느라고요."

"무슨 생각?"

그가 턱을 앙다물었다가 말을 이었다.

"그리고 경고해두겠는데, 밑구멍이니 기꺼이 다리를 벌려주느니 사정이니 어쩌니 하는 얘기를 또 꺼냈다간 나도 내가 어떻게 나올지 책임 못 지니까 알아서 해."

그 말에 나는 웃음이 터질 뻔했다.

"몇 가지 이해 안 되는 게 있어요. 그것 때문에 당신에게 그다지 신뢰가 가지 않는 것 같아요."

"몇 가지 이해가 안 되기는 나도 마찬가진데."

그가 투덜투덜 말했다.

"당신 같은 남자라면 여자들에게 '당신하고 자고 싶어요' 식의 노골적 접근을 해도 성공률이 높을 거예요."

기데온의 얼굴이 무표정하게 변했다.

"그런 얘긴 하고 싶지 않아, 에바."

"그래요? 어떻게 해야 나를 침대로 데려갈 수 있을지 알고 싶다고 했잖아요. 그래서 지금 이 클럽에 있는 거 아닌가요? 나 때문에 말이에요. 그런데도 내가 궁금해하는 걸 말해주지 않겠다 이거네요."

그의 시선은 침착하고 차분했다.

"당신 때문에 여기에 온 거, 맞아. 이렇게 마주치도록 손을 쓴 것도 나이고."

불현듯 거리의 호객꾼이 입고 있던 부티 나는 옷차림이 이해되었다. 캐리와 나는 크로스 인더스트리의 직원 명부에 올려진 누군가에게 떠밀려 온 것이었다.

"나를 여기에 오게 만들면 같이 잘 수 있겠다고 생각한 거예요?"

즐거운 내색을 참느라 그의 입이 씰룩거렸다.

"그거야 늘 바라는 바이지만, 술자리를 함께 하는 기회를 만든다고 해서 당신이 넘어올 거라는 생각은 안 했는데."

"그건 맞아요. 그럼 왜 그런 거예요? 왜 월요일 점심 때까지 기다리지 않은 거예요?"

"당신이 나와서 섹스 상대를 찾아다니고 있었으니까. B.O.B.에 대해선 내가 어떻게 할 수 없겠지만 바에서 불장난할 어떤 놈을 만나지 못하게 막을 수는 있을 테니."

"난 섹스 상대를 찾으러 나온 게 아니에요. 하루 동안 스트레스를 하도 받아서 그걸 풀러 나온 거예요."

"그건 당신만 그런 게 아니야."

그가 내 샹들리에 스타일의 은 귀걸이 한 짝을 손가락으로 만지며 말을 이었다.

"당신은 스트레스가 쌓이면 술을 마시고 춤을 추는가 보군. 나는 스트레스를 유발한 그 문제 자체를 해결하는 편인데."

그의 목소리는 그의 입술처럼 부드러웠고 그 목소리에 나 자신도 놀랄 만큼 갈망이 일어났다.

"나랑 관련된 건가요? 그 문제라는 거요?"

"당연히."

말은 그렇게 하면서도 그의 입가에 살짝 미소가 번졌다.

그런 솔직함이 정말 매력적이었다. 그가 점잖게 '아니요'라고 했다면 기데온 크로스는 그렇게 젊은 나이에 그만큼 매력적이지 않았을 것 같았다.

"당신에게 데이트란 어떤 의미죠?"

그가 미간을 찡그렸다.

"여자랑 적극적인 잠자리를 갖지 않으면서 지루하게 사귀는 것."

"여자랑 사귀는 걸 즐기지 않는 거예요?"

찡그려져 있던 미간이 이젠 잔뜩 찌푸려졌다.

"즐겁기야 하지. 단, 지나친 기대를 하거나 내 시간에 대해 무리한 요구만 하지 않는다면. 그래서 그런 골치 아픈 문제를 피하기 위한 최선의 방법을 찾아냈지. 서로 관계만 가지며 친구로 지내기로."

또 그놈의 '지나친 기대' 얘기였다. 그것이 그에게 데이트의 걸림돌로 작용하는 게 틀림없었다.

"그래서 지금 그런 여자친구들이 있어요?"

"그럼."

그가 두 다리로 내 다리를 감싸 쥐며 나를 꼼짝 못하게 했다.

"여기에 대해 당신의 입장은 어떻지?"

"당신은 섹스를 삶의 다른 것들과는 별개의 것으로 여기고 있네요. 우정, 일…… 등등 모든 것과 따로 생각한다고요."

"나에겐 그럴 만한 이유가 있으니까."

"물론 그러시겠죠. 좋아요, 내 입장을 말할게요."

기데온과 그렇게 가까이 마주하고 있으니 생각을 집중하기가 힘들었다.

"전에도 말했지만 난 데이트를 원하지 않아요. 나에겐 일이

최우선이고 사생활은, 그러니까 싱글로서의 사생활은 일보다는 조금 덜 중요해요. 남녀관계 때문에 일에 지장을 받는 건 싫고 관계를 원만히 하기 위해 쥐어짤 만한 시간도 별로 없어요."

"그건 내 생각도 같은데."

"하지만 난 섹스를 좋아해요."

"잘 됐네. 그럼 나랑 합시다."

그가 에로틱한 미소로 나를 유혹했다. 나는 그의 어깨를 떠밀었다.

"나는 아무 감정 없이는 남자와 자지 않아요. 꼭 진하거나 깊은 친밀감까지 바라진 않지만, 적어도 감정 없이 거래하듯 그렇게는 섹스를 안 해요."

"어째서?"

그 순간 그의 태도엔 무례함이 없었다. 그로선 이런 식의 대화가 좀 별스러울 텐데도 진지하게 받아들이고 있었다.

"이상하게 보일지 몰라도 그건 나에겐 중요한 문제에요. 섹스 상대로 이용당한 기분이 들면 화가 나요. 굴욕감이 든다고요."

"당신이 *나*를 섹스 상대로 이용하는 것이라고 생각하면 되지 않을까?"

"당신한테는……, 그게 안 돼요."

그러기엔 그는 너무 압도적이고 버거운 상대였다.

내가 약한 모습을 보이자 그의 눈에서 뜨겁고 탐욕스러운 눈빛이 번뜩였다. 나는 얼른 말을 이었다.

"게다가, 그건 언어도단이에요. 나는 성관계에서 동등한 교감을 원해요. 아니면 지배적이거나."

"좋아."

"좋다고요? 어떻게 그렇게 빨리 말해요. 내 얘긴 당신이 그렇게 합의하길 꺼렸던 두 가지를 다 해야 한다는 의미인데요."

"납득도 안 되고 이해한다고 말도 못 하겠지만 당신 말을 존중해줘야지. 그게 우리 사이의 문제니까. 그러니까 어떻게 했으면 좋겠는지 말해주면 좋겠는데."

숨이 턱 막혔다. 이렇게 될 줄은 기대도 못했었다. 그는 섹스에 관한 한 복잡한 것은 질색인 남자였고 나는 섹스를 복잡하게 생각하는 여자였지만, 그럼에도 그는 단념하려 하지 않았다. 아직은.

"우리는 좀 친해질 필요가 있어요, 기데온. 아주 절친한 사이는 아니어도 육체만이 아니라 서로에 대해 그 이상을 아는 사이가 돼야 해요. 그러니까 내 말은, 적극적으로 잠자리를 갖지 않으면서 함께 시간을 보내야 한다는 얘기에요. 욕구를 자제하며 시간을 낭비해야 하는 게 유감이긴 하지만요."

"그럼 지금처럼 하면 되는 건가?"

"맞아요. 바로 그런 뜻이에요. 그런 부분 때문에 당신을 믿지 못했던 거예요. 당신의 태도가 불쾌감을 줬으니까요."

그가 내 말을 자르려 해서 나는 손가락으로 그의 입을 막으며 계속 말을 이었다.

"하지만 나도 인정해요. 당신이 나와 이야기를 나눌 시간을 만들어보려 애썼지만 내가 협조적이지 않았다는 거 말이에요."

그때 그가 이로 내 손가락을 무는 바람에 나는 비명을 지르며 손을 홱 잡아 뺐다.

"깜짝이야, 이게 무슨 짓이에요?"

그가 내 물린 손을 들어 자기 입으로 가져가더니 아픈 손가락에 키스하며 혀로 통증을 가라앉혀주었다. 그의 그런 행동이 나를 흥분시켰다.

나는 자기방어 차원에서 손을 내 무릎 쪽으로 도로 잡아당겼다. 아직까지는 우리 사이에 문제가 해결됐다는 확신이 들지 않았다.

"미리 말해두는데 지나친 기대는 금물이에요. 당신과 내가 적극적으로 관계를 갖지 않으면서 시간을 보내더라도 나는 그것을 데이트라고 생각하지는 않을 거예요. 내 말 알겠죠?"

"그래, 인정."

기데온이 싱긋 웃으며 그와 사귀고 싶은 내 결심을 더 굳혀놓았다. 그의 미소는 어둠 속의 번개처럼 눈을 멀게 했다. 황홀하고 신비로웠다. 그리고 미치도록 그를 원하게 만들어 육체에 고통을 안겨주었다.

그가 두 손을 아래로 내려 내 허벅지 뒤쪽을 감쌌다. 손에 살짝 힘을 주어 움켜쥐며 나를 조금 더 가까이 끌어당겼다. 그 바람에 내 짧은 검은색 홀터넥 원피스 치맛단이 야하다 싶게 위로 쓱 밀려 올라갔다. 그는 내 드러난 맨살을 끈적한 시선으로 훑으면서 혀로는 내 입술을 핥았다. 그 동작이 너무도 관능적이고 유혹적이어서 내 살을 혀로 애무하는 듯한 느낌이 들 지경이었다.

그때 더피의 애절한 목소리가 아래쪽 댄스 플로어에서 흘러나왔다. 그 노래 소리에 반갑지 않은 아픔이 떠오른 나는 가슴을 쓸었다.

이미 많이 마신 상태였지만 내 마음의 소리를 거절할 수가 없었다.

"한 잔 더 마셔야겠어요."

5

토요일 아침, 일어나자마자 지독한 숙취를 느꼈지만 그래도 싸다는 생각이 들었다. 기데온이 인수합병에 쏟을 법한 열의로 섹스 협상을 하자고 우기는 통에 나는 그 비슷한 협상을 하고 말았다. 예측된 위험을 감수하며 내 규칙을 깰 만큼 간절히 그를 원했기 때문에 어쩔 수 없었다.

그나마 그 역시 자신의 규칙을 깼다는 사실이 위안이 되긴 했지만.

뜨거운 물로 한참을 샤워한 후에 거실로 나가니 캐리가 생기 있고 말똥말똥한 얼굴로 소파에서 넷북을 들여다보고 있었다. 주방에서 풍겨 오는 커피 향에 끌려 그쪽으로 가서 제일 큰 머그잔을 골라 커피를 따랐다.

"잘 잤어?"

캐리가 큰 소리로 인사했다.

너무도 절실한 카페인을 두 손으로 감싸 쥐고 그가 있는 소파로 갔다. 그가 사이드 테이블에 올려진 상자를 가리켰다.

"너 샤워하러 들어간 사이에 너한테 온 거야."

나는 커피 테이블에 머그잔을 내려놓고 갈색 종이와 삼끈으로 포장된 상자를 집어 들었다. 위쪽 면에는 사선으로 내 이름이 적혀 있었다. 그것도 화려한 장식체의 손글씨로. 상자를 열어봤더니 흰색 고전체 글씨로 '숙취 해소'라는 글씨가 찍힌 황갈색 유리병이 나왔고 유리병 병목에 '날 마셔요drink me' 라고 적힌 메모가 끈으로 묶여 있었다.(『이상한 나라의 앨리스』에 나오는 마시면 몸이 작아지는 주스로, 'drink me'라고 써 있다_옮긴이) 상자 밑에 깔아놓은 티슈 위에 기데온의 명함이 놓여 있었다.

나는 그 선물을 찬찬히 들여다봤다. 타이밍상으로 꽤 적절한 선물 같았다. 안 그래도 기데온을 만난 이후로 나는 토끼굴에 빠져서 황홀하고 매혹적이지만 기존의 규칙들은 거의 적용되지 않는 세계로 들어간 것 같은 불안한 기분이었다. 설레는 마음으로 무서운 미지의 세계에 들어와 있는 그런 기분.

캐리를 흘끗 돌아봤더니 의심쩍은 눈초리로 그 병을 쳐다보고 있었다.

"건배."

나는 코르크 마개를 비틀어 빼내고는 주저 없이 마셨다. 살짝 메스꺼우면서도 달콤한 감기 시럽 맛이 났다. 역해서 뱃속이 울렁거리는가 싶더니 잠시 뒤 속이 뜨거워졌다. 손등으로 입을 닦고 나서 코르크 마개를 빈 병에 다시 밀어 넣었다.

"그건 뭐야?"

캐리가 물었다.

"해장술."

그의 코가 찡그려졌다.

"효과는 있지만 비위가 좀 거슬릴 텐데."

확실히 효과가 있기는 했다. 벌써부터 속이 조금 편해진 것 같았다.

캐리가 그 상자를 집어 들어 기데온의 명함을 꺼냈다. 그러더니 명함을 홱 뒤집었다가 내 쪽으로 내밀었다. 명함 뒤에는 기데온이 진한 펜으로 급히 쓴 '전화해요'라는 메모와 전화번호가 적혀 있었다.

나는 명함을 손으로 감싸 쥐며 받아들었다. 그 선물은 그가 내 생각을 하고 있다는 증거였다. 그의 집착과 집요함이 매혹적으로 다가왔다. 그리고 기분 좋기도 했다.

솔직히 기데온 때문에 나는 쩔쩔매고 있었다. 그가 나를 만질 때의 그 느낌에 목이 말랐고 내가 같이 그를 만질 때 그가 보이는 반응도 정말 좋았다. 그의 손이 다시 내 몸을 만지려 할 때 과연 내가 허락하지 않을 수 있을까? 웬만해선 그러기가 힘들 것 같았다.

캐리가 내게 전화기를 건네주려 했지만 나는 고개를 저었다.

"아직은 아니야. 그 사람을 상대하려면 머리가 맑을 때 해야 하는데 아직 술이 안 깨서 몽롱해."

"어젯밤에 두 사람 분위기 좋아 보이더라. 그 남자 너한테 완전히 빠져 있던데."

"내가 그 남자한테 완전히 빠져 있는 거지."

나는 뺨을 쿠션에 붙이고 다리를 가슴으로 끌어안으며 소파 안쪽으로 몸을 말았다.

"같이 시간을 보내면서 서로를 알아가기로 했어. 그러다 육체적으로 뜨거운 섹스만 나누는 가벼운 사이로 지내면서 그 외의 일에서는 전혀 구속하지 않기로. 아무 조건도 달지 않고, 기대도 책임도 없이 만나기로."

캐리가 넷북의 한 버튼을 누르자 다른 쪽에 있던 프린터가 종이에 출력을 하기 시작했다. 잠시 뒤 그가 넷북을 탁 닫으며 커피 테이블에 내려놓더니 나에게 온 관심을 돌렸다.

"어쩐지 진지한 관계로 발전할 것 같은데."

"아닐 수도 있어."

내가 비웃는 투로 말했다.

"냉소적이긴."

"난 해피엔딩을 기대하지 않아, 캐리. 특히 크로스 같은 대단한 사람과는 더더욱 그래. 엄마를 보고 자라서 힘 있는 남자들과 만나는 게 어떤 건지 잘 알아. 늘 바쁜 파트너를 기다리는 해바라기 인생이라고. 엄마는 돈이면 행복하지만 난 아니야."

아빠는 엄마를 사랑했다. 엄마에게 프로포즈를 했던 건 어찌 보면 당연한 일이었다. 하지만 엄마는 거절했다. 아빠에게는 엄마가 남편의 조건으로 삼는 두둑한 자산과 거액의 은행 잔고가 없었으니까. 모니카 스탠튼의 판단 기준에서 사랑은 결혼의 필수조건이 아니었다. 웬만한 남자는 꼼짝 못하게 끌어당기는 뇌쇄적인 눈과 허스키한 목소리를 가진 엄마는 뭐든 원하는 대로 얻어야만 만족하는 사람이었다. 그래서 불행하게도 엄마가 아빠를 원했던 시간은 별로 길지 않았다.

흘끗 시계를 보니 10시 30분이었다.

"이제 나갈 준비해야겠다."

"난 너희 엄마랑 스파하는 거 좋더라. 하고 나면 신이 된 기분이야."

캐리가 싱긋 웃었고 그 미소가 좀처럼 가시지 않던 내 마음속의 그늘을 걷어내 주었다.

"나도. 여신이 된 기분이야."

우리는 어서 빨리 출발하고 싶은 마음에 프런트 데스크에서 호출을 보내줄 때까지 기다리지 못하고 차를 타러 아래층으로 내려갔다.

우리가 건물 밖으로 나오자 도어맨이 미소를 지어 보였다. 나는 힐 샌들에 발목까지 내려오는 긴 원피스를 입고 있었고 캐리는 골반 청바지에 긴 소매 티셔츠 차림이었다.

"안녕하세요, 트라멜 양, 테일러 씨. 택시 불러드릴까요?"

"괜찮아요, 폴. 차가 오기로 되어 있어요. 페리니 스파에 가거든요!"

캐리가 씩 웃으며 말했다.

"오, 페리니 스파요."

폴이 알겠다는 듯 고개를 끄덕였다.

"저도 아내에게 결혼기념일 선물로 그곳 상품권을 사준 적 있어요. 아내가 어찌나 좋아하던지, 앞으로도 계속 선물하려고요."

"정말 자상한 남편이세요, 폴. 여자를 위해주는 건 절대 진부한 게 아니에요."

내가 말했다.

클랜시가 모는 까만색 리무진이 우리 앞에서 섰다. 폴이 우리를 위해 뒷문을 열어주었다. 차 안에 올라타서 보니 좌석에는 그 비싼 수제 초콜릿 크닙쉴트 초코폴로지가 놓여 있었다. 우리는 폴에게 손을 흔들어 인사한 뒤에 등을 뒤로 푹 기대고 앉아 천천히 음미해줘야 예의인 그 명품 초콜릿을 조금씩 베어 먹었다.

클랜시는 우리를 페리니 스파로 곧장 태워다 주었다. 문 안으로 들어서는 순간부터 휴식이 시작되는 그곳의 출입문 문턱을 넘어서니 지구 반대편으로 휴가를 온 듯한 기분이었다. 아치형 문간마다 호화로운 색채의 줄무늬 실크가 문틀을 따라 둘려져 있었고 소파와 널찍한 안락의자에는 보석이 박힌 쿠션이 장식으로 놓여 있었다.

대롱대롱 매달려 있는 금빛 새장에서는 새들이 지저귀고, 모퉁이마다 놓인 화분에는 양치류 잎이 싱싱하게 뻗어 있었다. 장식용 작은 분수들에서는 물 흐르는 소리가, 감쪽같이 숨겨진 스피커에서는 현악기 연주가 흘러나오고 있었다. 이국적인 향기가 뒤섞인 공기를 들이마시고 있자니 『아라비안 나이트』 속 세상에라도 들어선 듯했다.

페리니는 이국적이고 호화롭고 친절한 서비스를 내세워 금전적 여유가 되는 사람들을 주 고객층으로 삼는 곳이었다. 그런 고객 중 한 명인 우리 엄마가 '우유 꿀' 목욕을 막 마치고 나오고 있었다.

나는 서비스 목록이 적힌 안내표를 찬찬히 보다가 평상시에 받던 '여전사' 패키지가 아닌 '뇌쇄적인 성적 매력 연출을 위한' 것이라는 '극진한 섬김' 패키지를 골랐다. 지금 나에게 딱 필요한 서비스였다.

내가 일 생각을 하며 겨우겨우 흥분된 마음을 가라앉혔을 때, 내 옆 의자에서 페디큐어를 받고 있던 캐리가 엄마에게 물었다.

"아줌마, 기데온 크로스 만나본 적 있으세요?"

나는 입을 딱 벌리고 캐리를 쳐다봤다. 내 로맨틱 관계에 뭐라도 새로운 일이 생겼다 하면 엄마가 펄 듯이 좋아하는데, 캐리는 그것을 귀신같이 꿰고 있었다. 뭐, 이번 경우엔 그렇게 로맨틱하지도 않지만, 어쨌든.

내 맞은편 의자에 앉아 있던 엄마가 언제나 그렇듯 돈 많고 잘생긴 남자 얘기에 소녀 같이 흥분해서 몸을 앞으로 숙였다.

"당연하지. 그 사람 세계에서 손꼽히는 부자잖니. 내 기억이 맞는다면 《포브스》 선정 세계 부자순위에서 25위인가 그래. 젊은 사람이 아주 야심 찬 것 같더라. 그리고 내가 활동하는 어린이 자선단체 여러 곳에 후원도 통 크게 해주고. 그런데 캐리, 그 사람이 아주 근사한 애인감이긴 하지만 게이 같지는 않던데 어쩌니. 여자 좋아하기로 유명하다니까."

"정말 아쉽네요."

캐리가 씩 웃으며 머리를 마구 내젓는 나를 무시한 채 말을 이었다.

"그런데 어찌 됐든 가망 없는 상대예요. 그 남자가 지금 에바한테 빠져 있거든요."

"뭐라고? 에바! 어떻게 그런 일이 있으면서 엄마한테 한마디도 안 할 수가 있니. 엄마한테 얘길 했어야지?"

나는 엄마를 쳐다봤다. 스크럽 마사지를 받은 엄마의 얼굴은 생기 있고 주름 하나 없이 탱탱했다. 그리고 내 얼굴과 정말 판박이였다. 나는 확실히 엄마의 딸이 맞긴 맞았다. 엄마가 아빠에게 양보해준 한 가지가 있다면, 바로 할머니의 성을 붙여서 내 이름을 짓게 해준 것이었다.

"특별히 할 얘기도 없어요. 우린 그냥 친구예요."

"그럼 우리가 그보다 발전하게 해줄게."

엄마가 골똘히 생각에 잠긴 표정으로 내 마음속에 두려움을 일으키며 말을 이었다.

"내가 왜 그 생각을 못했을까. 네가 그 사람과 같은 건물에서 일한다는 걸 말이야. 그 사람은 널 보는 순간 반했을 거야. 안 그랬을 리가 없지. 소문으론 짙은 색 머리의 여자를 좋아한다고 듣긴 했지만. 음……, 어쨌든 너한테 반했을 거야. 취향이 탁월하다고 하니까 네가 그런 사람 눈에 안 들 리가 없어."

"그런 거 아니에요. 제발 간섭할 생각 마세요. 괜히 저만 곤란해질지 몰라요."

"그건 안 되지. 남자 문제라면 이 엄마가 도사잖니."

나는 진저리가 나면서 몸이 자꾸 움츠러들었다. 얼마나 그랬는지 내 마사지 예약 시간이 다 되어갈 때쯤엔 정말로 마사지가 절실해졌다. 나는 마사지 테이블 위에 몸을 쭉 뻗고 누워서 눈을 감고는 곧 맞게 될 길고 긴 밤을 견디기 위해 잠깐 눈을 좀 붙이자고 생각했다.

한껏 꾸며서 누구에게도 빠지지 않게 예뻐 보이는 건 기분 좋은 일이었지만 자선 행사는 부담스러운 자리였다. 잡담을 나누는 일은 피곤하고, 계속 미소 짓고 있기는 고통스럽고, 사업이나 내가 모르는 사람에 대해 대화를 나누는 일이란 지루하기 짝이 없었다. 모델 일에 도움이 될 만한 사람들에게 눈도장을 찍어야 할 캐리만 아니었다면 대판 싸워서라도 가지 않았을 텐데.

에휴, 아니지. 지금 내가 누굴 속이려 드는 거야? 어찌 되었든 결국엔 가게 되었을 것이 뻔하면서.

엄마와 스탠튼 아저씨가 학대아동을 돕는 자선단체들을 후원하는 것은 그것이 나에게 *중요한* 의미가 있는 일이기 때문이었다. 가끔 그런 거북한 행사에 가는 것도 그렇게 마음써주는 두 분에게 보답하기 위한 나의 작은 성의였다.

나는 심호흡과 함께 의식적으로 긴장을 풀며 머릿속으로 해야 할 일들을 정리했다. 먼저 집에 가면 아빠에게 전화해야지. 숙취 해소를 위해 선물을 보내준 기데온에게는 고마운 마음을 어떻게 전해야 할까? 명함에 찍힌 주소로 이메일을 보낼까? 아니야, 그건 좀 성의가 없는 것 같아. 게다가 그의 이메일을 누가 읽을지 어떻게 알고?

집에 가서 전화를 거는 게 낫겠다 싶었다. 전화를 못 할 것도 없었다. 그가 전화하라고 부탁했으니까. 아니, 부탁한 건 아니지만 어쨌든 명함에 전화 달라는 글을 써 보냈으니까. 물론 그의 매력적인 목소리를 또 듣고 싶기도 했지만.

그때 문이 열리고 마사지사가 들어왔다.

"안녕하세요. 준비되셨어요?"

아직 완전히는 아니었지만, 준비가 되어가고 있었다.

스파에서 몇 시간을 기분 좋게 보낸 후에 엄마와 캐리는 나를 아파트에 내려주고는 스탠튼 아저씨의 커프스단추를 쇼핑하러 갔다. 나는 혼자 있게 된 그 시간을 이용해 기데온에게 전화를 걸었다. 혼자만의 시간을 보내며 그렇게 고민했는데도 나는 키패드에 그의 전화번호를 거의 다 눌렀다가 지웠다가를 반복하다 여섯 번째 만에야 마침내 전화를 걸었다.

첫 번째 신호음이 울리자마자 그가 전화를 받았다.

"에바."

전화한 사람이 나라는 것을 어떻게 알았지? 깜짝 놀라서 잠깐 머리가 혼란스러웠다. *어떻게 알고 연락처에 내 이름과 집 전화번호를 저장해놓은 거지?*

"어……, 나예요, 기데온."

"나 지금 한 블록만 더 가면 당신 집인데. 프런트 데스크에 내가 들어갈 수 있게 말 좀 해줘."

"네? 어딜 온다고요?"

나는 내 귀를 의심했다.

"당신 집에 가고 있다니까. 지금 모퉁이 돌고 있는데 프런트 데스크에 인터폰 넣어줘, 에바."

그가 전화를 끊었고 나는 전화기를 멀뚱멀뚱 쳐다봤다. 잠시 후면 다시 기데온과 같이 있게 된다는 사실이 믿기지 않았다. 약간 멍한 채로 인터폰을 들어 프런트 데스크에 그의 방문을 미리 알려주려는데, 그때 마침 그가 로비로 들어섰다는 연락을 받았다. 잠시 뒤 그는 우리 집 문 앞에 서 있었다.

나는 그제야 내가 자선만찬에 가기 위해 얼굴과 머리만 한껏 치장하고 드레스로 갈아입지 않은 채 가운 하나만 달랑 걸치고 있다는 걸 깨달았다. 그가 이런 내 모습을 보고 무슨 생각을 할지, 당혹스러웠다.

가운의 끈을 꼭 여민 후에 나는 그를 안으로 들였다. 어쨌든 그를 유혹할 작정으로 초대한 건 아니었으니까.

기데온은 한참을 문가에 서서 내 머리끝에서부터 발톱 끝부분에만 매니큐어를 칠한 발가락까지 하나하나를 눈으로 더듬었다. 나도 그의 모습을 보고 넋이 나가긴 마찬가지였다. 빈티지 청바지에 티셔츠를 입은 그를 봤을 때 곧바로 달려들어 이로 그의 옷을 물어뜯듯 벗겨버리고 싶은 충동이 일었다.

"이렇게 만나러 오길 잘했는걸, 에바."

그가 안으로 들어서서 문을 잠그며 물었다.

"몸은 좀 어때?"

"덕분에 괜찮아요. 고마워요."

그가 여기에, 나와 함께 있다니. 뱃속이 울렁거리고 현기증이 핑 돌 지경이었다.

"그걸 확인하러 온 건 아닌 것 같은데요."

"당신이 하도 전화를 안 해서 왔지."

"데드라인이 있는 줄은 몰랐네요."

"급하게 부탁할 일도 있긴 하지만, 어젯밤에 그렇게 술을 마시고 속이 괜찮은지가 더 걱정돼서."

나를 훑어보는 그 짙푸른 눈. 그리고 숨 막히도록 잘난 얼굴을 감싸며 흘러내린 그 풍만하고 새까만 머리카락. 황홀했다.

"맙소사. 당신 정말 아름답군. 에바. 뭔가를 이렇게까지 원했던 적은 한 번도 없었던 것 같아."

그 짧은 몇 마디만으로도 나는 몸이 화끈 달아오르고 갈망이 일어났다. 이렇게 쉽게 흔들려서야, 나 원 참.

"그 급하다는 부탁이 뭔데요?"

"오늘 밤에 나랑 같이 가정지원센터 자선만찬에 갑시다."

나는 그 말에 놀라고 흥분해서 뒷걸음질쳤다.

"오늘 거기에 간다고요?"

"당신도 가는 걸로 아는데. 당신 어머니가 가신다는 걸 알고 내가 확인해봤거든. 같이 갑시다."

마음속이 혼란스러워서 목으로 손이 올라갔다. 저 남자는 나에 대해 도대체 얼마나 많이 알고 있는 거야? 속으로 섬뜩하기도 했고, 그의 그런 부탁이 당황스럽기도 했다.

"함께 시간을 보내자고 했던 말이 이러자는 의미는 아니었어요."

"안 될 거 없지 않나?"

사뭇 반항조의 짧은 물음이었다.

"각자가 이미 참석하기로 예정되어 있던 행사에 같이 가자는 건데 뭐가 문제지?"

"별로 신중한 행동이 아니에요. 그 만찬은 사람들의 이목을 끄는 행사라고요."

"그래서?"

기데온이 바짝 다가서며 손가락으로 컬링을 넣은 내 머릿결을 만졌다.

그가 나직하고 섹시한 목소리를 내는 바람에 몸에 파르르 전율이 퍼졌다. 그의 크고 단단한 몸에서 따뜻한 온기가 느껴지고 그의 살에서 남성의 체취가 진하게 풍겼다. 나는 그의 마법에 빠져들고 있었다. 시시각각 더 깊숙이.

"사람들이 괜한 추측을 해댈 거예요. 특히 우리 엄마가요. 안 그래도 엄마가 벌써 귀신같이 당신에 대한 걸 눈치채셨단 말이에요."

기데온이 머리를 숙여 입술로 내 민감한 목선을 꾹 눌렀다.

"사람들이 뭐라고 하든 무슨 상관이야. 우리 일은 우리가 알아서 하면 되는데. 그리고 당신 어머니는 내가 해결하면 돼."

"당신이 해결할 수 있다고 생각한다면 그건 우리 엄마를 잘 몰라서 그래요."

내가 숨을 헐떡이며 말했다.

"7시에 데리러 오지."

그의 혀가 쿵쿵 울리는 내 목의 혈관을 따라 거칠게 훑었다. 내가 차츰 그에게 녹아들며 몸이 축 풀어져가는 찰나, 그가 나를 바짝 끌어당겼다.

내가 간신히 말을 꺼냈다.

"이래도 된다고 말한 적 없잖아요."

"안 된다고도 말하지 못할걸."

그가 이로 내 귓불을 물며 계속 말했다.

"내가 그렇게 놔두지 않을 테니까."

안 된다고 말하려 입을 떼는 순간 그가 감미롭고 촉촉한 키스로 내 입을 막았다. 그의 혀가 음미하듯 천천히 핥아주자 갈망이 일어났다. 아, 내 다리 사이도 그렇게 핥아주었으면……! 어느새 내 두 손이 그의 머리카락을 움켜쥔 채 세게 잡아당기고 있었다. 그가 두 팔을 내 몸에 두르더니 나를 들어 안았다.

그의 사무실에서처럼 그가 나를 소파에 똑바로 눕혔다. 그가 나에게 다가오고 있다는 것을 미처 깨닫기도 전에 그의 입이 놀라서 벌어진 내 입을 덮어버렸다. 가운이 그의 능란한 손놀림에 풀어 헤쳐졌다. 이어서 그가 내 가슴을 감싸 쥐더니 부드럽고 리드미컬하게 누르며 애무했다.

"기데온-."

"쉬."

그가 내 아랫입술을 빨았다. 동시에 손가락으로 내 예민한 젖꼭지를 빙빙 돌리며 잡아당겼다.

"안에 아무것도 안 입고 가운만 걸친 당신을 보고 미치는 줄 알았어."

"당신이 갑자기 찾아와서……. 오! 오, 맙소사……."

그의 입술이 내 젖꼭지를 덮어오자 몸이 훅 달아올랐다. 피부에 살짝 땀이 배어 나왔다.

나는 다급히 시계를 쳐다봤다.

"기데온, 안 돼요."

그가 머리를 들어 걱정에 휩싸인 푸른 눈으로 나를 쳐다봤다.

"미친 짓인 건 나도 알아. 하지만 도저히, 어떻게 설명해야 할지 모르겠지만 당신을 절정에 이르게 하지 않고는 못 견디겠어. 며칠째 그 생각이 계속 머리에서 떠나질 않았다고."

그의 손가락 하나가 내 다리 사이를 비집고 들어왔다. 내 다리는 부끄러운 줄도 모르고 벌어졌고 몸은 너무 흥분되어 화끈화끈 열이 날 지경이었다. 그가 다른 손으로 계속 내 가슴을 주무르자 가슴이 딴딴해지고 참을 수 없을 만큼 민감해졌다.

"축축이 젖었군."

그가 나직이 속삭이며 자기 손가락이 벌려놓은 그곳으로 시선을 떨어뜨렸다.

"당신은 여기까지도 아름다워. 풍성하고 핑크빛이고, 정말 부드러워. 오늘 여기는 왁싱 안 했군?"

나는 안 했다는 뜻으로 고개를 끄덕였다.

"맙소사. 당신을 만지지 않고는 10시간은 고사하고 10분도 못 견딜 것 같아."

그가 손가락 하나를 내 안으로 조심조심 밀어 넣었다.

나는 참을 수 없이 무너진 내 자신이 부끄러워 눈을 감아버렸다. 다 벗고 누워 왁싱을 잘 알 만큼 여자에 대한 해박한 지식을 가진 남자의 손가락에 몸을 내맡기고 있다니. 그것도 남자는 아직 옷 하나 벗지 않은 채 내 옆에 무릎을 꿇고 있는데.

"당신 정말 따뜻해."

기데온이 손가락을 뺐다가 다시 부드럽게 집어넣었다. 나는 등을 휘어 올리며 내 안에 들어온 그를 격렬하게 꽉 조였다.

"그리고 아주 애가 타 있어. 마지막으로 남자랑 잔 게 언제였지?"

나는 침을 꿀꺽 삼켰다.

"그동안 바빴어요. 졸업논문도 써야 했고 그다음엔 취업 준비에 이사까지……."

"그럼 좀 됐군."

그가 손가락을 빼더니 이번엔 손가락 두 개를 밀어 넣었다. 그 쾌감에 참지 못하고 신음 소리가 터져 나왔다. 그는 손놀림이 뛰어났다. 자신감 있고 노련했다. 그리고 자신이 원하는 반응을 얻어낼 줄도 알았다.

"당신 피임해, 에바?"

"네, 당연하죠."

나는 소파 쿠션 가장자리를 꽉 움켜쥐며 말했다.

"내가 병이 없다는 걸 증명서로 확인시켜줄 테니까 당신도 그렇게 해. 그런 다음에 나를 안으로 들어가게 해줘."

"맙소사, 기데온."

나는 헐떡이며 그를 원하고 있었다. 엉덩이가 부끄러움도 모르고 내 안으로 들어온 그의 손가락을 꽉 조였다. 그가 오르가슴에 이르게 해주지 않으면 나도 모르게 화를 터뜨릴 것 같은 기분이었다.

그런 흥분을 느껴보긴 처음이었다. 오르가슴을 향한 갈망으로 분별력도 마비되다시피 했다. 캐리가 들어와 거실에서 기데온에게 손가락 애무를 받으며 몸을 비틀어대는 나를 보게 되더라도 상관없다고 생각했다.

기데온도 숨을 거칠게 쉬고 있었다. 그의 얼굴은 나를 향한 욕정으로 화끈 달아 있었다. 그리고 나는 무력하게 그에게 반응하는 것 말고는 아무것도 할 수 없었다.

내 가슴을 주무르던 그의 손이 내 얼굴로 올라오더니 뺨을 어루만졌다.

"얼굴이 빨개졌네. 내가 당신을 놀라게 했나 보군."

"맞아요."

그가 짓궂으면서도 즐거워하는 듯한 미소를 지었고 그 미소에 나는 가슴이 조여들었다.

"난 지금 당신 안으로 들어가 오르가슴을 느끼고 싶은 마음을 억누르고 손가락만으로 당신을 소유하고 있어. 당신 안에 들어간 나를 느끼게 해주고 싶어. 내가 당신 안에 들어가 있을 때의 내 표정과 신음을 당신이 떠올리게 하고 싶어. 그래서 당신이 그것을 떠올리며 내가 다시, 또다시 당신에게 들어와 주길 애원하게 만들고 싶어."

어루만지는 그의 손가락에 싸인 내 깊은 곳으로 잔잔한 흥분이 퍼졌고 그의 노골적인 그 말이 나를 오르가슴 직전까지 몰아갔다.

"당신이 어떻게 나를 즐겁게 해주었으면 좋겠는지 모두 얘기해 주겠어, 에바. 당신도 내게 그렇게 해줘. 그런 식으로 격정적이고 원초적이고 거침없는 섹스를 나누는 거야. 무슨 말인지 알겠지? 그런 섹스가 어떤 느낌인지 느껴보는 거야."

"알았어요."

나는 딱딱해진 젖꼭지의 통증을 진정시키려 가슴을 꽉 쥐고 작은 소리로 겨우 말을 토해냈다.

"기데온, 제발요."

"쉬……, 기다려."

그가 엄지손가락을 살살 돌리며 위쪽을 문질렀다.

"내 눈을 보면서 절정에 올라줘."

그가 고르고, 서두르지 않는 리듬으로 손가락을 밀어 넣었다 뺐다 하며 내 클리토리스를 문지르자 팽팽해져 있던 중심부가 점점 더 팽팽해져 갔다.

"지금이야, 에바. 지금."

그가 명령했다.

나는 가냘픈 환성과 함께 절정에 이르며 손이 핏기가 가셔

하얗게 될 정도로 쿠션 끝을 꽉 쥐었다. 이미 수치심이나 부끄러움을 멀리 밀어낸 뒤였다. 그와 엉킨 시선을 돌릴 수가 없었다. 그의 눈빛에 이글거리는, 남자로서의 강한 승리감에 마음을 빼앗겨서. 그 순간, 나는 그에게 소유당했다. 그가 원한다면 뭐든 다 할 것 같은 그런 마음이었다. 그리고 그도 그것을 알고 있었다.

타오르는 쾌감이 내 온몸을 강렬하게 훑었다. 귀에서 쿵쿵쿵 하는 맥박소리가 울렸다. 그가 허스키한 목소리로 뭐라고 말하는 듯했지만 무슨 소린지 알아들을 수가 없었다. 그런데 그때, 그가 내 다리 한쪽을 소파 등받이에 걸치더니 입으로 나의 그곳을 덮었다.

"안 돼요–."

나는 두 손으로 그의 머리를 밀쳤다.

"이러지 마요."

나는 너무 팽팽하고, 너무 예민해져 있었다. 하지만 그의 혀가 내 예민한 곳에 닿으며 핥을 때 갈망이 다시 지펴졌다. 처음보다 더 강렬하게. 하지만 그는 떨리는 그곳의 주위만 핥으며 감질나게 애를 태웠다. 또 한 번의 오르가슴은 그렇게 빨리 느끼게 해주지 않겠다는 듯이.

잠시 뒤 드디어 그의 혀가 내 안으로 찌르고 들어왔고 나는 입술을 깨물며 비명을 참았다. 두 번째 오르가슴에 이르면서 나는 몸을 격하게 떨었고 노곤해진 근육은 퇴폐적으로 핥는 그의 혀를 따라 필사적으로 팽팽하게 조여졌다. 그의 거친 신음 소리가 내 몸을 타고 울려 퍼졌다. 그를 밀어낼 힘조차 없는 그때 그가 다시 내 클리토리스를 빨았다. 부드럽고도 지칠 줄 모르게. 내가 다시 절정에 이르러 헐떡이며 그의 이름을 부를 때까지.

내가 노곤하게 축 늘어져 있는데 그가 내 다리를 똑바로 펴주었다. 그러고는 아직 숨을 헐떡이고 있는 나를 배에서부터 가슴까지 힘 있게 키스해주었다. 내 젖꼭지를 번갈아 핥고 나서 두 팔을 내 등에 두르며 일으켜주었다. 노곤하고 흐물흐물해진 채 그의 팔에 안겨 있는데 그가 내 입술에 자기 입을 꾹 가져다 대며 아플 만큼 거칠게 짓눌렀고, 나는 그 순간 그의 욕망이 절정에 치달았음을 느꼈다.

이윽고 그가 내 가운을 여미며 일어나더니 나를 뚫어지게 내려다봤다.

"기데온……?"

"7시야, 에바."

그가 손을 뻗어 내 발목을 만졌다. 저녁 만찬을 위해 미리 차고 있던 다이아몬드 발찌를 손가락 끝으로 쓰다듬었다.

"그리고 이것도 빼지 말고 꼭 차고 와. 당신이 몸에 뭐라도 안 걸치고 있으면 당신을 갖고 싶어질 거야."

6

"저예요, 아빠. 집에 계셨네요."

나는 수화기를 고쳐 들며 보조식탁의 의자를 바짝 당겨 앉았다.

아빠가 보고 싶었다. 지난 4년 동안 서로 가까이 살아서 적어도 일주일에 한 번은 볼 수 있었는데, 이제 아빠가 사는 오션사이드는 나라의 반대편에 있었다.

"잘 지내셨어요?"

아빠가 텔레비전의 소리를 줄였다.

"네 목소릴 들으니 기분이 좋구나. 출근 첫 주는 괜찮았니?"

나는 월요일부터 금요일까지 있었던 일들을 쭉 늘어놓았다. 물론, 기데온 얘기는 하지 않았다.

"직속 상사인 마크는 정말 좋은 분이세요. 그리고 회사의 분위기가 활기 넘치고 좋아요. 매일 일하러 가는 게 행복하고 퇴근할 때가 되면 왠지 아쉬울 정도라니까요."

"앞으로도 계속 그랬으면 좋겠구나. 하지만 놀 땐 놀 줄도 알아야 해. 밖에 나가서 젊음을 즐기며 놀기도 하렴. 그렇다고 너무 대책 없이 놀지는 말고."

"예, 어젯밤에도 좀 과하게 놀긴 했어요. 캐리랑 클럽 돌아다니며 놀았는데 아침에 일어났더니 머리가 띵하더라고요."

"이런, 정말이냐?"

아빠가 앓는 소리를 냈다.

"가끔 밤마다 뉴욕에서 네가 어떻게 지낼지 너무 걱정되어 잠을 깰 때가 있다. 그럴 땐 네가 워낙 똑똑해서 위험한 행동을 하지 않을 거라고 생각하며 마음을 달랜단다. 네 DNA에 새겨질 만큼 안전규칙을 가르친 부모 덕분에 어련히 잘할 거라고."

"맞아요."

내가 웃으며 말했다.

"그 얘기 들으니까 생각났는데요, 저 크라브 마가 배우러 다니려고요."

"정말이냐?"

아빠가 생각에 잠긴 듯 잠시 침묵이 흘렀다.

"우리 경찰서의 한 친구가 그쪽을 잘 아는 것 같던데. 내가 좀 알아볼 테니까 나중에 아빠가 가게 되면 같이 얘기해보자."

"뉴욕에 오신다고요?"

나는 흥분을 감출 수가 없었다.

"우와, 좋아요. 캘리포니아가 무척 그립긴 하지만 맨해튼도 정말 멋진 곳이에요. 아빠도 와보시면 좋아하실 거예요."

"네가 있는 곳이면 아빤 세상 어디라도 좋지."

아빠가 잠깐 뜸을 들이다 물었다.

"네 엄만 어떠시냐?"

"어……, 늘 그러시죠. 아름답고 매력적이고 강박증을 못 버리시고."

나는 마음이 아파와 가슴을 문질렀다.

아빠는 아직도 엄마를 사랑하고 있었다. 그래서 결혼도 하지 않았다. 그것은 내가 당했던 그 일을 아빠한테 털어놓지 못하는 이유 중 하나였다. 경찰인 아빠는 고소하자고 우길 게 뻔했고 그런 스캔들이 터지면 엄마의 인생은 망가질지 몰랐다. 아빠는 그 일로 엄마에 대한 좋은 감정을 잃게 될 수도 있고, 심지어 엄마를 탓할지도 몰랐다. 그 일이 엄마 잘못이 아닌데도. 엄마는 의붓아들이 나에게 무슨 짓을 했는지 알자마자 행복하게 잘 살던 남편 곁을 떠나 이혼 소송을 제기했다.

나는 파란색의 작은 티파니 쇼핑백을 들고 후다닥 들어오는 캐리에게 손을 흔들어 보이며 통화를 계속했다.

"오늘 스파 갔다 왔어요. 덕분에 기분 좋게 주말을 보냈어요."

아빠는 미소가 묻어나는 목소리로 말했다.

"너희 둘이 서로 잘 지내서 다행이구나. 남은 주말 동안엔 무슨 계획은 없고?"

나는 자선 행사 얘기를 얼버무렸다. 레드카펫의 성대함과 천문학적인 가격의 호화로운 만찬석들이 괜히 엄마와 아빠 삶의 격차만 부각시킬 터였다.

"캐리랑 외식하고 와서 내일은 집에만 있으려고요. 늦게까지 자고 온종일 잠옷 차림으로 영화도 보고 음식도 시켜먹고 그럴 생각이에요. 새로운 주가 시작되기 전에 좀 빈둥거리고 싶어요."

"천국이 따로 없겠구나. 나도 다음번 휴일이 돌아오면 따라 해 봐야겠는데."

힐끗 시계를 봤더니 슬슬 6시가 넘어가고 있었다.

"이제 나갈 준비해야겠어요. 근무 중에 몸조심하시고요, 아셨죠? 저도 아빠가 걱정돼요."

"알았다. 잘 지내렴, 우리 딸."

그 익숙한 인사말을 들으니 아빠가 너무 보고 싶어서 목이 메었다.

"참, 잠깐만요! 휴대폰을 새로 개통할 거예요. 개통하자마자 바로 문자로 번호 알려드릴게요."

"또? 이사하면서 새로 개통했잖니."

"말하자면 사연이 좀 길어요."

"흠, 하려면 빨리 개통해라. 휴대폰은 앵그리 버드를 하는 재미도 재미지만 안전에도 유익한 물건이야."

"저 그 게임 다 깼어요."

내가 웃으며 말하자 아빠가 따라 웃었고 그 웃음소리를 들으니 마음이 따뜻해졌다.

"며칠 후에 또 전화할게요. 잘 지내셔야 해요."

"그건 이 아빠가 하고 싶은 말이지."

우리는 전화를 끊었다. 가만히 앉아 잠시 침묵을 지키고 있으니, 내 주위의 모든 것이 정상인 것처럼 평안함이 느껴졌다. 언제나 나에겐 잠깐씩만 머물러주는 그런 평안함. 그런 느낌에 대해 곰곰이 생각에 잠겨 있는데, 캐리가 자기 방 오디오로 밴드 힌더의 노래를 틀었다. 그 소리에 퍼뜩 정신을 차렸다.

나는 기데온과 함께 가게 될 자선만찬을 위해 몸단장하러 후다닥 내 방으로 들어갔다.

"목걸이를 할까, 말까?"

기가 막히게 멋진 모습으로 내 방으로 들어서는 캐리에게 내가 물었다. 새 브리오니 턱시도를 입고 있는 캐리에게서는 당당하면서도 세련된 분위기가 풍겼다. 관심을 끌지 않으려야 않을 수가 없을 정도로.

"흠."

그가 고개를 갸웃하며 나를 유심히 살펴봤다.

"다시 목에 대봐."

나는 금으로 장식된 짧은 목걸이를 목에 가져다 댔다. 엄마가 보내준 드레스는 타는 듯한 붉은 색에, 그리스 여신 스타일의 디자인이었다. 가슴골을 가로질러 대각선 라인으로 떨어지는 원숄더 드레스였고, 엉덩이 쪽으로 주름 장식이 잡혀 내려오다 오른쪽 허벅지에서부터 옆트임이 들어가 있었다. 등 쪽은 뭐라고 설명할 거리도 없었다. 라인석으로 장식된 가느다란 끈이 가슴 쪽 천이 흘러내리지 않도록 등 쪽을 가로질러 이어져 있을 뿐이었다. 그 끈을 빼면 등 쪽은 내 엉덩이골 바로 위까지 아슬아슬한 브이컷으로 맨살을 훤히 드러내고 있었다.

"그 목걸이는 영 아닌 것 같다. 조금 전엔 차라리 샹들리에 스타일 귀걸이가 더 어울릴 것 같아 보였는데 다시 생각하니까 다이아몬드 링 귀걸이가 낫겠어. 네가 가진 것 중에 가장 큰 걸로."

"뭐? 정말?"

내가 얼굴을 찡그리며 전신 거울에 비친 우리의 모습을 보고 있는데 캐리가 내 보석함으로 걸어가 그 안을 뒤졌다.

"이거 해봐."

그가 귀걸이를 가져다주었고 나는 엄마가 열여덟 번째 생일 선물로 준 그 2인치짜리 링 귀걸이를 말똥말똥 쳐다봤다.

"에바, 내 말 믿고 한 번 해보라니까."

그 말대로 해봤더니 역시 캐리가 맞았다. 목걸이를 대봤을 때의 모습과는 분위기가 사뭇 달랐다. 덜 화려하면서도 도발적 관능미가 풍겼다. 오른쪽 발에 찬 다이아몬드 발찌와도 잘 어울렸다. 기데온의 그 말을 들은 뒤부터 예전같이 생각되지 않는 관능적인 발찌였다. 그리고 일부러 헝클어뜨린 것처럼 보이는 굵은 컬을 길게 늘어뜨린 헤어스타일에, 스모키한 아이 메이크업과 누드 립 메이크업까지 더해져서, 내 모습은 막 남자와 자고 난 후의 모습 같았다.

"캐리 테일러, 네가 없었으면 난 어쩔 뻔했을까?"

"자기야."

그가 두 손을 내 어깨에 얹으며 뺨을 맞댔다.

"그런 걱정은 할 필요도 없어."

"그나저나, 너 진짜 멋지다."

"그렇지?"

그가 눈을 찡긋하며 뒤로 물러나더니 으스댔다.

캐리도 나름대로 기데온에게 크게 밀리지 않았다. 외모 면에서는. 기데온이 야성미가 흐른다면 캐리는 곱상하고 예쁘장한 편이었지만, 둘 다 다시 한 번 뒤를 돌아보게 만드는, 그것도 눈독을 들이며 쳐다볼 만큼 눈에 띄는 외모인 건 막상막하였다.

캐리는 처음 만났을 때만 해도 그렇게 완벽한 상태는 아니었다. 마약에 찌든 데다 수척했고 그 에메랄드빛 눈은 흐릿하고 멍했다. 사람들이 자기와 가까워지려는 이유는 단지 자기와 자고 싶어서일 뿐이라는 믿음을 갖고 있었던 캐리는 나에게 노골적으로 수작을 걸기도 했다. 나는 단호하고 끈기 있게 거절했고 그때부터 비로소 서로 마음이 통하면서 베스트 프렌드가 되었다. 그는 나에게 남매 사이나 다름없는 존재였다.

그때 인터폰이 울려서 깜짝 놀랐다. 나도 모르게 엄청 긴장하고 있었던 모양이었다. 나는 캐리를 쳐다보며 말했다.

"그 사람이 방문할 거라는 걸 프런트 데스크에 깜빡하고 얘길 안 했어."

"내가 가서 데려올게."

"스탠튼 아저씨랑 엄마하고 같이 타고 가도 괜찮겠어?"

"그걸 말이라고 해? 두 분이 나를 얼마나 좋아하시는데."

그가 미소를 살며시 거두며 이어서 물었다.

"다시 생각해보니까 크로스랑 같이 가는 게 안 내켜서 그러는 거야?"

나는 크게 숨을 들이쉬며 아까의 일을 떠올렸다. 반복되는 오르가슴 속에서 정신이 아찔한 채로 누워 있던 그 순간을.

"아니, 그런 건 아니야. 모든 일이 너무 순식간에 일어나기도 했고 내가 기대했거나 바랐던 것보다 더 잘 풀려서……."

"이게 웬 떡인가 싶어 얼떨떨한 거구나."

캐리가 손을 뻗어 손가락으로 내 코를 톡톡 두드렸다.

"그 사람은 굴러들어온 떡이야. 그리고 넌 그를 낚은 거고. 그냥 즐겨."

"그렇게 해볼게."

나를, 그리고 내 마음까지 이해해주는 캐리가 고마웠다. 캐리는 나 자신도 뭐라고 설명할 수 없는 마음의 공허를 채워줄 줄 아는 친구여서, 함께 있으면 정말 편했다.

"오늘 아침에 그 사람에 대해 검색하다가 흥미로운 최근 기사가 있기에 프린트해놨어. 네 책상에 놔뒀으니까 보고 싶으면 봐."

아까 스파에 가려고 준비하기 전에 캐리가 뭔가를 프린트했던 게 생각났다. 나는 까치발을 딛으며 그의 볼에 입을 맞추었다.

"역시 너밖에 없다니까. 사랑해."

"그대로 반사, 자기."

그가 밖으로 향하며 말했다.

"내가 내려가서 크로스를 데려올 테니까 서두르지 말고 천천히 해. 그 사람이 10분 일찍 온 거잖아."

나는 미소를 머금은 채 그가 방 밖으로 나가는 모습을 지켜보았다. 방문이 닫히자 나는 내 방에 딸린 작은 응접실로 갔다. 엄마가 고르신 실용성이라고는 눈곱만큼도 없는 접이식 책상 위에 기사와 출력물이 끼워진 파일철이 놓여 있었다. 나는 의자에 앉아 기데온 크로스의 개인사 속으로 빠져들었다.

그 내용은 열차 충돌 사고 기사를 보는 것만큼 충격적이었다. 그의 아버지는 한 투자증권사의 전 회장 제프리 크로스였는데 나중에 그 회사는 대대적 폰지사기(이윤이 높은 투자 대상을 골라, 이에 먼저 투자한 사람이 나중에 투자하는 사람의 자금으로 이익을 보는 방식의 사기 수법-옮긴이)의 주도자였음이 밝혀졌다. 기데온의 나이 겨우 다섯 살이던 그때, 그의 아버지는 감옥에 들어가느니 죽는 편을 택하겠다며 머리에 총을 쏴서 자살했다.

가엾은 기데온. 어린 그의 모습이 그려졌다. 까만 머리의 잘생긴 소년이 그 아름다운 푸른 눈망울에 엄청난 혼란과 슬픔을 가득 담고 있었을 애처로운 모습이. 상상만 해도 가슴이 찢어졌다. 아버지의 자살이, 그리고 주변 상황이 그에게나 그의 어머니에게 얼마나 큰 충격을 안겨주었을까? 그렇게 힘든 시기에 그 스트레스와 불안감은 이루 말할 수 없었을 텐데. 특히 그 나이의 아이에게는 더더욱 그랬을 것이다.

그의 어머니는 그 뒤에 음반 제작자 크리스토퍼 비달과 결혼하여 크리스토퍼 비달 주니어와 아일랜드 비달 남매를 낳았다. 하지만 늘어난 가족과 경제적 안정도 그런 큰 시련을 겪은 기데온의 안정을 돕기에는 너무 늦은 뒤였다.

나머지는 기데온이 찍힌 사진들을 뽑은 것이었다. 나는 여러 사진 속에서 기데온과 함께 있는 여자들을 찬찬히 뜯어보며 그의 연애, 사교, 섹스 스타일에 대해 생각해봤다. 엄마 말이 맞았다. 여자들은 죄다 짙은 색 머리였다. 특히 그와 함께 있는 모습이 가장 많이 찍힌 여자는 히스패닉계 특징이 두드러지는 외모였다. 키가 나보다 컸고 풍만하다기보다는 가냘픈 몸매였다.

"막달레나 페레즈."

그녀가 굉장한 미인이라는 사실을 마지못해 인정하며 혼자 중얼거렸다. 그녀의 자세에서는 자신감이 넘쳐흘렀다. 내가 동경해 마지않는 그런 자신감이.

"자자, 이제 시간 다 돼가."

캐리가 즐거움이 배인 부드러운 어조로 불쑥 말을 건넸다. 돌아보니 내 방 응접실 문가에 서서 문설주에 거만하게 기대어 있었다.

"정말?"

너무 정신이 팔려 있어서 시간이 얼마나 지났는지도 모르고 있었다.

"한 1분쯤 후면 그가 너를 찾아서 이리로 들어올지 몰라. 지금 겨우겨우 자제하고 있는 상태거든."

나는 파일철을 닫고 일어났다.

"봤어? 흥미롭지?"

"응, 아주 많이."

기데온의 아버지가, 아니 더 정확히 말해서 아버지의 죽음이 그의 삶에 어떤 영향을 미쳤을지 궁금했다. 내 궁금증을 시원히 풀어줄 답이 저 문밖으로 나가면 기다리고 있겠지.

나는 침실을 나가 거실로 이어지는 복도로 향했다. 거실 문턱에서 걸음을 멈추며 창문 앞에 서서 도시를 내다보고 있는 기데온의 등을 응시했다. 심장박동이 거세지기 시작했다. 창문에 비친 그는 사색에 잠긴 듯한 분위기였다. 시선엔 초점이 없었고 입은 굳게 다물어져 있었다. 팔짱을 끼고 있는 모습에서는 물 밖으로 나온 물고기처럼 본질적인 불안이 배어났다. 그가 멀고 아득해 보였다. 본래부터 외로운 남자인 것처럼.

내가 온 기척을 눈치 챘는지, 아니면 내 갈망을 느꼈던 것인지 그가 그 자리에서 돌아서더니 아주 잠깐 나를 바라보며 그대로 서 있었다. 나는 그 틈을 놓치지 않고 눈으로 그의 몸을 훑으며 그를 한껏 탐닉했다. 그의 모습은 어느 구석으로 보나 힘 있는 거물의 카리스마가 팍팍 느껴졌다. 너무 관능적이도록 잘생겨서 바라보는 것만으로도 눈이 화끈화끈 타올랐다. 얼굴을 감싸며 방탕기가 흐르면서도 세련되게 흘러내린 까만 머리카락에 시선이 꽂히자 만지고 싶은 충동에 손가락이 근질거렸다. 그리고 나를 바라보는 그 눈빛은 심장을 콩닥콩닥 뛰게 했다.

"에바."

그가 세련되고도 힘찬 걸음으로 성큼성큼 다가왔다. 내 한쪽 손을 잡아 자기 입으로 가져갔다. 아주 뜨겁고 뚫어질 듯 강렬한 시선을 보내며.

그의 입술이 닿자 팔을 타고 짜릿한 전율이 일며 내 몸의 다른 곳에 그 관능적인 입술이 닿았던 기억이 떠올랐다. 순간 흥분으로 달아올랐다.

"어서 와요."

그의 눈빛이 즐거운 듯 훈훈해졌다.

"당신, 눈이 부시게 아름답군. 어서 빨리 사람들에게 당신을 보여주고 싶어."

나는 그 칭찬에 즐거워져서 낮게 속삭였다.

"당신 기대에 어긋나지 않았으면 좋겠어요."

그의 미간이 살짝 찡그려졌다.

"그런데 뭐 잊은 거 없나?"

그때 캐리가 내 검은색 벨벳 숄과 팔꿈치 위까지 올라오는 장갑을 들고 내 옆으로 다가왔다.

"자, 여기. 네 클러치 백에 립글로스도 넣어뒀어."

"역시 너밖에 없어, 캐리."

캐리가 나에게 윙크를 보냈다. 내가 백의 안주머니에 쑤셔 넣어둔 콘돔을 봤다는 의미였다.

"나도 두 사람하고 같이 내려가야겠다."

기데온이 캐리에게서 숄을 받아 내 어깨에 둘러주었다. 이어서 머리카락을 숄 밖으로 빼내었는데, 그때 그의 손이 목에 닿자 그만 아찔해져서 캐리가 내 손에 장갑을 쥐여주는 것도 겨우 알아차렸다.

엘리베이터를 타고 로비로 내려가는 순간은 강렬한 성적 긴장을 견뎌내는 연습과도 같았다. 그렇다고 캐리에게 이런 내 상태를 들킨 게 거북했던 건 아니었다. 캐리는 이미 눈치 챈 듯, 내 왼쪽에서 두 손을 주머니에 찔러 넣은 채 휘파람을 불고 있었지만 그건 아무렇지 않았다. 그 반대편 내 오른쪽에서 나를 심하게 흔드는 기데온만 의식되었을 뿐. 몸을 움직이지도, 소리를 내지도 않았지만 그에게서 발산되는 강렬한 기운이 느껴졌다. 자석에 끌리는 듯 피부가 찌릿찌릿했고 숨이 가쁘고 빨라졌다. 문이 열리면서 밀폐된 그 공간에서 풀려나자 마음이 다 놓일 지경이었다.

1층에선 여자 두 명이 엘리베이터를 타려고 기다리고 있었다. 여자들은 기데온과 캐리를 보더니 입이 떡 벌어졌다. 그 표정을 보자 기분이 흐뭇해져서 미소가 비어져 나왔다.

"안녕하세요."

캐리가 인사를 건네며 부질없이 여인네들을 설레게 만드는 웃음을 지어 보였다. 두 여자의 뇌세포는 괜한 관심을 쏘아 보내고 있을 것이 뻔했다.

캐리와 달리 기데온은 퉁명스레 고개를 끄덕여 보이고는 내 허리에 한 손을 얹어 맨살과 맨살을 맞댄 채 바깥으로 데리고 나왔다. 살이 닿을 때 전기가 흐르는 듯 온몸에 열기가 확 퍼졌다.

내가 캐리의 손을 꽉 잡으며 말했다.

"나랑도 춤춰야 해."

"언제든. 그럼 좀 이따 봐."

길가에 주차한 리무진 앞에 대기 중이던 운전기사가 기데온과 내가 밖으로 나오자 문을 열어주었다. 나는 열어준 문

맞은편의 자리에 탄 뒤 드레스의 매무새를 매만졌다. 기데온이 내 옆에 앉고 문이 닫히자 그의 체취가 얼마나 좋은지 새삼 깨닫게 되었다. 나는 그의 체취를 들이마시며 그와 함께하는 시간을 마음 편히 즐기자고 스스로에게 다짐했다. 그가 내 손을 잡더니 손가락 끝으로 손바닥을 훑었다. 단순한 접촉인데도 안에서 뜨거운 욕망이 솟구쳤다. 나는 너무 후끈거려서 어깨를 으쓱해 숄을 떨어뜨렸다.

"에바."

그가 어떤 버튼을 누르자 운전석 뒤의 칸막이 유리가 스르륵 올라가기 시작했다. 다음 순간 나는 그의 무릎 위로 끌어당겨졌고 이어서 그의 입이 내 입을 덮으며 뜨거운 키스를 퍼부었다.

나는 우리 집 거실에서 그를 본 이후부터 하고 싶었던 대로, 그의 머리카락에 두 손을 찔러 넣으며 마구 키스했다. 그의 키스가 좋았다. 꼭 해야만 하는 것처럼, 하지 않으면 미쳐버릴 것 같고 너무 오래 기다렸다는 것처럼 격정적인 그런 키스가. 그렇게 그의 혀를 빨며 키스를 나눌 때 그가 그 키스를 얼마나 즐기고 있는지 느껴졌다. 그리고 *내가* 얼마나 즐기고 있는지도. 그런 열렬함으로 그의 다른 곳도 빨고 싶다는 열망이 강하게 일어났다.

그의 두 손이 맨살을 드러낸 내 등으로 스르륵 미끄러져 갔고 나는 엉덩이로 그의 일어선 페니스를 느끼며 신음을 토해냈다. 나는 자세를 바꿔 다리를 벌리고 걸터앉으며 드레스의 치맛자락을 걸리적거리지 않게 밀어 올렸다. 그렇게 편하게 옆트임이 들어간 드레스를 골라준 엄마에게 속으로 감사하면서. 양 무릎을 그의 엉덩이에 딱 붙이고 두 팔로 그를 끌어안으며 더 깊이 키스했다. 그의 입을 핥고 그의 아랫입술을 깨물고 내 혀로 그의 혀를 어루만지면서…….

갑자기 기데온이 내 허리를 잡더니 나를 밀어냈다. 그는 의자 등받이에 목을 젖히고 내 얼굴을 올려다보며 가슴을 들썩였다.

"지금 뭐하는 거지?"

나는 두 손으로 그의 가슴을 쓸며 와이셔츠 아래의 단단한 근육을 느꼈다. 손가락으로 그의 복근을 훑으며 그의 벗은 몸을 상상했다.

"당신을 만지고 있잖아요. 당신을 탐닉하고 있어요. 당신을 원해요, 기데온."

그가 내 양 손목을 잡으며 내 행동을 말렸다.

"나중에. 지금 우린 맨해튼 한가운데 있어."

"누가 본다고 그래요."

"그런 얘기가 아니라, 시간으로 보나 장소로 보나 몇 시간이 지나도 끝낼 수 없을 만한 일을 시작하기에 적당하지 않다는 거지. 안 그래도 내가 오늘 오후부터 이성을 잃어가고 있는 중인데."

"그러니까 지금 확실히 끝내자고요."

그가 내 허리를 아플 만큼 꽉 쥐었다.

"여기에서는 곤란해. 안 돼."

"왜 안 돼요?"

그 순간 퍼뜩 어떤 생각이 머리를 스쳤다.

"혹시 차에서 섹스해본 적 없어요?"

"없는데. 당신은 있나 보군?"

그의 입가가 경직되었다.

나는 대답 없이 시선을 피하며 주위에서 밀려드는 사람들과 차들을 쳐다봤다. 우리와 불과 몇 인치 거리에 수백 명의 사람들이 지나다니고 있었다. 그러나 짙은 선팅 유리로 밖에 선 우리가 보이지 않는다는 사실 덕분에 전혀 신경이 쓰이지 않았다. 그저 그를 즐겁게 해주고 싶었을 뿐. 내가 기데온 크로스의 안 깊숙이 닿을 수 있는지 알고 싶었고 기데온 말고는 그 무엇도 그런 내 욕망을 말리지 못했다.

나는 그에게 엉덩이를 밀착해 가볍게 흔들며 딱딱하게 선 그의 페니스를 느꼈다. 그가 악문 이 사이로 거친 숨을 내쉬었다.

"당신이 필요해요, 기데온."

나는 숨 가쁘게 말하며 흥분이 되어 더 짙어진 그의 체취를 들이마셨다. 유혹적인 그의 살 냄새만으로도 살짝 도취되는 것 같았다.

"당신은 정말 날 미치게 해."

그가 내 허리를 놓고 내 얼굴을 감싸 쥐며 입술로 내 입술을 꾹 눌렀다. 나는 그의 바지로 손을 뻗어 단추 두 개를 풀고 지퍼를 내렸다. 그는 긴장하고 있었다.

"이게 필요해요. 나에게 줘요."

나는 그와 입술을 맞붙인 채 속삭였다.

그는 긴장을 풀지는 않았지만 더 이상 나를 막으려고도 하지 않았다. 내가 그의 페니스를 양 손바닥으로 감싸자 그가 고통과 애욕이 동시에 담긴 신음을 토해냈다. 나는 그것을 두 손으로 가볍게 누르면서 살살 애무했다. 그것은 돌처럼 딱딱하고 뜨거웠다. 내가 숨을 죽이며 두 손으로 위에서 아래로 쭉 훑자 그가 몸을 떨었다.

기데온은 손으로 내 허벅지를 꽉 쥐더니 위로 미끄러지듯 쓸어올렸다. 그러다 엄지손가락이 내 T팬티의 붉은 레이스에 닿자 멈칫했다.

"당신은 정말 달콤하군. 당신을 눕히고 당신이 들어와 달라고 애걸할 때까지 핥아주고 싶어."

그가 나에게 입을 맞붙인 채 속삭였다.

"원한다면 지금 애걸할게요."

나는 한 손으로 그를 애무하면서 다른 손을 뻗어 클러치 백 속 콘돔을 꺼냈다.

그가 한쪽 손을 뻗어 내 팬티 속으로 쓱 집어넣었다. 욕망으로 팬티는 이미 젖어 있었다.

"난 당신 몸을 거의 만지지도 않았는데 당신은 벌써 나를 받아들일 준비가 되어 있군."

그가 어두운 차 안에서 눈을 반짝거리며 속삭였다.

"나도 나를 어쩔 수가 없어요."

그가 아랫입술을 깨물며 엄지손가락을 내 안으로 밀어 넣는 순간 나는 아무런 저항도 못한 채 그를 꽉 조이며 순순히 받아들였다.

"참지 마. 당신이 먼저 날 멈추지 못하게 건드려놓고 당신만 멈춘다면 그건 불공평하잖아."

나는 콘돔의 포장을 뜯어 그에게 건넸다.

"난 잘 못 끼워서요."

그의 손이 내 손을 감싸 쥐었다.

"당신이 내 규칙을 다 깨는군."

낮게 깐 그의 진지한 어조에 내 몸 안은 뜨거움과 자신감으로 가득 찼다.

"규칙은 깨라고 있는 거예요."

그의 하얀 이가 반짝 보이는가 싶더니, 이어서 그가 옆쪽 패널의 버튼 하나를 누르며 말했다.

"다른 말 있을 때까지 차 세우지 말고 계속 돌아줘."

순간, 뺨이 화끈 달아올랐다. 그때 하필 다른 차의 헤드라이트가 짙은 선팅 유리를 뚫고 들어와 내 얼굴을 비추는 바람에 그 당혹스러운 표정을 들키고 말았다.

"아니, 에바."

그가 능숙하게 콘돔을 끼며 섹시하게 속삭였다.

"리무진에서 하자고 유혹한 사람이 누군데, 운전사에게 방해하지 말라고 얘기 좀 했다고 그렇게 얼굴을 붉히면 어떻게 해?"

그의 갑작스러운 장난기에 그를 갖고 싶어 못 견딜 만큼 흥분되었다. 나는 균형을 잡기 위해 두 손을 그의 어깨에 얹으며 몸을 일으켜 기데온의 굵은 페니스 꼭대기 부근까지 일어났다. 그의 두 손이 내 엉덩이를 움켜쥐었고 뒤이어 그가 내 팬티를 쫙 찢어 벗기는 소리가 들렸다. 그 돌발적인 소리와 그 난폭한 행동이 내 욕망을 극도로 자극했다.

"천천히."

그가 허스키한 목소리로 명령하며 엉덩이를 들어 올려 바지를 더 끌어내렸다.

그가 움직일 때 내 다리 사이로 그의 빳빳하게 발기된 남성이 스쳤고, 그 순간 나는 못 견디도록 몸이 달아올라 가느다란 신음까지 내뱉고 말았다. 아까 그가 안겨주었던 오르가슴이 내 갈망을 가라앉힌 것이 아니라 오히려 더 깊어지게 한 것 같았다.

그가 긴장하고 있을 때 내가 그의 페니스에 손가락을 감고 자세를 잡으며 그 굵직한 페니스 꼭대기를 흠뻑 젖어든 내 안으로 찔러 넣었다. 우리의 욕망이 피워낸 냄새로 공기가 무겁고 축축했다. 욕망과 페로몬이 뒤섞인 유혹적인 냄새가 내 몸의 세포 하나하나를 깨웠다. 살이 화끈거리고 찌릿찌릿했다. 가슴은 팽팽해지고 예민해졌다.

그를 처음 본 순간부터 나는 바로 이것을 원했다. 이렇게 그를 갖고 싶었다. 이렇게 그의 멋진 몸에 올라타 내 안 깊숙이 그를 들이고 싶었다.

"맙소사. 에바."

내가 엉덩이를 낮추며 그에게 밀착할 때 그가 숨을 헐떡이며 내 허벅지를 잡은 두 손에 힘을 꽉 주었다.

나는 자신을 너무 노출한 듯한 기분이 들어 두 눈을 감았다. 그와의 육체적 교감을 원하긴 했었지만 이건 너무 외설적인 것 같았다. 우리는 겨우 몇 센티미터 사이를 두고 마주 보면서, 주변의 세상이 쉴 새 없이 돌아가고 있는 한복판, 그 좁은 공간 안에 아늑히 에워싸여 있었다. 그에게서 불안감이 느껴졌다. 그도 나처럼 균형을 잃은 듯 불안해 보였다.

"당신 아주 꽉 조이는군."

헐떡이며 내뱉은 그의 말 속에는 기분 좋은 고통이 살짝 배어 있었다.

나는 더 찔러 들어가며 그를 깊이 받아들였다. 팽팽히 긴장되는 기분을 느끼며 입으로 숨을 깊이 들이마셨다.

"당신, 정말 커요."

그는 손바닥으로 내 아랫배를 누르고는 엄지손가락을 울렁울렁 고동치는 내 클리토리스에 가져다 댔다. 그러고는 천천히, 능숙하게 원을 그리며 문지르기 시작했다. 내 중심의 모든 것이 팽팽히 조이며 그를 더 깊이 빨아들였다. 나는 눈을 뜨고 무겁게 내려뜬 눈꺼풀 아래로 그의 강한 몸을 바라봤다. 짝짓기의 원초적 욕망에 극도로 긴장한 채 세련된 턱시도를 입고 내 밑에 쭉 뻗어 있는 그는, 매우 아름다웠다.

그가 보이지 않는 끈에 끌려가지 않으려 저항하는 것처럼 의자 등받이에 머리가 꾹 눌리도록 목을 젖혔다.

"오, 젠장. 지금 너무 딱딱해지고 있어."

그가 이를 악물고 입술 사이로 겨우 말했다.

그 음험한 징조는 나를 더욱 흥분시켰다. 피부에 땀이 송골송골 돋았다. 너무 축축하고 뜨거워져서 그를 타고 쓱 미끄러지며 거의 끝까지 들어갔다. 입에서 숨 가쁜 외침을 한 번 터뜨린 후 나는 페니스 끝까지 그를 다 받아들였다. 그의 그것은 너무 깊어서 똑바로 지탱하기도 버거웠다. 어쩔 수 없이 옆으로 몸을 이리저리 움직이며 예상치 못한 거북한 통증을 가라앉혀야 했다. 하지만 내 몸은 그의 페니스가 너무 큰 것에 상관치 않는 것 같았다. 그곳이 흥분에 일렁거리고 꽉 조이고 떨리며 오르가슴 직전까지 이르렀다.

기데온이 뭐라고 욕을 내뱉더니 거친 호흡으로 가슴을 들썩이며 다른 손으로 내 엉덩이를 꽉 움켜잡아 내 몸을 뒤로 젖혔다. 그렇게 자세가 바뀌자 내 몸이 열리면서 그의 전부가 내 안으로 들어왔다. 이내 그의 몸이 뜨겁게 달아오르며 옷 사이로 열기가 뿜어져 나왔다. 윗입술에도 땀이 점점이 배어 나왔다.

나는 몸을 앞으로 숙여 혀로 그 조각 같은 입술을 핥으며, 기쁨에 겨운 낮은 신음과 그 짭짤한 맛을 내 안으로 삼켜 들였다. 그의 엉덩이가 안달하듯 크게 들썩였다. 내가 본격적으로 시작하려고 살짝 몸을 일으켜 위로 조금 빼내자 그가 내 엉덩이를 거칠게 움켜쥐며 나를 말렸다.

"천천히."

그는 경고조로 했던 말을 또 반복했고 그 위압적인 말투에 갈망이 내 온몸을 흥분시켰다.

그가 그렇게 내 욕망의 한계를 넘어서도록 다그칠 때 희한하게도 황홀한 고통이 느껴졌다. 나는 자세를 낮추어 다시 그를 안으로 받아들였다. 우리의 눈이 서로 얽히는 순간 두 몸이 서로 결합된 그곳으로 쾌감이 퍼져갔다. 그때 퍼뜩 어떤 생각이 스쳤다. 우리 둘 다 가장 은밀한 그 부분만 빼고는 옷을 그대로 걸치고 있다는 것. 그것은 지극히 색정적인 모습 같았다. 그가 그리고 내가 쾌감에 굴복해 토해내는 신음 소리처럼.

그를 향한 갈망에 불타올라 나는 그에게 꾹 입을 맞추며 모근이 땀으로 축축해진 그의 머리카락을 움켜쥐었다. 내 중심부 안으로 그의 길고 굵은 남성이 조금씩 미끄러져 들어올 때마다 오르가슴이 커져가는 것을 느꼈다.

어느 순간 나는 정신을 잃고 원초적 본능에 지배당했고, 마지막엔 내 몸에 나를 완전히 맡겼다. 맹렬한 섹스 충동만이, 그를 타고 싶은 거친 욕망만이 내 온 정신을 사로잡고 있던 어느 순간, 마침내 그 팽팽한 긴장이 터지며 자유롭게 그를 위아래로 탈 수 있게 되었다.

"정말 좋아요. 당신은……, 오, 세상에, 정말 좋아요."

나는 그에게 정신을 잃은 채 흐느끼듯 신음했다.

기데온이 두 손으로 내 몸의 움직임을 지휘하며 내 자세의 각도를 잡아주었다. 그의 거대한 꼭대기가 내 안의 부드럽고 아픈 그곳을 문지르도록. 나는 몸을 바짝 죄고 떨다가 느꼈다. 그곳에서, 그가 내 안에 능숙하게 찔러 넣은 바로 거기에서 곧 절정이 일어나리라는 것을.

"기데온."

온몸으로 오르가슴이 폭발하며 내 중심에서 시작된 황홀한 경련이 사방으로 퍼져 나가 온몸이 부르르 떨리는 그 순간, 그가 내 목덜미를 붙잡았다. 그는 축 늘어지는 나를 바라보며 눈을 감으려던 나와 계속 눈을 맞추었다. 그의 시선에 홀린 나는 신음 소리를 내며 그 어느 때보다 더 강렬한 절정에 이르며 쾌감이 굽이칠 때마다 움찔움찔 경련을 일으켰다.

"제기랄, 제기랄, 제기랄."

그가 짐승의 포효 같은 신음을 내지르더니 내 쪽으로 엉덩이를 쳐대는 동시에 내 엉덩이를 아래로 잡아끌면서 맹렬하게 찌르고 들어왔다. 찌를 때마다 내 안 깊숙이, 끝까지 치고 들어오며 내 안으로 격렬히 파고들었다. 점점 딱딱하고 굵어지는 그의 것이 느껴졌다.

나를 향한 그의 욕망이 절정에 다다르는 순간을 보고 싶은 절실함에 나는 그를 탐욕스레 지켜봤다. 그의 눈은 욕망 때문에 광란에 휩싸인 채 초점을 잃은 상태였다. 그의 제어력은 해제되었고 그의 멋진 얼굴은 절정을 향한 거친 질주로 일그러져 있었다.

"에바!"

그가 절정에 이르면서 야성적인 포효를 터뜨렸다. 그 맹렬한 신음에 나는 넋을 잃고 쓰러질 것만 같았다. 오르가슴에 격렬히 휩싸이며 몸을 떠는 그 찰나에, 그의 얼굴이 부드러워지며 뜻밖의 연약한 모습을 드러냈다.

나는 그의 얼굴을 감싸 안고 그의 입술에 내 입술을 가볍게 스치며 다독여주었다. 헐떡거리며 거칠게 터져 나오는 그의 숨결이 내 뺨을 덮쳤다.

"에바."

그가 두 팔로 나를 으스러지도록 끌어안으며 축축해진 얼굴을 내 쇄골 쪽에 푹 파묻었다.

지금 그가 어떤 기분일지 나는 알았다. 발가벗겨져 알몸으로 누워 있는 그런 기분이리라.

우리는 서로를 끌어안고 섹스 후의 여운을 소화시키며 한참을 그대로 있었다. 어느 순간 그가 고개를 돌려 부드럽게 키스했다. 그의 혀가 입 안으로 들어와 내 혀를 어루만지며 녹초가 된 내 감정을 달래주었다.

"와우."

내가 충격에 싸인 채로 속삭였다.

그가 입을 실룩거리며 말했다.

"그러니까."

나는 아찔하고 황홀한 기분에 젖어 미소를 지었다.

기데온이 경건하다시피 한 동작으로 내 얼굴을 손가락으로 쓰다듬으며 내 관자놀이에 붙은 젖은 머리카락을 떼었다. 나를 유심히 살펴보는 그의 모습이 내 가슴을 아프게 했다. 그는 놀라고 고마워하는 표정을 지으며 따뜻하고 부드러운 눈빛으로 나를 바라보고 있었다.

"이 순간을 깨고 싶지가 않은데."

그가 다음 말을 선뜻 잇지 못하고 있음을 감지하며 내가 물었다.

"그런데요……?"

"그런데 오늘 만찬은 펑크 낼 수가 없어. 내가 연설을 하기로 돼 있거든."

"아."

그로써 그 순간은 확실히 깨져버렸다.

조심스럽게 엉덩이를 들어 그에게서 떨어지는데, 내 안에서 그의 페니스가 빠져나갈 때 그 축축하고 미끈한 접촉에 나는 그만 입술을 깨물었다. 그 순간의 마찰이 더 하고 싶은 욕망을 너무나 부추겼기 때문이다. 그의 페니스는 하나도 수그러들지 않은 채였다.

"젠장, 내가 당신을 또 원해."

그가 거칠게 말했다.

그는 내가 떨어져 앉기 전에 나를 붙잡더니 어디선가 손수건을 꺼내 내 다리 사이를 살살 닦아주었다. 우리가 방금 나누었던 섹스와 동등할 만큼의, 지극히 은밀한 행동이었다.

잠시 뒤, 나는 그의 옆자리에 앉아 클러치 백에서 콤팩트와 립글로스를 꺼내 얼굴을 정리했다. 콤팩트 거울 모서리에 기데온의 모습이 비쳤다. 그는 콘돔을 벗겨서 묶더니 그 콘돔을 칵테일 냅킨에 싸서 감쪽같이 숨겨져 있던 휴지통에 던져 넣고 있었다. 그러고는 헝클어진 모습을 다시 정리한 후에 운전사에게 목적지로 가자고 말하고 나서 의자에 편히 앉아 창밖을 응시했다.

이상했다. 섹스 후 1초, 1초 지나가는 순간마다 그가 뒤로 물러나는 듯한 기분이 들면서 우리 사이의 연결이 점점 더 약해지는 것 같았다. 나는 어느새 그와 점점 떨어지며 의자의 구석으로 주춤주춤 피하고 있었다. 우리 사이에서 느껴지는 내 마음속의 거리대로 그렇게 거리를 벌렸다. 조금 전에 느꼈던 따스한 기운은 점차 희미해지면서 확연한 싸늘함으로 바뀌었다. 추워서 숄을 끌어당겨 다시 두를 정도였다. 옆에서 내가 몸을 들썩이며 콤팩트를 치울 때도 그는 손가락 하나 꿈쩍하지 않았다. 내가 그곳에 있다는 것을 의식조차 못 하는 것 같았다.

갑자기 기데온이 간이 냉장고를 열어 병 하나를 꺼냈다. 그는 나를 쳐다보지도 않은 채로 물었다.

"브랜디 하겠어?"

"아니, 됐어요."

내가 풀죽은 목소리를 냈지만 그는 눈치도 못 채는 것 같았다. 아니면, 별 관심이 없었던 것인지도. 아무튼 그는 한 잔을 따르고 나서 병을 다시 툭 던져 넣었다.

당혹스럽고 마음이 상한 나는 장갑을 끼며 뭐가 잘못된 것인지 알 수 없어 답답할 뿐이었다.

7

만찬회장에 도착한 후의 일들은 그다지 기억나지 않았다. 우리가 두 줄로 길게 늘어선 취재단 사이를 걸어갈 때 여기저기에서 불꽃처럼 카메라 플래시가 터졌지만 나는 거의 관심도 없이 기계적인 미소만 지었다. 나는 기데온에게서 느껴지는 팽팽한 긴장을 피할 궁리에 필사적이었다.

우리가 건물 안으로 들어설 때였다. 누군가가 그의 이름을 불렀고 그가 그쪽을 돌아봤다. 그 틈에 나는 카펫이 깔린 입구에 바글바글 모여 있는 다른 손님들 사이로 얼른 빠져나가서 슬그머니 자리를 피했다.

리셉션 홀에 들어선 나는 지나가는 웨이터의 쟁반에서 샴페인 두 잔을 얼른 집어 들고 한 잔을 단숨에 들이켜며 캐리를 찾았다. 저 멀리에 엄마, 스탠튼 아저씨와 함께 있는 그가 보였다. 나는 그쪽으로 가로질러 가다 빈 잔 하나를 테이블에

팽개치듯 툭 내려놓았다.

"에바!"

엄마는 나를 보더니 얼굴이 환해졌다.

"그 드레스 네가 입으니까 정말 예쁘다!"

엄마가 내 볼에 키스를 해주었다. 엄마는 은은하게 빛이 나고 몸에 붙는 연푸른색 드레스를 화사하게 차려입고 있었다. 귀, 목, 손목에는 사파이어로 멋을 주어 엄마의 눈과 흰 피부가 더 돋보였다.

"감사해요."

나는 두 잔째의 샴페인을 벌컥벌컥 마시다 드레스 선물에 대한 감사 인사를 했다. 그 드레스에 대해 고마운 마음은 여전했지만, 허벅지 옆트임의 편리함에 행복해했던 그 마음은 이제 사라지고 없었다.

캐리가 앞으로 걸어 나오며 내 팔꿈치를 잡았다. 내 얼굴을 한 번만 보고도 심란한 내 기분을 알아챈 모양이었다. 나는 지금은 얘길 하고 싶지 않아 고개를 내저었다.

"그럼 샴페인 더 할래?"

그가 부드럽게 물었다.

"부탁해."

기데온이 다가오는 것을 느낌으로 알아채기가 무섭게, 엄마의 얼굴이 마치 타임스퀘어 광장에서 새해 카운트다운 때마다 내려 보내는 크리스털 공만큼이나 환해졌다. 스탠튼 아저씨도 몸을 똑바로 펴며 자세를 가다듬었다.

"에바."

기데온이 등 아래쪽의 맨살에 손을 얹는 순간 나는 또다시 움찔했다. 내 살에 닿은 그의 손가락도 움찔거렸다. 그도 내가 놀란 것을 느꼈던 걸까?

"그렇게 도망가면 어떻게 해?"

그의 질책 어린 어조를 들으니 반발심에 몸이 뻣뻣해졌다. 나는 사람들 앞에서는 차마 말할 수 없는 모든 것을 눈빛에 담아 그에게 쏘아 보냈다.

"아저씨, 기데온 크로스 씨 아시죠?"

"그럼, 알다마다."

두 남자가 악수를 나누었다.

기데온이 나를 자기 옆으로 더 바짝 끌어당겼다.

"저희가 정말 운이 좋군요. 뉴욕 최고의 미인 두 분을 에스코트하는 행운을 얻었으니 말입니다."

스탠튼 아저씨가 다정한 미소로 엄마를 내려다보며 맞장구쳤다.

나는 남은 샴페인을 단숨에 비우고 캐리가 새로 건네주는 잔과 빈 잔을 고마운 마음으로 바꾸어 쥐었다. 알코올이 들어가니 뱃속이 조금 따뜻해지면서 맺힌 속이 누그러졌다.

기데온이 나에게 몸을 숙이며 퉁명스레 속삭였다.

"여기에 내 파트너로 온 거라는 사실을 잊지 말았으면 좋겠는데."

이 남자 미친 거 아냐? 나 참, 기가 막혀서. 나는 눈을 가늘게 뜨며 받아쳤다.

"당신이나 잘해요."

"여기에서 이러지 마, 에바. 지금은 곤란해."

그가 모두에게 고개를 까딱해 보이며 나를 데리고 갔다.

"영원히 안 되는 건 아니고요?"

단지 엄마의 야단 떨 거리를 만들고 싶지 않은 마음에, 나는 투덜거리며 순순히 따라갔다.

샴페인을 홀짝이면서 나도 모르는 사이에 나는 자동으로 자기방어 모드에 들어갔다. 지금껏 수년 동안 작동시킬 일이 없었는데……. 기데온이 나를 사람들에게 소개했고 나는 내 나름대로는 꽤 잘 처신하며 적절한 순간에 말을 하고 필요할 때 미소를 지었다. 하지만 마음은 다른 곳에 가 있었다. 우리 사이의 얼음벽, 그리고 상처받고 분한 내 감정에 너무 마음이 쓰였다. 같이 잔 여자들과 사귀지 않는 기데온의 원칙을 직접 확인해볼 증거가 필요했던 것이라면, 나는 이미 그 증거를 얻은 셈이었다.

만찬 시작을 알리는 안내가 나오자 나는 그와 함께 만찬회장으로 들어가 마지못해 내 앞의 음식을 쑤석거렸다. 식사와 함께 나온 레드와인 몇 잔을 마시며 기데온이 테이블에 앉은 사람들과 나누는 얘기를 듣고는 있었지만 그 억양과 매혹적이도록 차분한 저음에만 관심이 쏠릴 뿐 무슨 말을 하는지는 귀에 들어오지도 않았다. 그는 한 번도 나를 대화에 끌어들이려 하지 않았고, 나로서도 입을 열어봐야 좋은 말이 나올 것 같지가 않았기에 오히려 그 편이 다행스러웠다.

내내 시큰둥해 있던 감정이 가라앉은 것은 그가 박수갈채를 받으며 무대에 오를 때였다. 의자에서 돌아앉아 그가 강연대로 가로질러 가는 모습을 보고 있으니 관능적인 세련미와 기절할 만큼 잘생긴 외모에 감탄을 금할 수가 없었다. 그는 한 발 한 발 걸음을 뗄 때마다 주목과 경의를 불러일으켰다. 그렇게 편안하고 느긋한 걸음걸이로도 그런 카리스마를 뿜어내다니, 대단한 재주였다.

그는 리무진 안에서 나와 거침없는 섹스를 가진 뒤에도 흐트러짐이 전혀 없어 보였다. 사실, 아까와는 전혀 다른 사람처럼 보였다. 또다시 크로스파이어 빌딩 로비에서 마주쳤던 그 모습이 되어 있었다. 더없이 침착하면서도 무언의 카리스마를 풍기던 그런 남자의 모습.

그가 연설을 시작했다.

"북미에서는, 여아 네 명당 한 명, 남아 여섯 명당 한 명 꼴로 아동 성학대를 당하고 있습니다. 자, 주변을 둘러보십시오. 여러분 테이블에 함께 앉은 누군가도 피해자이거나 주위에 피해를 당한 사람을 알고 있을 것입니다. 그것은 용납할 수 없는 사실입니다."

나는 넋을 잃고 들었다. 기데온은 연설의 고수였고, 그의 울리는 저음은 최면을 걸 듯 마음을 사로잡았다. 하지만 그보다 내 심금을 울린 것은 그 연설의 주제였다. 열정적이면서 때로는 돌발적이기도 한 그의 화술은 무척 인상적이었다. 결국 내 마음은 완전히 녹아내렸고 당혹스러운 분노도, 상처받은 자존심도 모두 사라져버렸다. 그가 달리 보이면서 나는 이제 완전히 몰입한 청중 가운데 한 사람일 뿐이었다. 이제 그는 조금 전까지 내 마음에 상처를 준 남자가 아니라, 나에게 아주 의미 깊은 주제에 대해 강연하는 훌륭한 연설자일 뿐이었다.

그가 연설을 마쳤을 때 나는 일어나서 박수를 보냈고, 그런 내 행동에 그도 나 자신도 깜짝 놀랐다. 하지만 다른 사람들은 이내 나를 따라 기립박수를 쳐주었고 여기저기에서 흘러나오는 칭찬 소리로 주위가 웅성웅성거렸다. 충분히 들을 만한 찬사였다.

"참 운 좋은 아가씨네요."

돌아보니 빨강 머리에 사십 대 초반으로 보이는 사랑스러운 아주머니였다.

"저흰 그냥……, 친구예요."

그러자 그녀는 잔잔한 미소로 내 말을 반박했다.

사람들이 하나둘 테이블에서 자리를 뜨고 있었다. 집에 가려고 클러치 백을 집어 들려는데 웬 젊은 남자가 나에게 다가

왔다. 멋들어지게 뻗친 황갈색 머리가 매력적이었고, 회색빛이 도는 초록색 눈은 부드럽고 다정했다. 소년처럼 장난스럽게 씩 웃는 그의 미소를 보자 리무진을 타고 도착한 이후에 처음으로 진심이 담긴 진짜 미소를 지을 수 있었다.

"안녕하세요."

남자가 인사를 건넸다. 그는 내가 누군지 아는 모양이었다. 나는 그가 누구인지 모르는 것을 들키지 않으려 꾸미느라 좀 거북스러워졌다.

"안녕하세요."

그가 소리 내어 웃었다. 경쾌하고 매력적인 웃음소리였다.

"크리스토퍼 비달입니다. 기데온이 제 형이에요."

"아, 예."

얼굴이 화끈거렸다. 나 자신이 바보 같았다. 자기 연민에 깊이 빠져 있느라 바로 형제 사이인 것을 알아보지 못하다니.

"얼굴이 빨개지셨어요."

"죄송해요."

나는 부끄럽게 미소 지었다.

"당신에 대한 기사를 읽은 적이 있는데 그런 얘기를 하려니까 좀 어색해서요."

그가 웃었다.

"절 기억하고 계신다니 기분 좋은데요. 설마 '페이지 식스'에서 보신 건 아니겠죠?"

뉴욕의 유명인사와 사교계 명사들에 대한 스캔들 폭로로 유명한 《뉴욕포스트》의 가십난을 말하는 것이었다.

"아니요. 《롤링스톤즈》였던 것 같은데요?"

내가 얼른 대꾸했다.

"그 잡지에서 보셨다면 안심이네요."

그가 나에게 손을 내밀며 물었다.

"춤추시겠어요?"

나는 강단의 계단 발치에 서 있는 기데온을 흘끗 돌아봤다. 그에게 말을 걸고 싶어 안달하는 사람들 속에 둘러싸여 있었는데 대부분이 여자였다.

"보시다시피 형은 한동안 빠져나오기 힘들 거예요."

크리스토퍼가 즐거워하는 투로 말했다.

"그러게요."

그렇게 말하며 고개를 돌리려던 그때, 기데온의 옆에 아는 얼굴의 여자가 서 있는 것이 보였다. 막달레나 페레즈.

나는 클러치 백을 집어 들고 크리스토퍼에게 어렵사리 미소를 지어 보였다.

"저도 춤추고 싶어요."

우리는 팔짱을 끼고 댄스 플로어에 들어가 섰다. 악단이 첫 곡으로 왈츠를 연주하기 시작했고 우리는 음악에 맞추어 막힘없이 자연스럽게 움직였다. 그는 춤 실력이 능숙해서, 움직임이 날렵하고 상대를 자신 있게 리드할 줄 알았다.

"그런데 기데온 형과는 어떤 사이예요?"

"아무 사이 아니에요."

나는 우아한 금발 여자와 미끄러지듯 춤을 추며 지나가는 캐리에게 고개를 까딱해 보이며 말을 이었다.

"제가 크로스파이어 빌딩에서 일해서 한두 번 우연히 마주친 정도요."

"형 회사에서 일해요?"

"아니에요. 워터스 필드 앤 리먼에서 보조로 있어요."

"아, 그 광고대행사요."

그가 씩 웃었다.

"네."

"한두 번 만났는데 이런 곳으로 끌고 와 데이트를 하다니 형이 당신한테 정말 빠졌나 본데요."

나는 속으로 욕을 퍼부었다. 사람들이 그런 식의 추측을 해댈 줄은 이미 예상했던 일이었다. 하지만 그렇더라도 지금 기데온과의 이런 분위기에서 더 굴욕감을 느끼기는 싫어서 대충 둘러댔다.

"기데온이 저희 엄마와 친분이 있어서요. 엄마가 이미 저의 참석을 정해놓은 상태였는데, 두 사람이 어차피 같은 행사에 오면서 두 차로 움직이기보다 한 차로 오는 게 낫겠다 싶어서 같이 오게 된 것뿐이에요."

"그럼 데이트 신청해도 되는 건가요?"

몸은 그와 맞추어 유연하게 잘 움직이고 있었지만 마음이 불편해, 나는 숨을 깊이 들이쉬었다.

"뭐, 사귀는 사람은 없어요."

크리스토퍼가 카리스마 있으면서도 소년 같은 그 특유의 미소를 지었다.

"이제야 오늘 밤 제 일진이 좋아지려나 본데요."

그는 그 뒤로 춤을 추는 내내 음반계의 재미있는 일화들로 나를 웃기면서 내 머릿속에서 기데온을 떨쳐내 주었다.

춤이 끝나자 캐리가 다가와 다음 곡의 춤을 청했다. 우리는 스텝이 척척 맞았다. 같이 레슨을 받았으니 당연하겠지만. 그의 품에 안겨 춤을 추고 있으니 긴장이 풀리며, 그가 내 정신적 지주인 사실에 감사했다.

"어때? 재미있어?"

내가 물었다.

"만찬 때 내가 패션 위크(패션 디자이너들이 다음 시즌에 유행할 옷과 가방 등을 선보이는 패션쇼－옮긴이)의 수석 코디네이터 옆에 앉아 있다는 걸 알고는 꿈인가 생시인가 싶어서 꼬집어봤다니까!"

그가 싱긋 미소를 지었지만 눈빛에는 어딘가 초조함이 배어 있었다.

"매번 느끼지만 이런 곳에 이렇게 입고 올 때마다 정말 꿈만 같아. 넌 내 삶의 구세주야, 에바. 그때 네가 내 인생을 완전히 바꿔줬어."

"너도 항상 내가 온전한 정신을 잃지 않게 지켜주잖아. 진짜야. 너만 나에게 의지하는 게 아니야. 나도 너한테 의지하는 건 똑같아."

그가 내 손을 꽉 쥐더니 엄한 눈빛을 지으며 물었다.

"그런데 너 표정이 안 좋다. 그 자식이 뭘 어떻게 망쳐 놓은 거야?"

"내가 망친 것 같아. 그 얘긴 나중에 하자."

"내가 사람들이 다 보는 앞에서 그 자식 망신 줄까 봐 겁나는 거구나."

나는 한숨을 내쉬었다.

"그건 참아주라. 내가 아니라 우리 엄마를 생각해서."

캐리가 내 이마에 입을 꾹 눌렀다 얼른 떼며 말했다.

"내가 그 자식에게 미리 경고해뒀어. 각오하고 있을 거야."

"오, 캐리."

나는 그에 대한 애정이 북받쳐 목이 메었고, 그런 울적한 와중에도 입가가 즐거운 듯 살짝 말려 올라갔다. 그럼 그렇지, 캐리가 기데온에게 큰오빠같이 겁을 안 주었을 리가 없었다. 정말 캐리다웠다.

그때 기데온이 우리 옆으로 다가왔다.

"내가 파트너 좀 빼앗아 가야겠는데."

그는 결코 부탁하는 말투가 아니었다.

캐리가 춤을 멈추며 나를 바라봤고 나는 고개를 끄덕였다. 캐리는 고개를 숙이며 뒤로 물러났다. 기데온의 얼굴에 사납고 거친 시선을 던지는 것을 잊지 않았다.

기데온이 나를 가까이 끌어당기더니 모든 것을 통제하려는 그의 방식 그대로, 춤도 위압적인 자신감으로 리드했다. 그와 춤추는 것은 앞의 두 파트너와는 전혀 다른 느낌이었다. 기데온에게는 동생과 같은 능란함도, 내가 어떻게 움직일지 훤한 캐리의 익숙함도 다 있었다. 하지만 그는 대담하고 공격적인 스타일로 특유의 섹시함까지 풍겼다.

더군다나 조금 전까지 관계를 가졌던 남자와 그렇게 가까이 서 있으니 불쾌한 감정임에도 몸의 모든 감각들이 자극되고 있었다. 그에게서 억제된 섹스의 욕망이 배인 기분 좋은 체취가 풍겼다. 대담하게 휙휙 스텝을 밟으며 나를 리드하는 그의 모습에 내 안의 깊은 그곳이 욱신거렸다. 불과 몇 시간 전에 그가 내 안에 들어왔던 그 순간이 떠올랐다.

"자꾸 도망 다니기야?"

그가 찌푸린 얼굴로 나를 내려다보며 투덜거렸다.

"막달레나가 그 자리를 금방 메꿔준 것 같던데요 뭐."

그가 한쪽 눈썹을 치켜 올리며 나를 더 가까이 끌어당겼다.

"질투?"

"내가요?"

나는 시선을 피해버렸다.

그가 낙담한 듯 입소리를 내며 이어 말했다.

"내 동생하고 가까이하지 마, 에바."

"왜요?

"그냥 그러라고 하면 그렇게 해."

발끈 화가 났다. 미친 듯이 섹스를 나눈 뒤로 가뜩이나 자기질책과 의심에 빠져 허우적거리고 있던 상태라 그런 말에 화가 날 수밖에 없었다. 기데온 크로스라는 사람의 세계에서도 주는 대로 받는 법이 통하는지 확인해보고 싶은 오기가 발동했다.

"당신도 막달레나와 가까이하지 말아요, 기데온."

그의 턱이 굳어졌다.

"우린 그냥 친구 사이야."

"같이 안 잤다는 얘긴가요……? 아직은?"

"안 잤어, 젠장. 그러고 싶은 마음도 없고. 확실히 말해두겠는데."

음악이 서서히 끝나가자 그가 스텝을 늦추었다.

"난 가봐야 해. 내가 당신을 데리고 왔으니 집에 데려다 주는 것까지 해주었으면 좋겠지만 당신이 한창 즐기고 있다면 끌고 갈 생각은 없어. 좀 더 있다가 스탠튼 씨와 어머니와 함께 집에 가고 싶어?"

즐기고 있다고? 농담하나? 아니면 정말 몰라서 저러는 거야? 그것도 아니면 설마 나를 우습게 보고 손톱만큼도 관심이 없는 건가?

나는 가까이 붙어 있기가 싫어져서 그를 밀어냈다. 그의 체취에 머리가 어지러웠다.

"난 괜찮으니까 나한테 신경 꺼요."

"에바."

그가 나에게 손을 뻗었고 나는 얼른 뒤로 물러섰다.

누군가의 팔이 내 등을 감싸는가 싶더니 캐리의 목소리가 들렸다.

"에바는 내가 데려갈 게요, 크로스."

"끼어들지 말지, 테일러."

기데온이 경고조로 말했다. 캐리가 코웃음 쳤다.

"끼어들다니? 내가 보기엔 당신 혼자서 쇼하고 있는 것 같던데 뭘."

나는 목이 메어서 침을 삼키며 말했다.

"연설 멋졌어요, 기데온. 오늘 밤 만찬의 하이라이트였어요."

그가 비아냥거림이 섞인 내 말투에 입으로 숨을 깊이 들이마시더니 머리를 쥐어뜯었다. 그러다 갑자기 뭐라고 욕을 내뱉었다. 전화가 와서 그랬던 모양인지, 주머니에서 진동하는 휴대폰을 꺼내 화면을 흘끗 쳐다봤다.

"가봐야겠어."

그가 내 눈을 물끄러미 쳐다봤다. 그의 손가락이 내 뺨 위를 가볍게 쓸었다.

"전화할게."

그 말만 남긴 채 그는 그렇게 가버렸다.

"더 있을 거야?"

캐리가 조용히 물었다.

"아니."

"그럼 내가 집에 데려다 줄게."

"아니야, 괜찮아."

나는 잠시 혼자 있고 싶었다. 뜨거운 물에 몸을 푹 담그고 차가운 와인 한 병을 마시며 침울한 기분을 달래고 싶었다.

"넌 더 있어야 되잖아. 네 일을 위해 좋은 기회인데. 얘기는 이따 네가 집에 오면 그때 하자. 내일 해도 되고. 하루 종일 집에서 뒹굴 텐데 뭐."

그의 시선이 내 얼굴을 휙 훑으며 표정을 살폈다.

"정말 괜찮아?"

나는 고개를 끄덕였다.

"알았어."

대답은 그렇게 하면서도 그는 영 불안한 표정이었다.

"나가서 발레파킹 직원에게 스탠튼 아저씨 리무진 좀 불러 달라고 얘기 좀 해줄래? 난 얼른 화장실 좀 갔다 올게."

"알았어."

캐리가 내 팔을 쓸어내리며 덧붙였다.

"코트룸에 가서 네 숄 가지고 올 테니까 정문 앞에서 보자."

나는 화장실에 가는 데 필요 이상으로 시간을 지체했다. 그 첫 번째 이유는 나를 멈춰 세우며 말을 거는 사람들이 너무 많았다. 내가 기데온 크로스의 데이트 상대로 왔기 때문이었다. 두 번째 이유는 제일 가까운 화장실을 피한 탓이었다. 쏟아져 들어가고 나오는 여자들의 줄이 끊이질 않아서 가장 먼 곳의 화장실을 찾아 들어갔다. 그중 한 칸에 들어가 문을 잠그고는 볼일을 보면서도 보통 때보다 더 시간을 끌었다. 그 화장실에는 안내 직원 말고는 아무도 없어서 빨리 나오라고 재촉할 사람도 없었다.

기데온에게 받은 상처가 너무 아파서 숨을 쉬기가 힘들었다. 그의 이랬다저랬다 하는 감정기복에 너무 혼란스럽기도 했다. 아까 내 얼굴은 왜 그렇게 만진 거야? 자기 옆에 계속 붙어 있지 않았다고 왜 그렇게 화를 낸 걸까? 또 캐리한테는 왜 그렇게 험악하게 굴었을까? 기데온은 '변덕이 죽 끓듯 한다'는 옛말의 새로운 표본 같았다.

나는 눈을 감으며 평정을 되찾으려 했다. 생각해보니 억울했다.

젠장. 내가 왜 이러고 있어야 하는데.

나는 리무진 안에서 내 감정을 발가벗듯 다 내보였고 아직도 감정이 크게 흔들리고 있었다. 그런 상태를 피하는 요령을 익히느라 치료에 무수한 시간을 보낸 나였는데. 지금은 한 가지 바람뿐이었다. 집에 가서 숨고 싶었다. 전혀 그렇지 않으면서도 아무렇지 않은 척 행동해야 하는 압박에서 벗어나고 싶었다. 나는 나 자신을 다그쳤다.

이건 다 내가 자초한 거야. 받아들여.

심호흡을 하며 밖으로 나오자 팔짱을 끼고 파우더룸 쪽에 기대고 서 있는 막달레나 페레즈가 보였다. 나를 보려고 일부러 기다리고 있었던 것이 틀림없었다. 하필이면 내 방어력이 이미 약해질 대로 약해져 있는 그때 나를 공격하려고. 나는 살짝 비틀거렸지만 곧 똑바로 서며 손을 씻으러 세면대로 걸어갔다.

그녀가 거울 쪽으로 돌아서면서 거울에 비친 내 모습을 유심히 쳐다봤다. 나도 그녀를 유심히 봤다. 실물이 사진보다 훨씬 더 매력적인 여자였다.

큰 키에 늘씬한 몸매, 까만 눈동자의 큰 눈, 길게 늘어뜨린 짙은 색 생머리. 관능적으로 붉은 입술, 깎아놓은 듯 보기 좋게 도드라진 광대뼈. 드레스도 과하지 않고 적당할 만큼 섹시했다. 광택 나는 새틴 소재의 몸에 꼭 맞는 긴 드레스가 그녀의 올리브빛 피부를 아름답게 부각시켰다. 그녀는 정말로 슈퍼모델 같았고 이국적인 성적 매력을 발산했다.

나는 화장실 안내 직원이 건네주는 수건을 받아들었다. 그런데 막달레나가 그 여자에게 스페인어로 둘만 있게 자리 좀 비켜달라고 얘기했다.

"Por favor, gracias."(부탁합니다, 감사해요)

듣고 있던 내가 덧붙여 말했다. 그러자 막달레나는 한쪽 눈썹을 치켜 올리며 나를 더 뚫어지게 살펴보았고 나도 질세라 침착하게 그녀를 마주 봤다.

"어머나, 어쩌면 좋아."

안내 직원이 우리 말소리가 들리지 않을 만큼 멀어지자마자 그녀가 나직하게 말했다. 혀 차는 소리가 섞인 그녀의 발음이 못으로 칠판을 긁는 소리처럼 신경에 거슬렸다.

"벌써 그 사람이랑 했군요."

"그럼 당신은 안 했나 보네요."

그 말에 그녀가 놀라는 듯했다.

"그래요, 안 했어요. 왠지 알아요?"

나는 클러치 백에서 5달러 지폐를 꺼내 은색의 팁 접시에 떨어뜨렸다.

"그야 그 사람이 원하지 않아서겠죠."

"나도 원하지 않아요. 그 사람은 누구에게 구속될 사람이 아니니까요. 그 사람은 젊고 멋지고 부자이고 그것을 즐기고 있어요."

나는 고개를 끄덕였다.

"맞아요. 확실히 그렇더군요."

그녀가 눈을 가늘게 뜨더니 유쾌하던 표정이 살짝 시들해졌다.

"그 사람은 같이 잔 여자들은 거들떠도 안 봐요. 당신 몸을 가진 순간, 당신은 이미 끝난 거라고요. 다른 여자들이랑 똑같이요. 하지만 난 아직도 이렇게 그 사람 옆에 있어요. 나는 그 사람이 오랫동안 옆에 두고 싶어 하는 사람이니까요."

정곡을 찌르며 큰 상처를 줄 만한 강력한 한방이었지만 나는 침착함을 지키며 말했다.

"그거 참 감동적이네요."

나는 화장실에서 나와 스탠튼 아저씨의 리무진 앞까지 멈추지 않고 걸었다. 캐리의 손을 꽉 잡으며 리무진에 올랐고, 차가 출발한 뒤에야 겨우겨우 참았던 울음을 터뜨렸다.

"일어났구나, 자기야."

다음 날 아침 발을 질질 끌며 거실로 나오자 캐리가 큰 소리로 나를 맞았다. 그는 낡고 헐렁한 운동복만 걸친 차림으로 두 발을 꼬아 커피 테이블에 턱 걸친 채 소파 위에 몸을 뻗고 누워 있었다. 흐트러져도 멋지기만 한 그 모습이 자연스럽고 편안해 보였다.

"잘 잤어?"

나는 엄지손가락을 들어 보이며 커피를 마시러 주방으로 갔다. 그런데 보조식탁을 지나다 멈춰 서서 눈썹을 추켜들었다. 붉은 장미가 한 아름 담긴 꽃다발이 보조식탁에 놓여 있었다. 꽃향기가 무척 좋아서 숨을 깊이 들이쉬며 향기를 들이마셔 봤다.

"이거 뭐야?"

"한 시간 전쯤에 너한테 온 거야. 무진장 비싼 일요일 택배로 말이지."

나는 카드꽂이에서 카드를 뽑아 열어봤다.

아직도 당신을 생각하고 있어.

기데온

"크로스야?"

캐리가 물었다.

"응."

그가 직접 쓴 듯한 그 글을 나는 엄지손가락으로 쓱 쓸었다. 힘차고 남성적이고 섹시한 필체. 자기 사전에 로맨스 같은 것은 없다던 남자가 이런 로맨틱한 제스처를 보내다니. 나는 그 카드에서 불이 옮겨 붙기라도 한 것처럼 카드를 식탁에 내던지고는 머그잔에 커피를 따랐다. 카페인이 들어가면 기운이 차려지고 상식이 되돌아오길 빌면서.

"별로 감동하지 않는 얼굴이네."

캐리가 보고 있던 야구 게임의 소리를 줄이며 말했다.

"그 사람은 나에게 나쁜 소식이야. 거대한 방아쇠 같아. 가까이 해선 안 될 사람이야."

캐리는 나와 같이 심리치료를 받았기 때문에 그 치료 과정에 익숙했다. 그래서 내가 치료 용어를 섞어가며 얘기해도 날 이상하게 보지 않았고 오히려 같이 죽을 맞춰주곤 했다.

"아침 내내 전화가 계속 걸려왔는데 너 깨우기 싫어서 내가 소리를 꺼버렸어."

나는 다리 사이에 아직 남아 있는 통증을 의식하며 소파 위에 웅크리고 앉아 자동응답기를 틀어보고 싶은 충동과 싸웠다. 기데온이 전화했었는지 확인해보고 싶었다. 그의 목소리가 듣고 싶고 지난밤의 일에 대해 납득할 만한 해명도 듣고 싶었다.

"잘했어. 아예 하루 종일 꺼놓자."

"무슨 일이 있었던 거야?"

나는 머그잔 위로 모락모락 피어오르는 김을 후후 불며 한 모금 마셨다.

"그 사람 리무진 안에서 내가 온 힘을 쏟아 뿅 가게 해줬는데 재미 다 보고 나더니 사람이 쌀쌀하게 돌변하더라고."

캐리가 세상사에 밝은 그 에메랄드빛 눈으로 나를 응시했다. 찬연한 아름다움에 어울리지 않게 너무도 험한 것을 보며 살아왔던 그 눈이다.

"그의 세계를 흔들어놨구나, 그렇지?"

"맞아, 그랬어."

얘기를 하면서 또 그 생각을 하게 되자 화가 치밀었다.

나는 알았다. 그때 우리는 몸과 마음이 하나였다는 것을.

그랬는데, 어젯밤에는 다른 무엇보다 그를 그렇게 원했는데 오늘은 다시는 그와 만나지 않기만을 원하게 되다니.

"강렬한 경험이었어. 내 평생 최고의 섹스였고 바로 그 순간에 그도 나와 같은 마음이었어. 정말 그랬어. 확실히 느꼈다고. 차 안에서 해보는 게 처음이라고 좀 꺼리긴 했지만 나중에 내가 뜨겁게 흥분시켰을 때 거절하지 못했어."

"정말? 처음이었다고?"

그가 푸르스름하게 돋은 수염을 손으로 쓱 문질렀다.

"남자는 대부분 고등학생 때 카섹스를 치르는데. 사실, 내가 알던 애들 중에 안 해본 애들은 없었을걸. 얼간이나 심하게 못생긴 애들 빼고는 다 했다고. 그런데 그 남자도 안 해봤다 이거 아냐."

나는 어깨를 으쓱했다.

"카섹스가 나를 헤픈 여자로 보이게 했나 봐."

캐리가 사뭇 심각해져서 물었다.

"그 남자가 그래?"

"아니. 그 남자가 아니라 그 남자 '친구' 막달레나한테 들었어. 너도 알지? 네가 인터넷에서 출력해준 그 사진들에서 가장 많이 있었던 그 여자. 그 여자가 작정을 했는지 화장실로 따라 와서 심술궂은 얘기로 표독하게 굴더라고."

"질투하는 거네."

"성적 욕구불만이지. 자긴 그 사람과 잘 수가 없대. 같이 잔 여자들은 모두 폐기처분되듯 버려져서라나."

"크로스도 그렇게 말했어?"

캐리가 분노가 살짝 배인 목소리로 조금 전과 똑같이 물었다.

"꼭 그런 식으로 말하진 않았어. 그냥 여자친구들과는 안 잔다고 했지. 잠자리에서 좋은 시간을 갖는 것 이상을 원하는 여자들이 부담스럽대. 그래서 잠자리 갖는 여자들과 그냥 어울리는 여자들을 따로 구분한대나 뭐래나."

나는 커피를 한 모금 더 마시고 나서 말을 이었다.

"내가 그런 식의 교제는 못 받아들이겠다고 했더니 자기가 조금 조정해주겠다고 그랬었는데, 아무래도 그 사람은 자기가 원하는 것을 얻기 위해 필요하면 무슨 말이든 하는 그런 남자인가 봐."

"아니면 네가 그 사람을 겁먹게 했거나."

나는 캐리를 째려봤다.

"괜히 그 사람 변명해주려고 하지 마. 넌 대체 누구 편인 거야?"

"네 편이지 누구 편이야."

캐리가 팔을 뻗어 내 무릎을 톡톡 치며 말을 이었다.

"난 항상 네 편이야."

나는 손으로 그의 근육질 팔뚝을 감싸고 손가락으로 팔뚝 아래를 살살 어루만지며 무언의 고마움을 전했다. 감촉으로 느껴지지는 않았지만, 그 팔뚝 아래쪽엔 베여서 생긴 하얗고 가는 상처 자국 여러 개가 있었다. 나에겐 절대로 못 잊을 상처 자국이었다. 그가 건강하게 살아서 내 삶에 없어서는 안 될 존재로 있어주는 것에 날마다 감사했다.

"너는 어젯밤에 어땠는데?"

"나쁘지 않았어."

그가 짓궂은 눈빛을 반짝였다.

"그 가슴 빵빵한 금발 머리랑 집기보관 벽장에서 한판했어. 그 여자 가슴 자연산이던데."

"그럼, 그 여자에게 못 잊을 밤을 만들어줬겠구나."

"나도 노력 중이야."

그가 전화 수화기를 집어 들며 나에게 윙크를 했다.

"어떤 메뉴로 배달시킬까? 샌드위치? 중식? 인도식?"

"배 안 고파."

"넌 항상 배고픈 애잖아. 뭐든 고르지 않으면 내가 요리한 거 먹어야 할 줄 알아."

나는 항복의 뜻으로 손을 들어올렸다.

"알았어, 알았어. 네가 골라."

나는 기데온과 마주칠 일을 피해볼 생각으로 월요일에 20분이나 일찍 출근했다. 사무실의 내 자리까지 별일 없이 왔을 때는 어찌나 마음이 놓이던지, 내가 기데온 때문에 꽤나 괴롭긴 괴로운 모양이었다. 월요일 아침부터 기분이 엉망진창이 되어가고 있었다.

마크는 지난주에 거둔 큰 성과에 아직도 들떠서 기분이 한껏 고조된 채로 출근했고, 우리는 곧바로 일에 몰입했다. 내가 보드카 시장을 비교해본 자료를 보여주자 그는 너그럽게도 그 자료를 함께 검토도 해주고 내 의견도 들어주었다. 마크가 전자책 리더기 제조사의 광고 의뢰 건도 배당받은 터여서 우리는 그 건에 대한 초기 작업도 진행했다.

그렇게 바쁘게 일하다 보니 오전 시간이 순식간에 지나가 버려서 내 개인사에 대해서는 생각할 겨를도 없었다. 나로선 다행스러운 일이었다. 그렇게 한창 정신없이 일하고 있는데 전화벨이 울렸다.

기데온이었다. 나는 아직 마음의 준비가 안 됐는데.

"어때? 월요일 아침은 잘 보내고 있어?"

그가 물었다. 그의 목소리를 들으며 그를 의식하자 온몸에 전율이 일었다.

"정신없이 바빠요."

나는 시계를 흘끗 보다 11시 40분인 것을 보고 깜짝 놀랐다.

"다행이군."

그가 잠시 뜸을 들였다.

"어제 전화했었는데. 메시지도 두 개 남기고. 당신 목소리가 듣고 싶어서."

나는 눈을 감으며 심호흡을 했다. 어제 하루 종일 자동응답 메시지를 듣지 않고 견디기 위해 나는 내 모든 의지를 끌어냈다. 심지어 캐리까지 끌어들여 내가 충동을 이기지 못할 것 같아 보이면 억지로 말려 달라고도 했다.

"집안에 콕 박혀서 아무것도 안 했어요."

"내가 보낸 꽃은 잘 받았어?"

"네. 예쁘던데요. 고마워요."

"그 꽃을 보니 당신 드레스가 생각나서."

이 남자가 왜 이래? 정말 어이없어. 혹시 다중인격장애라도 있는 거 아니야?

"그 말이 로맨틱하다고 말하는 여자들도 있긴 하겠죠."

"내 관심은 당신뿐이야."

그가 벌떡 일어선 듯 의자 삐걱거리는 소리가 들렸다.

"당신 집에 가볼까, 하는 생각도 했었는데……. 정말 그러고 싶었어."

나는 마음이 갈팡질팡 흔들려 얕은 숨을 내쉬었다.

"안 오길 잘한 거예요."

또다시 한참 동안 침묵이 이어졌다.

"난 그런 말 들어도 싸지."

"난 지금 그것 때문에 짜증을 내는 게 아니에요. 진심의 문제 때문이라고요."

"알아. 저기……, 밥 먹으러 왔다 갔다 하는 시간을 아낄 수 있게 내 사무실에 점심을 준비해놨는데."

그가 '전화할게'라고 말하며 떠난 뒤부터 쭉 궁금했었다. 뭔지 모르지만 그 용무를 해결한 뒤에 나를 다시 만나고 싶어 할지 어떨지. 그렇게 궁금해하면서 혹시 그가 만나고 싶어 한다면 어떡해야 하나 두렵기도 했다. 그와 관계를 끊어야 한다고 의식하면서도 함께 있고 싶은 열망으로 애가 타는 마음 때문이었다. 그와 함께 나누었던 그 순수하고 완벽했던 순간을 다시 경험해보고 싶었다.

하지만 다른 건 몰라도 나를 바보처럼 만들었던 그 한순간만은 도저히 용납할 수가 없었다.

"기데온, 우리가 같이 점심을 먹어야 할 이유는 없는 것 같아요. 금요일 밤에 서로 합의를 봤고 우리는……, 토요일에 서로의 용건을 마쳤어요. 우리 그냥 이쯤에서 끝내요."

"에바."

그의 목소리가 거칠어졌다.

"나도 내가 우리 사이를 엉망으로 만들어놓은 거 아니까, 나한테 설명할 기회를 줘."

"필요 없어요. 괜찮아요."

"괜찮지 않아. 난 당신을 꼭 만나야겠어."

"난 그러고 싶지 않……."

"우린 이 문제를 쉽게 풀어나갈 수 있어, 에바. 아니면 당신이 어렵게 만들 수도 있고."

진지함을 띤 그의 목소리에 내 심장박동이 빨라졌다.

"어느 쪽이든, 일단 내 말을 끝까지 들어봐."

운 나쁘게도 크로스파이어 빌딩에서 일하는 지금의 나로선 인사를 하고 얼른 전화를 끊는다고 해서 이대로 피할 수 있는 상황이 아니었다. 나는 그 생각을 하며 눈을 감았다.

"좋아요. 올라갈게요."

"고마워."

그가 다 들리도록 크게 숨을 내쉬었다.

"보고 싶어 미치겠어."

나는 수화기를 내려놓고 책상 위의 사진을 빤히 바라보며 무슨 말을 해야 할지 미리 생각해보기도 하고 기데온을 다시 보는 순간 받게 될 충격에 대비해 마음의 각오도 다졌다. 그와 마주할 때의 강렬한 육체적 반응은 통제하기가 불가능했다. 어떻게든 그 순간을 잘 넘기고 할 일을 해야 했다. 앞으로 며칠, 몇 주, 그리고 몇 달 동안 한 건물 안에서 그와 마주쳐야 하는 상황에 대해서는 나중에 생각하기로 했다. 우선 당장 점심시간을 잘 넘기는 게 문제였다.

나는 어쩔 수 없다고 포기하고는, 하던 일을 마저 끝내기 위해 자료 검토에 집중했다.

"에바."

나는 깜짝 놀라서 의자에 앉은 채 빙 돌았다. 내 자리 칸막이 옆에 기데온이 서 있었다. 그를 보자 언제나 그렇듯, 기절할 지경으로 흥분이 일면서 심장이 벌렁거렸다. 시계를 확인하니 어느새 12시가 25분이나 지나 있었다.

"기데……, 아니, 크로스 씨. 굳이 여기까지 내려오실 필요는 없을 텐데요."

그의 얼굴은 침착하고 차분했지만 눈빛만은 격렬하고 뜨거웠다.

"갈까?"

나는 서랍을 열어 핸드백을 꺼내는 그 틈에 입으로 떨리는 숨을 깊이 들이마셨다. 그의 체취는 너무 강렬했다.

"크로스 씨."

마크의 목소리였다.

"여기서 이렇게 뵙다니, 반갑습니다. 무슨 일로?"

"에바를 보러 왔습니다. 함께 점심 약속이 있어서요."

내가 몸을 똑바로 펴는 바로 그 순간, 마크의 눈썹이 번쩍 치켜 올려지고 있었다. 마크는 얼른 눈썹을 내리며 평상시의 사람 좋은 인상에 잘생긴 얼굴로 돌아왔다.

"1시까지 돌아오겠습니다."

내가 마크에게 말했다.

"그럼 좀 이따 보세. 즐거운 점심시간 보내고."

기데온이 내 허리께에 손을 얹고 엘리베이터 앞으로 데리고 나갔다. 안내 데스크를 스쳐 지나갈 때 메구미 역시 우리를 보고 흠칫 놀라는 눈치였다. 엘리베이터 버튼을 누르는 그를 보며 나는 몸을 가만히 두지 못하고 들썩이며 속으로 생각했다. 마약을 찾듯 그 손길을 갈구하게 만드는 남자를 보지 않고 하루를 넘길 수 있다면 얼마나 좋을까?

엘리베이터를 기다리는 동안 그가 나를 마주 보며 손가락으로 내 새틴 블라우스의 소매를 쓸어내렸다.

"눈만 감으면 당신의 그 붉은색 드레스가 아른거려. 귓가엔 당신이 흥분해서 내던 그 소리가 맴돌아. 당신 안으로 나를 밀어 넣어 주먹으로 쥐듯 꽉 조이며 아플 만큼 딱딱하게 서게 해주던 그 느낌도."

"그만 해요."

나는 눈길을 피했다. 나를 뜨거운 눈빛으로 바라보는 그의 시선을 견딜 수가 없었다.

"나도 어쩔 수가 없어."

그때 엘리베이터가 도착했고 덕분에 한숨 돌릴 수 있었다. 그는 내 손을 잡아 안으로 끌고 들어갔다. 그러고는 열쇠 구멍에 자기의 키를 꽂고 나서 나를 더 가까이 당겼다.

"키스하겠어, 에바."

"싫-."

그가 나를 끌어안으며 내 입술을 덮쳤다. 나는 있는 힘껏 저항하다가 느리고도 달콤하게 내 혀를 감아오는 그 느낌에 온몸이 스르륵 녹아버렸다. 나는 섹스를 하고 난 이후부터 쭉 그의 키스를 원하고 있었다. 우리가 함께 나누었던 그 순간이 그에게 소중한 순간이었음을, 나처럼 그에게도 중요한 의미였음을 재확인하고 싶었다.

그가 입술을 떼었을 때 나는 다시 한 번 상실감에 빠졌다.

"내리자."

그가 키를 빼자 문이 열렸다.

기데온의 빨강 머리 데스크 직원이 이번에는 아무 말도 하지 않았지만 나를 이상야릇하게 쳐다봤다. 반대로 기데온의 비서, 스캇은 우리가 가까이 가자 일어나서 내 이름을 부르며 상냥하게 인사했다.

"안녕하세요, 트라멜 양."

"안녕하세요, 스캇."

기데온이 그에게 퉁명스레 고개를 까딱거렸다.

"전화 연결하지 마."

"예, 알겠습니다."

기데온의 널찍한 사무실로 들어가니, 그가 처음으로 나를 은밀하게 만졌던 그 소파로 나도 모르게 눈길이 갔다.

바 쪽에는 점심식사로 준비된 것인 듯, 덮개로 덮인 두 개의 접시가 보였다.

"핸드백 이리 주지?"

그가 물었다.

나는 그가 재킷을 벗어 한쪽 팔에 걸치는 모습을 계속 지켜보았다. 수제 맞춤 바지와 조끼, 모두 새하얀 색으로 맞춘 셔츠와 넥타이, 숨 막힐 듯 잘생긴 얼굴을 감싼 풍성하고 새까만 머리, 야성적이고 매혹적인 푸른 눈. 그는 정말 경이로운 남자였다. 그런 남자와 사랑을 나누었다는 것이 정말이지 믿기지 않았다.

하지만 그에게는 그렇지 않았겠지?

"에바?"

"당신은 멋진 남자예요, 기데온."

나도 모르는 사이에 말이 입 밖으로 튀어나왔다.

그의 눈썹이 한순간 치켜올랐다가 뒤이어 부드러운 눈빛으로 바뀌었다.

"내 외모가 마음에 든다니 다행이군."

나는 그에게 핸드백을 건네주고 나서 거리를 벌리며 물러섰다. 그는 재킷과 내 핸드백을 코트걸이에 걸어놓은 뒤에 바 쪽으로 갔다.

나는 가슴 앞으로 팔짱을 끼며 말했다.

"그냥 이쯤에서 끝내기로 해요. 더 이상 당신을 보고 싶지 않아요."

8

기데온이 손으로 머리를 쥐어뜯으며 숨을 거칠게 내쉬었다.

"마음에도 없는 말 하지 마."

그의 문제로 나 자신과 싸우느라 지쳐서 갑자기 피곤함이 밀려왔다.

"정말이에요. 당신과 나는……, 잘못된 만남이에요."

그의 턱이 경직되었다.

"그렇지 않아. 내가 끝나고 나서 처신을 잘못한 것뿐이지."

나는 그렇게까지 강하게 부인하는 그의 모습에 놀라서 그를 빤히 쳐다봤다.

"나는 섹스 얘길 하는 게 아니에요, 기데온. 서로 잘 알지도 못하면서 섹스를 나누는 이런 괴상한 관계에 내가 동의했다는 게 문제예요. 난 처음부터 이건 아니라는 걸 알았어요. 내 본능의 경고를 들었어야 했다고요."

"에바, 당신도 나와 함께 있고 싶잖아?"

"아니에요. 그건……."

"그럼 그날 바에서 우리가 나눈 얘기는 뭐지?"

심장이 쿵쿵 뛰기 시작했다.

"무슨 얘기하는 거예요?"

그가 바 쪽에서 나와 가까이 다가왔다.

"나는 당신과 함께 있고 싶어."

"토요일에 당신은 다른 사람 같아 보였어요."

나는 두 팔로 내 몸을 감싸며 말했다.

"그땐……, 혼란스러워서."

"그래서요? 그건 나도 마찬가지였어요."

그가 두 손으로 엉덩이를 짚었다가 나처럼 팔짱을 끼었다.

"젠장, 에바."

나는 그가 머뭇거리는 모습을 보면서 빠져나갈 희망의 불씨를 보았다.

"더 할 말 없다면 우리 관계는 끝난 거로 해요."

"끝나다니 말도 안 돼."

"당신이 섹스할 때마다 그런 식으로 사색에 빠진다면 우리 사이는 나아질 수가 없어요."

그는 무슨 말을 해야 할지 몰라 안절부절못하고 있었다.

"나는 통제력을 발휘하는 데 익숙해. 나에겐 그게 꼭 필요하니까. 그런데 당신이 리무진 안에서 그런 내 통제력을 날려

버렸어. 어찌해야 할지 난감해서 그렇게 서툴게 굴었던 거야."

"그러세요?"

"에바."

그가 더 다가왔다.

"그런 경험은 처음이었어. 상상도 못했던 경험이었다고. 이제는……, 너무 절실해. 당신을 갖고 싶어서 못 견디겠어."

"그건 그냥 섹스 얘기잖아요, 기데온. 기막히게 황홀하지만, 당신의 분별력을 망쳐놓을 수 있는 그런 섹스요."

"제기랄. 내가 잘못했다고 하잖아. 지나간 일을 되돌릴 수도 없는데 그것 때문에 나와 관계를 끊고 싶어 하면 나더러 뭘 어쩌라고. 당신이 당신의 규칙을 제시해서 나는 거기에 맞춰주려 양보했는데, 당신은 나를 위해 한 치도 양보해주지 않으려 하는군. 나한테 조금이라도 맞춰줘야 하는 거 아닌가?"

그가 절망스러운 듯 굳은 표정으로 말을 이었다.

"최소한 눈곱만큼이라도 양보 좀 해줘."

나는 그의 의도와 이야기의 핵심을 헤아려보려 애쓰며 그를 뚫어지게 응시했다.

"원하는 게 뭔데요, 기데온?"

내가 부드럽게 물었다.

그가 나를 잡아끌어 한 손으로 내 뺨을 감쌌다.

"당신과 함께 있을 때의 그 느낌을 계속 느끼고 싶어. 내가 어떻게 해야 할지 말해줘. 그리고 바보같은 실수를 해도 좀 봐줘. 이런 적이 처음이라 그러니까. 차차 고쳐 나갈게."

나는 그의 가슴에 손바닥을 짚었다. 심장이 쿵쿵 뛰고 있었다. 그는 정말로 간절히 갈망하고 있었고 그것이 나를 흥분시켰다. 어떻게 대답해야 할까? 그냥 직감에 따라야 할까, 아니면 상식에 따라야 할까?

"어떻게요?"

"당신과 최대한 많은 시간을 보내기 위해서라면 뭐든. 잠자리 안에서든 밖에서든 뭐든 다."

주체할 수 없을 만큼 벅찬 기쁨이 밀려왔다.

"우리의 관계에 얼마나 많은 노력과 시간이 필요할지 생각해봤어요? 나는 지금도 이미 녹초가 됐어요. 그런 데다 아직도 풀어야 할 개인적 문제가 좀 있고 새로운 직장에도 적응해야 하고, 나를 미치게 하는 엄마에다……."

내 말을 끊으려는 그의 입을 손가락으로 막으며 내가 말을 이었다.

"하지만 당신은 그럴 가치가 있어요. 난 당신을 미칠 듯이 원해요. 그러니 나한테도 선택의 여지가 없을 것 같네요, 안 그래요?"

"에바. 당신 정말."

기데온이 한 팔을 내 등 뒤로 감으며 나를 와락 안아 올렸고 나는 충동적으로 두 다리를 그의 허리에 꼭 감았다. 그와 진한 키스를 하며 코를 마주 비볐다.

"그럼 이제 얘기는 다 된 거로군."

"쉬울 것처럼 얘기하네요."

나는 우리가 서로에게 까다로운 상대가 될 것임을 직감하며 말했다.

"쉬우면 재미없지 않나?"

그는 나를 바로 데리고 가서 의자에 앉혔다. 내 앞의 접시에서 덮개를 열어 큼지막한 치즈버거와 프렌치프라이를 내보여 주었다. 접시 밑의 보온열판 덕분에 아직도 따뜻했다.

"정말 맛있겠다."

나는 시장기가 확 도는 것을 느끼며 작게 말했다. 그와 얘기를 하고 났더니 식욕이 다시 왕성해진 느낌이었다. 그가 내 무릎 위에 냅킨을 착 펴주며 무릎을 꽉 쥐었다가, 내 옆으로 앉았다.

"자, 그럼 이제 어떻게 하면 되지?"

"음, 손으로 그거 집어 들고 입으로 가져가면 돼요."

그가 찡그린 표정으로 나를 쓱 쳐다봤고, 그 모습에 생긋 웃음이 나왔다. 웃으니 기분이 좋았다. 그와 있어서 좋았다. 항상 그랬듯……, 한동안은. 나는 치즈버거를 한 입 베어 물었다가 그 맛을 완전히 음미하는 순간 감탄의 신음 소리를 냈다. 전통적인 방식의 치즈버거였지만 맛이 환상적이었다.

"먹을 만해?"

그가 물었다.

"정말 맛있어요. 버거에 대해 이렇게 잘 아는 남자라면 옆에 붙여둘 만하겠어요."

나는 냅킨으로 입과 손을 닦으며 한마디 더 덧붙였다.

"그런 남자라면 아예 독점하고 싶은 욕심이 생기지 않을 수가 없겠는 걸요?"

그가 갑자기 먹던 것을 내려놓더니 분위기를 무섭도록 침착하게 가라앉혔다. 무슨 생각을 하는지 가늠조차 할 수 없는 표정이었다.

"나는 우리가 그러기로 합의했다 생각했는데. 어쨌든 괜한 의심이 생기지 않도록 확실히 얘기해둘게. 당신에게도 다른 남자는 안 돼, 에바."

그의 단호한 말투와 냉담한 눈빛에 오싹 소름이 퍼졌다. 나는 그에게 어둠이 있음을 알고 있었다. 눈빛에 위험한 그림자를 띤 남자들을 알아보고 피하는 요령을 오래전에 터득한 나였다. 하지만 그 예민한 경고벨이 기데온 옆에만 오면 제대로 작동하질 않았다.

"그래도 여자는 괜찮은 거죠?"

내가 분위기를 풀어보려 농담조로 물었다.

그의 눈썹이 올라갔다.

"당신 룸메이트는 양성애자라고 알고 있는데, 아닌가?"

"그게 그렇게 신경이 쓰여요?"

"당신을 누군가와 나눈다는 게 싫어. 그건 선택의 문제가 아니야. 당신의 몸은 내 거야, 에바."

"그럼 당신의 몸도 내 건가요? 전적으로?"

그의 시선이 뜨겁게 불타올랐다.

"그럼. 그리고 당신이 내 몸을 자주, 지나치리 만큼 이용해 주길 기대하고 있지."

뭐, 그렇다면야……. 나는 속으로 생각하면서 허스키한 목소리를 내며 그를 놀렸다.

"하지만 불공평해요. 당신은 내 알몸을 봤잖아요. 그래서 당신이 갖게 될 내 몸이 어떤지 잘 알지만 난 아니에요. 그동안 당신의 몸을 정말 보고 싶었는데 별로 못 봤다고요."

"그럼 지금 공평해지게 해주지."

그가 나를 위해 옷을 벗는다고 생각하니 의자에 앉은 내 몸이 멋대로 꼼지락거렸다. 눈치를 챈 그가 입을 말아 올리며 짓궂은 표정을 지었다.

"안 그러는 게 좋겠군. 저번 금요일에도 점심시간 넘겨서 사무실로 돌아갔는데."

내가 유감스러운 투로 말했다.

"그럼, 오늘 밤이요."

나는 침을 꿀꺽 삼켰다.

"좋아. 5시까지 모든 스케줄을 정리해두도록 하지."

그는 우리 둘 다 머릿속 다이어리에 황홀한 섹스의 스케줄을 기록해두었다는 사실에 아주 흡족해하며 다시 버거를 먹기 시작했다.

"안 그래도 돼요. 어차피 퇴근 후에 헬스클럽에 가야 해요."

내가 접시 옆의 미니 케첩 병을 열며 말했다.

"그럼 같이 가면 되겠네."

"정말요?"

나는 병을 거꾸로 뒤집어서 손바닥으로 병 바닥을 탁탁 쳤다. 그가 내 손에서 병을 가져가더니 나이프를 찔러 넣어 내 접시에 케첩을 덜어주었다.

"당신 옷을 벗기기 전에 내가 에너지를 좀 빼두는 게 좋을 테니까. 당신도 내일 무사히 출근할 수 있길 바란다면."

나는 놀라서 그를 멀뚱멀뚱 쳐다봤다. 아무렇지 않게 그런 말을 하는 것도 그랬지만, 완전히 농담만은 아니라는 듯 즐거운 표정 속에 미안해하는 기색이 나를 놀라게 했다. 다리 사이의 깊숙한 곳이 황홀한 기대 속에 움찔 조였다. 아무래도 기데온 크로스에게 심각하게 중독될 것 같은 예감이 들었다.

나는 프렌치프라이를 집어먹으며 기데온에게 중독된 또 다른 누군가를 떠올렸다.

"나는 막달레나가 좀 걸려요."

그가 씹던 버거를 삼키더니 생수를 병째 꿀꺽꿀꺽 들이켜 입가심을 했다.

"당신과 몇 마디 나눴다는 얘길 듣긴 했는데. 대화가 그다지 유쾌하지 않았다는 것도."

정말 만만치 않은 여자였다. 그렇게 선수를 쳐서 나를 방해하려 머리를 쓰다니. 정말 조심해야 할 여자였다. 기데온에게도 그 여자와 완전히 관계를 끊든지 어떤 식으로든 정리를 하도록 만들어야 할 것 같았다.

"맞아요, 그랬어요. 하지만 그런 말을 듣고 기분이 좋을 리가 없잖아요. 당신이 내 안에 들어온 순간 당신과 나는 끝이라고, 당신은 같이 잔 여자들은 거들떠보지도 않는다고 하더군요."

기데온의 표정은 차분했다.

"막달레나가 정말 그런 말을?"

"정말 그랬다니까요. 당신이 한 여자에게 정착할 준비가 될 때까지 자기 몸에는 손대지 않을 거라고도 했어요."

"막달레나가?"

그 저음의 목소리에 차갑게 가시가 돋쳐 있었다.

불안한 예감에 뱃속이 저릿해왔다. 기데온이 다음에 무슨 말을 하느냐에 따라 일이 정말 잘 풀리거나 정말 꼬여버리거나, 둘 중의 하나가 될 것 같았다.

"날 못 믿어?"

"당연히 믿어요."

나는 단념하지 않고 다시 한 번 강조했다.

"난 그냥 그 여자가 신경 쓰여서 그래요."

"알겠어. 별문제 되지 않을 거야. 내가 막달레나한테 잘 말해둘 테니."

그가 그 여자와 얘길 한다니, 그런 일은 생각하기도 싫었다. 화가 치밀도록 질투가 나서 정말 싫었다. 그 문제에 대해서 솔직하게 밝히고 넘어가야 할 것 같았다.

"기데온……."

"왜?"

그가 버거를 다 먹고 프렌치프라이를 집으면서 대답했다.

"난 질투가 심해요. 질투심 때문에 이성을 잃어버린 적도 있어요."

나는 프렌치프라이로 내 버거를 쿡쿡 찔러댔다.

"그러니까 그런 질투에 대해 한번 생각해봐요. 나같이 질투 많은 여자와 사귀고 싶은지요. 당신이 처음 내게 제안을 했을 때 그 문제 때문에도 그렇게 망설였던 거예요. 주변의 모든 여자들이 당신에게 침을 흘리는데, 내가 거기에 대한 발언권이 없다면 미쳐버릴 것 같아서요."

"이제 당신에겐 그럴 권리가 있는데 무슨 걱정이지?"

"내 얘길 진지하게 안 듣는군요."

나는 머리를 내저으며 치즈버거를 한입 더 베어 물었다.

"내 평생에 이렇게 진지해본 적은 없어."

기데온이 팔을 뻗어 손가락으로 소스가 묻은 내 입가를 닦아내더니 그 소스를 핥아 먹었다.

"당신만 소유욕이 강한 게 아니야. 나도 내 것에 대한 소유욕이 대단하니까."

나는 잠시지만 그 말을 그대로 믿었다.

나는 버거를 한 입 더 먹으며 다가올 밤을 생각했다. 정말 기대되었다. 터무니없을 만큼 아주. 기데온의 벗은 몸을 보고 싶어 죽을 것 같았다. 손과 입술로 그의 온몸을 훑고 싶고, 한 번 더 그를 미치도록 흥분시키고 싶었다. 그의 아래에 누워서 내 안으로 들어오는 그를 느끼고 싶어 견딜 수 없을 지경이었다. 그가 나를 갈망하며 내 안으로 들어와 격렬하게, 깊이 파고드는 그 느낌을.

"계속 그런 생각을 하다간 오늘도 또 늦고 말걸."

그가 툭 내뱉듯 말했다.

나는 눈을 치켜 올리며 그를 쳐다봤다.

"내가 무슨 생각하는지 어떻게 알았어요?"

"당신은 흥분하면 꼭 지금 같은 표정이니까. 나야 가능한 한 자주 당신 얼굴에 그런 표정을 짓게 만들고 싶지만."

기데온이 자기 접시를 덮고 일어나더니 주머니에서 명함 하나를 꺼내 내 옆쪽에 놓았다. 뒷면에 그의 집 전화번호와 휴대폰 번호가 적혀 있었다.

"우리가 지금 나누는 대화를 생각하면 이런 걸 이제야 묻는다는 게 바보 같지만, 아무튼 당신 휴대폰 번호 좀 알려줘."

나는 잠자리에 쏠려 있던 생각을 억지로 끌고 나왔다.

"참, 개통부터 한 다음에요. 아직 개통을 못했어요."

“저번주에 문자 보내던 그 휴대폰은 어쩌고?”

나는 코를 찡긋했다.

“엄마가 그 휴대폰으로 내가 뉴욕 어디어디를 돌아다니는지 위치추적을 하셨거든요. 엄마가 좀……, 과보호세요.”

“무슨 말인지 알만하군.”

그가 손가락의 등으로 내 뺨을 쓸어내렸다.

“전에 엄마가 스토킹 한다더니, 그게 그런 뜻이었군.”

“네, 불행히도.”

“좋아, 그럼. 퇴근 후에 휴대폰부터 해결하고 헬스클럽에 가지. 당신의 안전을 위해서 휴대폰은 있어야 해. 그리고 그래야 나도 아무 때나 전화하고 싶을 때 전화할 수 있을 테니.”

나는 먹던 버거를 내려놓고 손과 입을 닦았다.

“맛있게 잘 먹었어요. 고마워요.”

“맛있었다니 기분 좋은 걸.”

그가 몸을 숙여 내 입술에 가볍게 입을 맞추더니 물었다.

“화장실?”

“네. 핸드백에서 칫솔도 빼야 해요.”

몇 분 후에 나는 그와 화장실 안에 들어와 있었다. 화장실은 평면 TV들 뒤쪽 마호가니 패널과 이음새에 티도 안 나게 붙어 있던 문 안쪽에 숨겨져 있었다. 우리는 트윈 세면대 거울 앞에 나란히 서서 거울 속에서 서로의 눈을 마주 보며 이를 닦았다. 지극히 일상적이고 평범한 일이었지만 우리는 둘 다

즐겁기만 했다.

"아래층까지 데려다 주지."

그가 사무실을 가로질러 코트걸이 쪽으로 가며 말했다.

나는 그를 뒤따라 가다가 그의 책상 근처에서 그와 다른 방향으로 틀었다. 그러고는 바로 그 책상으로 가서 의자 앞 쪽의 빈 공간에 한 손을 얹었다.

"여기가 당신이 하루 중 가장 많은 시간을 보내는 자리인가요?"

"그래."

어깨를 으쓱 올리며 재킷을 입고 있는 그를 보자 갑자기 확 깨물고 싶어졌다. 그가 정말 맛있어 보였다.

나는 대신에 그의 의자 바로 앞 쪽의 책상으로 껑충 올라앉았다. 시계를 보니 5분의 시간이 있었다. 사무실로 돌아가기에 아슬아슬했지만 아직 시간은 있었다. 나는 나의 새 권리를 행사해보지 않고는 못 배길 지경이어서 의자를 가리키며 말했다.

"앉아요."

그는 눈썹을 꿈틀했지만 이내 군말 없이 와서 세련되게 의자에 앉았다.

나는 다리를 벌리고 손가락 하나를 내 쪽으로 까딱거렸다.

"더 가까이요."

그가 바퀴를 굴려 앞으로 오며 내 허벅지 사이로 들어왔다. 그리고 두 팔로 내 엉덩이를 끌어안으며 나를 올려다봤다.

"언젠가 곧 말이야, 에바, 바로 여기에서 당신하고 꼭 하고 말겠어."

"지금은 그냥 키스만 해요."

내가 속삭이며 허리를 숙여 입을 맞추었다. 중심을 잡느라 두 손으로 그의 어깨를 짚고 그의 벌어진 입술을 핥다가 입 안으로 혀를 밀어 넣어 그의 애를 살살 태우며 놀렸다.

그는 신음 소리를 내더니 내 입을 잡아먹을 듯 덮치면서 아프고 축축해질 만큼 진하게 키스했다.

"언젠가 곧 말이에요."

나는 입술을 맞댄 채 조금 전 그의 말을 흉내 냈다.

"이 책상 밑에서 무릎을 꿇고 당신의 그걸 빨아주겠어요. 어쩌면 당신이 모노폴리 게임처럼 전화로 수백만 달러를 굴리는 동안 그럴지도 몰라요."

내 입술과 포개져 있던 그의 입술이 말려 올라갔다.

"이렇게 가다간 앞으로 어떻게 될지 눈에 훤히 그려지는 걸. 당신은 나를 정신을 잃고 흥분하게 만들 여자야. 당신의 그 꽉 조이고 섹시한 몸 안에서."

"불만이에요?"

"앤젤, 난 지금 군침을 흘리고 있는 거라고."

나는 그런 애칭에 달콤함을 느끼며 들떴지만 얼떨떨하기도 했다.

"앤젤이요?"

그가 작은 콧소리로 응하면서 나에게 키스했다.

한 시간 사이에 이렇게 달라지다니, 꿈만 같았다. 기데온의 사무실에서 나올 때는 들어오던 때와 기분이 완전히 달라져 있었다. 내 허리에 그의 손이 닿을 때는 기대감으로 인해 몸에 생기가 다 돌았다. 들어왔을 때 느꼈던 그런 비참함과는 천지 차이였다.

나는 스캇에게 손을 흔들어 인사했고 웃음기조차 띠지 않는 안내 데스크 직원에게도 밝게 미소 지었다.

"저 아가씨는 내가 싫은가 봐요."

엘리베이터를 기다리면서 내가 기데온에게 말했다.

"누구?"

"당신 안내 데스크 직원이요."

그가 그쪽을 흘끗 돌아보자 그 빨강 머리 아가씨가 기데온을 보고 환하게 웃었다.

"이런, 저 아가씨는 당신을 좋아해요."

내가 작게 소곤거렸다.

"그야 내가 저 아가씨의 월급을 책임지는 돈줄이니까."

나는 입술을 삐딱하게 말아 올렸다.

"맞아요, 그런 걸 거예요. 당신이 살아 있는 최고의 섹시남인 것과는 상관없을 거예요."

"지금도 내가 가장 섹시한가?"

그가 벽으로 나를 밀어붙이며 타는 듯한 시선으로 나를 화끈거리게 했다.

내가 아랫입술을 핥으며 두 손을 그의 배에 착 붙였다. 그의 복근이 탄탄해졌다.

"눈으로 보기에는요."

"난 당신이 좋아."

그가 손바닥을 내 머리 양 옆의 벽에 탁 붙이며 부드럽게 키스했다.

"나도 당신이 좋아요. 그런데 지금 근무시간인 걸 아셔야죠, 안 그래요?"

"하고 싶은 대로 못하면 뭐 하러 보스를 해?"

"흠."

엘리베이터가 도착했을 때 나는 머리를 숙여 기데온의 팔 밑으로 쏙 빠져나가 안에 탔다. 그가 나를 따라 살금살금 들어와 사냥꾼처럼 내 둘레를 돌더니 쓱 내 뒤로 가서 나를 뒤로 끌어당겼다. 두 손을 내 앞주머니에 밀어 넣고 다리를 벌리며 나를 더 바짝 끌어당겼다. 그런 격렬한 손길 때문에 그에 대한 열망이 못 견딜 지경에 이르렀다. 그야말로 고문이었다. 하지만 나라고 당하고만 있을 수는 없어서 그 보복으로, 그 부분에 엉덩이를 밀착하여 꿈틀거렸다. 그의 페니스가 금세 탱탱하게 서는 것을 느꼈다. 그가 낮게 숨을 토해내며 싱긋 웃었다.

"이러면 곤란하지. 나 15분 후에 미팅이 있는데."

그가 허스키한 목소리로 타이르듯 말했다.

"책상에 앉아 일하는 동안 내 생각할 거예요?"

"그야 당연하지. 당신도 일하면서 꼭 내 생각하도록. 이건 명령이야, 트라멜 양."

나는 거친 명령조의 그 음성이 좋아서 머리를 뒤로 젖혀 그의 가슴에 기댔다.

"어떻게 생각을 안 하겠어요, 크로스 씨. 어딜 가나 머릿속에 당신 생각이 따라다니는데요."

엘리베이터가 20층에 도착하자 그는 나를 따라 엘리베이터 밖까지 걸어 나왔다.

"덕분에 즐거운 점심이었어. 고마워."

"그건 내가 할 말이죠. 이따 봐요, 다크 앤 데인저러스."

자신의 별명을 듣자 그가 눈썹을 치켜 올리며 말했다.

"5시야. 기다리게 하지 말 것."

왼쪽의 엘리베이터 하나가 20층에 도착하자 메구미가 그 안에서 나오고 기데온이 탔다. 그는 문이 닫힐 때까지 내 눈에서 시선을 떼지 않았다.

"어머나 저 남자, 당신한테 완전 넘어왔나 봐요. 어떡해. 샘나 죽겠네요."

나는 뭐라고 대꾸할지 생각할 정신도 없었다. 그와의 관계는 너무나도 새로운 경험이었고 그러면서도 왠지 불안했다. 마음속 한편에서, 이런 행복이 오래 이어지지 못할 거라는 예감이 들었다. 모든 일이 너무 순조로워서 불안했다.

나는 서둘러 내 자리로 가서 일을 시작했다.

"에바."

고개를 들어보니 마크가 그의 사무실 문가에 서 있었다.

"잠깐 얘기 좀 할까?"

"예."

나는 태블릿을 집어 들긴 했지만 그의 무거운 얼굴과 말투로 미루어 그런 것이 필요한 일이 아님을 예감했다. 내가 들어가고 나서 마크가 문을 닫을 때는 불안감에 더 초조해졌다.

"별일 없는 거지?"

"예."

그는 내가 앉을 때까지 기다렸다가 책상 맞은편에 앉지 않고 의자를 내 옆으로 가져왔다.

"이 얘길 어떻게 꺼내야 할지 모르겠는데……."

"그냥 말씀하세요. 괜찮아요."

그가 난처해하는 기색을 띠며 인정 많은 눈빛으로 나를 쳐다봤다.

"내가 간섭할 입장은 아닌 건 알아. 난 단지 자네의 상사이고 그에 걸맞게 지켜야 할 선이 있겠지만, 지금 그 선을 좀 넘을까 해, 에바. 내가 자네를 좋아하고, 또 자네가 이 직장에서 오래 일했으면 하는 마음에서야."

긴장이 되어 뱃속이 꼬여왔다.

"잘 알겠습니다. 저도 여기 일이 정말 좋아요."

"좋아. 그렇다면 정말 다행이야."

그가 미소를 지었다 얼른 거두며 말을 이었다.

"저기……, 크로스를 조심해, 알겠지?"

나는 예상치 못했던 말에 놀라 눈을 깜빡였다.

"아, 네."

"그 사람이 영리하고 부자인 데다 섹시해서 마음이 끌리는 건 나도 이해해. 나도 스티븐을 정말 많이 사랑하는데도 크로스와 가까이 있으면 좀 흔들리니까. 그 사람은 그렇게 사람을 끄는 매력이 있어."

마크는 난처한 기색을 숨기지 못한 채 말을 빨리 마치려 했다.

"그리고 그 사람이 에바에게 왜 관심을 갖는지도 알 것 같아. 예쁘고 똑똑하고 솔직하고 생각 있고……. 아무튼 더 대라면 얼마든지 댈 수 있을 만큼 당신은 아주 괜찮은 아가씨야."

"감사해요."

나는 차분히 말하며 언짢은 내 기분이 내비치지 않길 바랐다. 이런 식의 주의는 친구나 해줄 말이었다. 그리고 나를 퀸카나 되는 듯 추켜세우는 듯한 그런 얘기는 나의 마음을 들쑤실 뿐이었다.

"난 그저 에바가 다치지 않길 바라고 이러는 거야."

그가 내 기분만큼이나 비참한 표정을 지으며 웅얼웅얼 말을 이었다.

“솔직히 어느 정도는 이기적인 마음도 있어. 훌륭한 보조를 잃고 싶지 않아서 말이야. 일이 잘못되어서 전 애인이 소유주인 건물에서 일하기 싫어지기라도 할까 봐.”

“마크, 저를 그렇게 걱정하고, 중요한 직원으로 봐주셔서 정말 기뻐요. 하지만 걱정 안 하셔도 돼요. 저도 다 큰 성인이에요. 게다가 무슨 일이 있어도 이 직장을 그만둘 생각은 전혀 없어요.”

그가 입으로 숨을 훅 내쉬며 안도하는 표정을 지었다.

“알았네. 그럼 이 문제는 잊고 일을 시작하자고.”

그렇게 우리는 일을 시작했지만 나는 기데온의 이름으로 구글 알리미를 등록하며 그렇게 미래의 고문 거리를 자초해놓았다. 그리고 5시 정각이 다가올 때 나의 여러 가지 결점들이 아직까지도 내 행복에 그림자를 드리우고 있음을 의식했다.

기데온은 아까의 말이 괜한 으름장이 아니었던 듯 시간이 정확했고 사람들로 빽빽한 엘리베이터를 타고 내려오는 동안 내게 무슨 일이 있었는지 전혀 눈치 채지 못하는 듯했다. 엘리베이터 안에서 그를 슬쩍 훔쳐보는 여자들이 한두 명이 아니었지만 그런 것에는 신경 쓰이지 않았다. 그가 워낙에 멋진 남자라 그렇게 쳐다보지 않는 게 오히려 이상한 일이었다.

그가 게이트를 나갈 때 내 손을 잡으며 깍지를 꼈다. 그 단순하고 친밀한 제스처가 그 순간 나에게는 너무나 큰 의미여서, 나도 그의 손을 꽉 쥐었다. 그렇게 소중한 만큼 나는 정말로 조심해야 했다. 잘못했다간 그가 나와 함께 시간을 보내주고 있는 것에 감사하게 된 그 순간이 파국의 시작이 될지도 몰랐다. 그리고 그도 나에게 질릴지 몰랐다.

도로변에 벤틀리 SUV가 세워져 있었고 기데온의 운전사가 뒷문 쪽에 서서 대기 중이었다. 기데온이 나를 바라보며 말했다.

"운동복 좀 챙겨서 가져오라고 시켰는데. 당신이 당신 다니는 헬스클럽에 갈 생각이라면 가져가려고. 에퀴녹스 헬스클럽, 맞던가? 아니면 내가 다니는 헬스클럽에 가도 괜찮고."

"어디로 다니는데요?"

"35번가에 있는 크로스트레이너."

내가 다니는 헬스클럽을 어떻게 알았을까, 하는 궁금증은 '크로스'가 붙은 헬스클럽의 이름을 듣자마자 사라져버렸다.

"설마 그 헬스클럽도 당신 소유는 아니겠죠, 예?"

그가 씩 웃었다.

"체인이지. 보통은 개인 트레이너와 종합격투기를 연습하지만 그 헬스클럽도 종종 이용해."

"아, 체인이요, 어련하시겠어요."

"당신이 선택하지. 나는 당신이 가고 싶은 곳으로 따라갈 테니까."

그가 나를 배려하며 말했다.

"어쨌든, 당신 헬스클럽으로 가요."

그가 뒷문을 열어주었고 나는 차에 탔다. 핸드백과 운동 가방을 무릎 위에 올려놓고 창밖을 내다보고 있을 때 차가 출발했다. 우리 차 옆에서 승용차가 손을 멀리 뻗지 않아도 닿을 만큼 바짝 붙어 달리고 있었다.

맨해튼의 러시아워는 나에겐 아직도 낯설었다. 남부 캘리포니아에도 차들이 꼬리에 꼬리를 물고 이어지긴 했지만 속도가 거북이걸음이었다. 그러나 뉴욕에서는 차들이 미어터지기만 하는 것이 아니라 종종 눈을 질끈 감고 무사하길 빌 만큼 속도도 빨랐다.

그야말로 완전히 새로운 세상이었다. 새로운 도시, 새 아파트, 새 직업, 새 남자. 한 번에 받아들이기엔 너무 많은 변화였다. 혼란스러움에 어지러운 기분이 드는 것도 당연했다.

기데온을 흘끗 보니 그는 알 수 없는 표정으로 나를 빤히 쳐다보고 있었다. 마음속이 격렬한 갈망과 떨리는 불안으로 뒤섞여 요동쳤다. 앞으로 그와 어떻게 될지는 알 수 없었다. 멈추고 싶어도 멈출 수가 없으리라는 것밖에는 아무것도 알 수 없었다.

9

우리는 휴대폰 매장에 먼저 들렀다. 우리를 안내한 여직원은 기데온의 자석 같은 끌림에 아주 민감하게 반응했다. 그가 뭐든 아주 작은 관심만 보여도 지나치게 들떠서 곧바로 자세한 설명을 시작했고, 그에게 바짝 몸을 숙여 제품을 보여주려 안달이었다.

나는 둘을 떨어뜨려 놓고 정말로 나를 도와줄 만한 다른 사람을 찾아보려 했지만 기데온이 내 손을 꽉 잡고 놔주지 않아서 어쩔 수가 없었다. 그러다 누가 요금을 내느냐의 문제로 티격태격했다. 그는 전화 사용자도 명의도 나인데 자기가 요금을 내야 한다고 우겼다.

"통신사도 당신 마음대로 정했잖아요."

내가 그의 신용카드를 옆으로 밀고 그 아가씨에게 내 카드를 내밀었다.

"그게 실용적이니까. 같은 통신사를 쓰면 나에게 거는 전화는 무료인데."

그가 카드를 다시 바꾸어버렸다.

"그 카드 안 치우면 아예 전화도 안 할 줄 알아요!"

결국 내 협박이 통하긴 했지만 그는 끝끝내 못마땅해하는 눈치였다. 나는 아무리 그래도 져줄 마음이 없었다.

벤틀리로 다시 돌아왔을 때쯤 그의 기분은 다시 풀린 것 같았다.

"앙구스, 이제 헬스클럽으로 가."

그가 운전사에게 말하며 의자에 푹 기댔다. 그러고는 주머니에서 자기 휴대폰을 꺼내 내 새 번호를 연락처에 저장하더니 내 손에서 휴대폰을 가져가 연락처에 자기 집, 사무실, 휴대폰 번호를 저장했다.

그가 그 일을 마치자마자 차가 크로스트레이너에 도착했다. 놀랄 일도 아니지만 그 3층짜리 헬스클럽은 운동 매니아들의 꿈 같은 곳이었다. 나는 구석구석 번드르르하고 현대적이며 최고급인 그곳의 시설에 감탄했다. 여성 탈의실조차 SF 영화 속에서 튀어나온 곳 같았다.

하지만 운동복으로 갈아입고 나와 복도에서 나를 기다리고 있는 기데온을 보는 순간, 그런 감탄도 모두 아무것도 아닌 게 되어버렸다. 반바지와 민소매티로 갈아입은 그를 보며 나는 처음으로 그의 맨 팔뚝과 다리를 보게 되었다.

나는 우뚝 멈춰 섰고 그 바람에 뒤에서 나오던 누군가가 그대로 나와 부딪혔다. 나는 기데온의 몸을 열심히 눈에 담느라 너무 정신이 없어서 사과도 하는 둥 마는 둥 했다.

군살 없는 엉덩이, 허리 라인과 무결점의 균형을 이룬 단단하고 튼튼한 다리. 딱 알맞게 자리 잡은 알통과 야성적이면서 미치도록 섹시하기도 한 팔뚝의 두툼한 힘줄이 매력적인 팔. 조각 같은 얼굴 라인이 더 돋보이도록 뒤로 넘겨 묶은 머리 아래로 보이는 목과 승모근까지.

세상에. 내가 이런 남자와 그렇고 그런 사이라니.

어느 누구와도 비교할 수 없을 만큼 너무나 멋진 그를 바로 내 눈앞에서 마주하고 있으면서도 내 머리는 그 사실을 받아들이기 버거워했다.

그런데 그가 찡그린 얼굴로 나를 보고 있었다.

그는 기대고 있던 벽에서 떨어져 똑바로 서더니 나에게 다가와 나를 빙 돌았다. 돌면서 손가락으로 맨살을 드러낸 내 허리와 등을 훑었다. 나는 그의 손길에 그만 피부에 소름이 돋아 그가 나를 마주 보며 멈춰 서자 두 팔로 그를 끌어안고 얼른 장난스럽게 키스했다.

"대체 당신 입고 나온 그게 뭐지?"

그가 내 열렬한 인사에 욕망을 간신히 달랜 듯한 표정을 지으며 물었다.

"옷이요."

"그 탱크톱, 아주 벗은 것 같은데."

"난 당신이 내 벗은 몸을 좋아하는 줄 알았는데요."

나는 속으로 혼자 즐거워했다. 아침에 그와 같이 있게 될 줄도 모르고 골랐던 옷이었는데, 그 옷을 고르길 잘했다고. 그 탱크톱은 기본적으로 삼각형 모양의 가슴판에 어깨와 갈비뼈 쪽은 긴 끈들이 잡아주는 디자인이었고, 벨크로로 여미게 되어 있어 입는 사람이 가슴을 세우고 싶은 만큼 자유롭게 조절할 수도 있었다. 각선미 있는 여자들을 위해 특별히 제작된 옷으로, 아무 곳이나 막 입고 다니지 못할 만큼 과감한 디자인의 탱크톱으로는 처음 사봤던 옷이었다. 색은 검은색 요가팬츠의 두 줄 무늬에 맞추었는데, 기데온이 불만스러워하는 점이 바로 그 누드색 때문이었다.

"난 *우리 둘만* 있을 때 벗은 걸 좋아한다고. 당신이 어디에 가든 내가 붙어 다녀야지 안 되겠어."

그가 투덜거렸다.

"난 그래도 불만 없어요. 나야 눈이 즐거워서 좋죠."

게다가 토요일 밤에 그가 그렇게 가버린 일 때문에 상처를 받고 난 뒤여서 그의 소유욕이 오히려 나를 들뜨게 했다. 하지만 그런 들뜬 기분 속에서도 나는 예감했다. 천국과 지옥을 오가는 듯한 그런 극과 극의 상황들이 앞으로도 수없이 반복될 것임을.

"아무튼 이왕 왔으니 후딱 끝냅시다."

그가 내 손을 잡고 데리고 가면서 탈의실 구역 수건 더미에서 로고가 찍힌 수건 두 개를 홱 집어 들었다.

"당신을 먹고 싶어서 못 견디겠어."

"난 먹히고 싶어서 못 견디겠어요."

"맙소사, 에바."

그가 아플 만큼 내 손을 꽉 쥐었다.

"뭐부터 할까? 프리웨이트? 머신웨이트? 러닝머신?"

"러닝머신이요. 좀 뛰고 싶어요."

그가 나를 러닝머신 쪽으로 데려갔다. 그의 뒤를 쫓는 여자들의 시선을 주시하다가 발들을 봤더니, 그 발들은 그가 어떤 운동을 하든 그곳에 있고 싶어 안달하는 듯했다. 나로선 그 여자들을 나무랄 수 있는 입장이 아니었다. 나도 그가 운동하는 모습을 보고 싶어 죽을 지경이었다.

러닝머신과 사이클들이 끝도 없이 늘어선 곳을 살펴보았으나 두 개가 나란히 비어 있는 러닝머신이 없었다.

기데온은 양 옆으로 빈 러닝머신 두 개를 끼고 운동 중인 남자에게로 걸어갔다.

"실례지만 옆으로 좀 옮겨 주시겠습니까?"

남자가 나를 쳐다보며 씩 웃었다.

"예, 그러죠 뭐."

"감사합니다."

기데온이 남자가 타던 러닝머신에 오르며 나에게 옆으로 올라오라고 손짓했다. 나는 그가 속도를 지정하기 전에 그에게로 몸을 숙이며 속삭였다.

"너무 힘 빼면 안 돼요. 처음엔 정상체위로 하고 싶단 말이에요. 당신이 내 위에 올라타서 사정없이 넣어주는 상상을 내가 그동안 얼마나 했는데요."

내 몸이 화끈거리도록 그가 뜨거운 시선을 보냈다.

"에바, 상상 이상을 맛보게 해줄 테니 기대해."

기대감이 뜨겁게 타올라 현기증이 돌 지경이어서 나는 러닝머신에 오르며 그냥 빠르게 걷기부터 시작했다. 워밍업을 하다가 내 아이팟에서 저스틴 팀버레이크의 '섹시 백Sexy Back'이 나올 쯤에 평소의 컨디션으로 돌아와 전속력으로 달렸다. 달리기는 나에게 심신 양면의 운동이었다. 가끔씩은 그냥 빨리 달리기만 해도 어떤 고통이든 다 털어버릴 수 있으면 얼마나 좋을까 싶기도 했다.

20분 후에 나는 속도를 늦추면서 달리기를 멈췄다. 그리고 참고 참은 끝에 드디어 기데온을 흘끗 돌아봤다. 그는 기름칠이 잘 되어 있는 기계 위에서 유연하게 달리고 있었다. 머리 위의 스크린으로 CNN을 시청 중이었지만 내가 얼굴에서 땀을 닦을 때는 나를 보고 생긋 웃어주었다. 나는 물병을 들고 물을 쭉 들이켜며 머신웨이트 쪽으로 옮겨가 그가 잘 보이는 머신웨이트를 골랐다.

그는 러닝머신에서 30분을 다 채운 후에 프리웨이트로 옮기더니 계속 내가 시야에 들어오는 곳을 골라서 운동했다. 그가 빠르고 효율적으로 운동하는 모습을 보고 있으니 정말로 남성적이라는 생각이 들었다. 물론 그의 반바지 안에 있는 바로 그것을 의식하게도 부추겼지만. 어쨌거나 책상에 앉아 일하는 남자인데도 전사 같은 몸을 유지하고 있는 그가 감탄스러웠다.

내가 윗몸일으키기를 하려고 짐볼을 잡자 트레이너 한 명이 나에게 다가왔다. 최고급 헬스클럽의 격에 걸맞게 그는 잘생긴 데다 몸이 아주 좋았다.

"안녕하세요."

그가 영화배우 같은 미소와 함께 인사를 건네며 무결점의 새하얀 이를 드러냈다. 어두운 갈색 머리에 눈도 거의 비슷한 색이었다.

"처음 오셨죠? 전에 뵌 적이 없는 것 같은데요."

"예, 처음이에요."

"다니엘입니다."

그가 손을 내밀었고 나도 내 이름을 알려주었다.

"뭐 필요한 건 없으시고요, 에바?"

"지금까진 좋아요, 고마워요."

"스무디는 무슨 맛을 좋아하세요?"

나는 얼굴을 찡그렸다.

"네?"

"신규회원 무료 스무디요."

그가 팔짱을 척 끼었고 그 두꺼운 알통 때문에 폴로 유니폼 셔츠의 좁은 소매통이 꽉 죄어졌다.

"등록할 때 아래층 바에서 안 받아 오셨어요? 받아오셔야 하는데."

"아, 그래요."

나는 멋쩍게 어깨를 으쓱하며, 속으로 정말 센스 있는 서비스라고 생각했다.

"제가 일반 등록한 게 아니라서요."

"한번 둘러보셨어요? 안 하셨으면 제가 안내해드릴게요."

그가 내 팔꿈치를 가볍게 만지며 계단 쪽을 가리켰다.

"한 시간 동안 개인 트레이닝을 무료로 받으실 수도 있어요. 오늘 밤도 되고 주말에 예약도 받아요. 그리고 제가 같이 아래 헬스 바에 내려가 스무디를 받게 해드릴게요."

"어, 그럴 순 없어요."

내가 코를 찡긋거렸다.

"저는 회원이 아니거든요."

그가 윙크를 했다.

"아, 그럼 임시 이용권으로 오셨군요? 괜찮아요. 여기 시설을 다 이용해보고 나서 마음을 정하셔도 돼요. 하지만 크로스 트레이너가 맨해튼에서 최고의 클럽인 건 제가 자신 있게 말씀드릴 수 있어요."

그때 다니엘의 어깨 뒤로 기데온이 나타났다.

"이곳의 전 시설을 이용해도 괜찮아요."

그가 빙 돌아 내 뒤로 와서 두 팔을 내 허리에 감으며 말했다.

"당신이 소유주의 여자친구라면."

*여자친구*라는 그 말이 마음속에 울리며 아드레날린이 마구 분출되었다. 우리가 그 정도 수준의 헌신적 관계라고 하기에는 아직 모자란 감이 있지만, 그 호칭이 기분 좋게 들리는 것은 어쩔 수 없었다.

"대표님."

다니엘이 몸을 꼿꼿이 펴고 한발 뒤로 물러서더니 손을 내밀었다.

"뵙게 되어 영광입니다."

"다니엘 때문에 여기가 마음에 쏙 드는데요."

두 사람이 악수를 나눌 때 내가 기데온에게 작게 말했다.

"나는 나 때문인 줄 알았는데."

머리가 땀으로 젖은 그에게서 환상적인 체취가 풍겼다. 땀 흘린 남자에게서 그렇게 기막히게 좋은 냄새가 날 수 있다는 건 처음 알았다.

그의 손이 내 팔을 쓰다듬었고 내 머리 정수리에 닿은 그의 입술이 느껴졌다.

"그만 갑시다. 다니엘, 그럼 수고하게."

"고마워요, 다니엘."

"별말씀을요."

나는 가볍게 인사를 보내며 그 자리를 떠났다.

"내가 장담하는데 저 친구, 당신 가슴에서 눈을 떼지 못했을걸."

기데온이 투덜거렸다.

"내 가슴이 좀 끝내주잖아요."

그가 작게 불만 섞인 신음 소리를 냈다. 나는 속으로 혼자 재미있어했다.

그때 그가 내 엉덩이를 세게 때렸다. 어찌나 세게 때렸던지 몸이 앞으로 한 발짝 튕겨나갔고 바지 위로 맞았는데도 얼얼하고 따끔거렸다.

"당신이 탱크톱이라고 부르는 그 놈의 손바닥만 한 천 쪼가리는 너무 야하다니까. 샤워는 간단히 하고 나와. 어차피 금방 다시 땀에 젖을 테니."

"잠깐만요."

그가 여성 탈의실을 지나 남성 탈의실로 가려고 할 때 내가 그의 팔을 붙잡았다.

"내가 이런 말 하면 불쾌하게 들릴까요? 당신이 샤워를 안 했으면 좋겠다면 말이에요. 당신이 아직 땀에 젖어 있을 동안……, 내가 당신을 덮칠 수 있을 만한 가까운 곳을 찾고 싶거든요."

내 말에 기데온의 턱이 팽팽히 당겨지고 그의 눈빛이 곧 폭

발할듯 이글거렸다.

"이제 보니 당신 정말 보통 여자가 아니로군, 에바. 짐 챙겨 나와. 저쪽 모퉁이에 호텔이 있어."

우리는 둘 다 옷도 갈아입지 않은 채 5분 후에 밖으로 나왔다. 기데온이 너무 빠르게 걸어서 나는 따라가느라 종종걸음을 걸었다. 그런데 그가 갑자기 멈춰 서더니 돌아서서 사람들로 붐비는 인도 한가운데에서 내 몸을 뒤로 눕히며 나에게 진하고 뜨거운 키스를 퍼부었다. 너무 놀란 나는 막을 겨를이 없었다. 그 순간 우리의 입은 영혼을 울리는 결합을 이루었다. 격정과 달콤한 진정성으로 충만해서, 내 가슴을 아프게 할 만큼. 우리 주위에서 박수갈채가 터졌다.

그가 다시 나를 똑바로 세워주었을 때, 나는 숨이 차고 머리가 핑 돌았다.

"방금 뭐였어요?"

내가 숨을 헐떡이며 물었다.

"예고편."

그가 가장 가까운 호텔로 다급한 발걸음을 다시 떼었다. 그가 나를 끌고 도어맨을 지나쳐서 곧장 엘리베이터로 가는 통에 호텔 이름이 뭔지도 보지 못했다. 그래도 그곳이 기데온의 소유라는 확신이 들긴 했다. 지배인이 엘리베이터 문이 닫히기 직전, 기데온의 이름을 부르며 그에게 인사를 하는 것을 보기 전부터 말이다.

기데온은 자기 더플백을 엘리베이터 바닥에 내려놓더니 내 스포츠 탱크톱에서 나를 탈출시킬 방법을 찾느라 여념이 없었다. 엘리베이터 문이 열리자 나는 그의 손을 찰싹 쳐서 떼어냈고 그는 더플백을 집어 들었다. 우리가 내린 층에는 엘리베이터를 기다리는 사람도, 복도를 지나다니는 사람도 없었다. 그가 어디에선가 마스터키를 꺼냈고 잠시 후 우리는 방 안에 들어와 있었다.

나는 와락 달려들며 두 손을 그의 셔츠 속으로 밀어 넣어 그의 축축한 살과 그 아래의 단단한 근육을 느꼈다.

"벗어요. 지금 당장요."

그가 크게 웃으며 발끝을 비벼 스니커즈 운동화를 벗어버리며 머리 위로 티를 확 잡아당겼다.

맙소사……. 그가 내 눈앞에서 맨몸이 되어 서 있었다.

반바지가 바닥으로 떨어짐과 동시에 그의 모든 것을 보는 순간, 말초신경이 뜨겁게 달구어졌다. 구석구석 군살이라곤 털끝만큼도 없는 몸. 잘 다듬어진 탱탱한 근육. 빨래판 복근과, 캐리의 말마따나 일명 아폴로의 허리라고 말하는 초절정 섹시한 V자 골반근육. 기데온은 캐리처럼 왁스로 가슴털을 밀진 않았지만 가슴도 몸의 다른 곳과 다를 바 없이 잘 관리되어 있었다. 그는 정말 남자 중의 남자였다. 내가 열망하고 상상하고 바라던 모든 것의 화신.

"내가 죽어서 천국에 왔나 봐요."

나는 부끄러운 줄도 모른 채 멍하니 쳐다봤다.

"당신은 왜 안 벗는데."

그가 내 옷으로 덤벼들더니 내가 숨을 제대로 들이쉴 틈도 주지 않고 여밈이 풀린 탱크톱을 홱 벗겨냈다. 이어서 바지가 밀려 내려졌다. 나는 발을 휙 걷어차며 허겁지겁 신발을 벗다가 중심을 잃고 침대로 쓰러졌다. 내가 숨을 좀 돌리자마자 그가 내 위로 올라왔다.

우리는 서로 얽힌 채 매트리스 위를 굴렀다. 그의 손길이 닿는 곳 어디나 진한 흥분의 여운으로 화끈거렸다. 그의 몸에서 풍기는 싱싱하고 정력적인 체취는 최음제이면서, 마약처럼 사람을 취하게 했다. 그의 체취에 그를 향한 욕망이 불길처럼 번져 금방이라도 정신을 잃을 것 같았다.

"당신 정말 아름다워, 에바."

그가 손으로 내 한쪽 가슴을 볼록하게 잡으며 입으로 젖꼭지를 빨았다.

타는 듯 뜨겁고 격렬한 그의 혀를 느끼며 나는 소리를 질렀다. 그 혀가 부드럽게 빨아줄 때마다 내 중심이 강하게 조였다. 내 두 손은 갈망에 겨워 땀에 젖은 그의 살을 어루만지고 주무르면서, 그의 신음을 자극하는 민감한 곳을 찾았다. 그의 다리와 얽힌 다리를 벌렸다 오므렸다 하면서 그를 굴려 뒤집어보려고도 했지만 그는 너무 무겁고 힘이 셌다.

그가 머리를 들어 미소를 지으며 나를 내려다봤다.

"이번엔 내 차례라고."

그 순간, 그 미소와 뜨거운 눈빛을 보고 있는 바로 그 순간, 그를 향한 내 감정은 강렬하다 못해 차라리 고통스러울 지경이었다. 너무 빠른 것 같아서. 너무 빨리 그에게 빠져드는 것 같아서.

"기데온–."

그가 혀로 내 입 속을 깊이 파고들면서 그 특유의 황홀한 키스를 했다. 키스를 하며 나는 생각했다. 이렇게 그와 오래도록 입을 맞춘다면 그는 키스만으로도 나를 오르가슴에 이르게 해줄 수 있을 것 같다는. 그의 모든 것이 나를 흥분시켰다. 그 외모며, 내 손에 닿는 감촉이며, 나를 바라보는 눈빛이며 나를 만지는 손길까지 모든 것이. 내 몸을 향한 욕망과 무언의 요구가, 나에게 쾌감을 주고 또 그런 쾌감을 보며 쾌감을 느끼는 그의 격정이 나를 미치게 만들었다.

나는 두 손으로 그의 땀에 젖은 매끄러운 머리카락을 쓸었다. 곱슬곱슬한 그의 가슴털이 내 민감해진 젖꼭지를 더 달아오르게 자극했다. 그의 바위같이 단단한 몸이 내 몸을 누르는 그 느낌에 나는 축축이 젖어들며 갈망에 애를 태웠다.

"당신의 몸을 사랑해."

그가 속삭이며 입술로 내 뺨에서 목까지 쓸어내렸다. 한 손으로는 가슴에서부터 엉덩이까지 내 몸을 애무하면서.

"가져도, 가져도 채워지지 않을 것 같아."

"아직 별로 가지지도 않았잖아요."

내가 놀렸다.

"채워도 채워도 끝없이 목 마를 것 같아."

그가 내 어깨를 물고 핥다가 입술을 다른 쪽 젖꼭지로 미끄러뜨려 물더니 잡아당겼다. 가벼운 고통이 확 밀려들어 와서 나는 등을 활처럼 휘며 낮게 소리를 질렀다. 그가 젖꼭지를 부드럽게 빨아주며 그 얼얼한 고통을 달래주더니 이번엔 아래쪽으로 키스를 옮겨갔다.

"이렇게 미칠 듯이 원해보긴 처음이야."

"그럼 어서 들어와요!"

"아직 안 되지."

그가 소곤거리며 입술을 더 아래로 가져가 혀끝으로 내 배꼽 주위를 자극했다.

"당신, 아직 준비가 안 됐어."

"뭐라고요? 오, 이런……. 지금 난 더할 수 없이 준비되어 있단 말이에요."

나는 그의 머리카락을 쥐며 그를 바짝 끌어당기려 했다.

기데온은 내 양 손목을 잡아 매트리스에 딱 갖다 붙였다.

"당신의 그곳은 팽팽하고 작아, 에바. 부드럽게 풀어주지 않고 하면 멍이 든다고."

온몸에 소름이 쫙 퍼졌다. 성기에 대해 그렇게 기탄없이 말하는 그에게 흥분되어서. 그때 그가 입술을 더 아래로 미끄러뜨리며 나를 긴장시켰다.

"안 돼요, 기데온. 샤워도 안 했는데 거긴 안 돼요."

그가 얼굴을 내 다리 사이에 묻었다. 갑작스러운 부끄러움에 내가 얼굴을 붉히며 몸을 빼내려 몸부림치자 그가 이로 내 허벅지 안쪽을 물었다.

"가만있어."

"안 돼요. 제발요. 거긴 안 해줘도 돼요."

그의 이글거리는 눈빛 앞에서 나는 몸부림을 멈췄다.

"나라고 당신과 다른 줄 알아? 당신만 내 몸을 원하는 것 같아?"

그가 거칠게 물었다.

"나도 당신을 원해, 에바."

나로선 한마디로 표현할 수 없는 그의 동물적 욕망에 미치도록 흥분이 되어, 타는 입술을 혀로 핥았다. 그가 낮게 거친 신음 소리를 내더니 내 다리 사이를 파고들었다. 혀를 내 안으로 밀어 넣고 그 민감한 곳을 핥고 헤집었다. 엉덩이가 자꾸만 들썩여지며 몸이 더 큰 갈망에 목말라했다. 눈물을 흘리고 싶을 만큼 정말 좋았다.

"맙소사, 에바. 우리가 처음 만난 이후로 나는 매일같이 내 입술로 당신을 이렇게 맛보고 싶었어."

벨벳처럼 부드러운 그의 혀가 부풀어 오른 클리토리스를 핥을 때, 나도 모르게 머리가 베개 속으로 세게 꾹 눌려졌다.

"좋아요. 그렇게요. 날 흥분시켜줘요."

그는 그렇게 해주었다. 더없이 부드럽게 핥았다가 세게 빨면서. 몸이 비틀리며 오르가슴이 확 밀려들어 내 중심이 격렬히 팽팽해지고 팔다리가 떨렸다. 그의 혀가 내 질 안으로 밀고 들어왔다. 그 얕은 침투에 그곳이 경련으로 파르르 떨면서 그를 더 깊이 끌어들이려 했다. 그의 신음 소리가 부풀어 오른 내 살을 울리며 연이은 절정에 치닫도록 자극했다. 그러던 어느 순간 육체적 쾌감이 내 감정을 저지하고 있던 벽을 부수어버렸다. 눈이 따끔따끔 아파오며 눈물이 관자놀이를 타고 흘러내렸다.

그런데도 기데온은 멈추지 않았다. 그는 떨리는 혀끝으로 내 몸의 입구를 빙빙 훑고 파르르 떨리고 있는 클리토리스를 감싸면서 나를 다시 흥분시켰다. 손가락 두 개를 안으로 밀어 넣어 돌리고 어루만졌다. 나는 너무 민감해져 있어서 그런 그의 맹공격에 몸부림쳤다. 그는 멈추지 않고 리드미컬하게 내 클리토리스를 빨았다. 나는 다시 한 번 격한 신음을 내질렀고 다음 순간 그가 손가락 세 개를 밀어 넣어 내 몸을 비틀어 열었다.

"싫어요."

나는 몸 구석구석이 흥분되어 화끈거리는 채로 고개를 좌우로 흔들었다.

"더 이상은 싫어요."

"한 번 더."

그가 허스키한 목소리로 달랬다.

"한 번 더 하고 나서 당신을 가질 테니까."

"못 하겠어요……."

"당신은 할 수 있어."

그가 내 젖은 살에 입으로 후 바람을 불어 뜨겁게 달궈진 살을 식혀주며 원초적 말초신경을 다시 깨워놓았다.

"당신이 오르가슴에 이르는 걸 무척 보고 싶어, 에바. 정말 좋아. 당신이 내는 그 신음 소리도, 당신이 몸을 떠는 모습도……."

그가 내 안의 부드러운 부분을 문지르자 서서히 흥분이 차올랐다. 곧이어 오르가슴이 온몸으로 퍼지자 나는 그 쾌감에 몸을 비틀었다. 더 부드러운 쾌감이었지만 앞에 느꼈던 쾌감에 뒤지지 않을 만큼 강렬했다.

그의 묵직하고 뜨거운 몸이 나에게서 떨어졌다. 멍해진 정신 속에서 어렴풋이 서랍 열리는 소리가 들리는가 싶더니 곧바로 포장지 뜯는 소리가 이어졌다. 매트리스가 푹 꺼지면서 그가 다시 침대로 올라왔고 이번엔 거친 손길로 나를 침대의 가운데로 확 잡아당겼다. 그는 내 위로 똑바로 엎드려 나를 꼼짝 못하게 누르더니 내 양 팔을 옆구리에 딱 붙이고 그의 팔뚝으로 나를 가두었다.

내 시선은 위엄이 풍기는 그 멋진 얼굴에 고정되었다. 그의 얼굴은 갈망으로 거칠어진 표정이었고 광대뼈와 턱 쪽의 피부가 팽팽히 당겨져 있었다. 눈은 짙은 눈빛을 띠며 동공이 팽창되어 있었다. 그런 그의 얼굴을 응시하며 나는 느꼈다. 그것이 이미 절제의 한계를 지나버린 남자의 얼굴임을. 감동스러웠다. 그는 나를 위해 그 정도까지 참았던 것이다. 버거운 순간이 될 것이 예감되는 섹스에 나를 준비시키고 쾌감을 주기 위해서.

나는 두 손을 꽉 쥐어 침대시트를 움켜잡으며 기대에 부풀었다. 그는 내 욕망을 채워주었다. 몇 번씩이나. 이번엔 그가 욕망을 채울 차례였다.

"날 가져요."

나는 눈빛으로 그를 자극하며 명령조로 말했다.

"에바."

그가 갑자기 큰 소리로 내 이름을 부르더니 한 번에 거칠게 푹 밀어 넣으면서 내 안으로 들어왔다.

나는 헉 하고 숨을 내뱉었다. 그의 남성은 크고 돌처럼 단단했으며 아주 깊었다. 그 순간의 접촉은 기절할 만큼 강렬했다. 감정적으로도, 정신적으로도. 처음이었다. 그렇게 완벽하게, 소유당하는 느낌은.

내가 섹스 중에 구속당하는 것을 참을 수 있으리라고는 생각도 못했다. 내가 그럴 수 있었던 것은 과거 *그런 식*의 경험을 겪어서가 아니었다. 기데온이 내 몸을 완전히 지배하며 내 욕망을 서서히 미칠 듯한 지경까지 끌어올려 주어서였다. 구속당하는 것에 그처럼 흥분해보긴 처음이었고, 그것은 그와 쌓은 관계의 깊이를 생각하면 더더욱 말도 안 되는 일 같았다.

내 안에 들어와 나를 꽉 채운 느낌이 좋아서 나는 내 안의 그를 꽉 죄었다.

그의 허리가 내 허리를 문지르며 더 깊이 찔러 들어올 땐 꼭 이렇게 말하는 것 같았다. *내가 느껴져? 내가 이렇게 당신 안에 들어와 있어. 당신은 내 거야.*

그의 온몸이 단단해지고 가슴 근육과 팔이 팽팽해지면서 그가 끝까지 밀고 들어왔다. 뒤이어 복근이 단단히 조이는 것을 유일한 경고 신호로 보내며, 쿵쿵 치고 들어오기 시작했다. 그것도 아주 세게.

나는 소리를 질렀다. 그의 가슴이 울리면서 낮고 야성적인 음성이 들려왔다.

"맙소사……. 당신 느낌이 너무 좋아."

그가 내 몸을 꽉 붙잡고 나를 갖기 시작했다. 내 엉덩이를 매트리스에 박을 듯 난폭하고 거세게 삽입해왔다. 또다시 쾌감이 잔잔하게 일더니, 그의 몸이 뜨겁게 내 안으로 찔러 들어올 때마다 기분 좋은 고통이 온몸으로 퍼져나갔다. 나는 속으로 생각했다. *그래요, 이거예요. 내가 당신에게 원하는 게 바로 이거예요.*

그는 내 목에 얼굴을 묻고 나를 못 움직이게 꽉 잡은 채로 강하고 빠르게 찌르고 들어왔다. 헐떡이며 원색적이고 뜨거운 성적 밀어를 내뱉어 나를 미치도록 흥분시키면서.

"이렇게 단단하고 딱딱하게 선 적은 처음이야. 지금 당신 안에 아주 깊이 들어가 있어……. 당신의 그곳이 느껴져……. 당신 안에 있는 내가 느껴져."

나는 이번엔 그의 차례라고 생각했는데 그는 여전히 나와 함께 즐기며 아직도 나에게 신경을 써주느라, 나의 쾌감을 자극하려 엉덩이를 돌리고 있었다. 나는 갈망에 못 이겨 낮게 신음을 토해냈고 그가 내 입술에 그의 입술을 비스듬히 포갰다. 나는 그를 향한 욕망을 주체할 수 없었다. 그의 그 거대한 페니스의 맹렬한 삽입에 맞춰 엉덩이를 흔들고 싶은 충동에 몸부림치며 그의 엉덩이에 손톱을 찔러 넣었다.

우리는 땀으로 흠뻑 젖었다. 맞닿은 살이 뜨겁고 미끌거렸다. 숨이 차서 가슴도 들썩였다. 내 안으로 오르가슴이 폭풍처럼 일어나려 하면서 온몸이 팽팽히 조였다. 그가 뭐라고 욕을 내뱉으며 한 손을 내 엉덩이 밑으로 넣어 엉덩이를 들어 올렸다. 갈망에 겨운 내 민감한 부분에 그의 페니스 귀두가 계속 문질러지도록.

"바로 지금이야, 에바. 지금."

그가 거친 목소리로 명령했다.

나는 세차게 밀려드는 절정에 못 이겨 흐느끼며 그의 이름을 불렀다. 그가 내 몸을 꼼짝 못하게 붙잡고 있어서 그 황홀경은 더 자극되고 증폭되었다. 뒤이어 그가 몸을 떨며 고개를 뒤로 꺾었다.

"오, 에바!"

그가 숨이 막힐 만큼 나를 꼭 껴안더니 길고 강한 오르가슴에 이르며 엉덩이를 위아래로 움직였다.

얼마나 오래 그러고 있었는지 모를 만큼 한참을 우리는 그렇게 누워 입술로 서로의 어깨와 목을 훑으며 흥분을 가라앉혔다. 온몸이 얼얼하고 찌릿찌릿했다.

"와우."

내가 겨우 입을 열었다.

"정말 사람 잡을 여자로군."

그가 내 턱에 입술을 댄 채로 속삭였다.

"언젠간 정말 서로 죽도록 섹스를 하게 될 것 같단 말이지."

"내가 뭘요? 난 아무것도 안 했어요."

희한한 일이었다. 그가 나를 완전히 통제했는데, 나는 그것이 왜 그렇게 미치도록 섹시하게 느껴졌을까?

"숨을 쉬고 있었지. 당신은 그것만으로 충분해."

나는 소리 내어 웃으며 그를 꼭 안았다.

그가 머리를 들어 코를 마주 비볐다.

"뭐 좀 먹고 나서 또 합시다."

그 말에 내 눈썹이 치켜 올라갔다.

"또 할 수 있어요?"

"당연하지."

그가 그 말과 함께 엉덩이를 돌렸다. 아직도 살짝 발기되어 있는 것이 느껴졌다.

"당신 사람이 아니라 기계 아니에요? 아니면 신이거나."

"그건 당신 얘기지."

그가 부드럽고 달콤한 키스를 해준 후 내 몸에서 내려갔다. 그러고는 콘돔을 빼 테이블에서 뽑은 화장지에 싸서 그대로 침대 옆 휴지통에 던져 넣었다.

"샤워하고 아래 레스토랑에서 음식을 주문합시다. 내려가서 먹고 싶지 않다면."

"못 걸을 것 같아요."

이를 드러내고 싱긋 웃는 그의 미소에는 또다시 심장이 멎는 느낌이었다.

"나만 그런 게 아니라니 다행인걸."

"당신은 아무렇지 않아 보이는데요, 뭐."

"기분이 너무 황홀해서."

그가 침대 모서리에 다시 앉으며 내 머리를 이마 뒤로 쓸어 넘겨주었다. 그의 얼굴은 너무 부드러웠고 그의 미소에는 따뜻한 애정이 어려 있었다.

그때 그의 눈에서 뭔가 다른 눈빛이 스친 것 같았다. 어쩐지 불안한 눈빛을 본 것 같아서 나는 숨이 턱 막히고 겁이 났다.

"같이 샤워할까?"

그가 손으로 내 팔을 쓸어내리며 말했다.

"잠깐만 기다려줘요. 정신 좀 차리고 따라 들어갈게요."

"알았어."

그가 욕실로 들어가며 조각 같은 등과 완벽한 엉덩이로 내 눈을 또 한 번 호강시켰다. 나는 지상 최고 남자의 표본을 감상하는 여자의 순수한 마음으로 탄식을 내뱉었다.

잠시 후 샤워기의 물소리가 들려왔다. 나는 일어나 앉으며 다리를 침대 가장자리에 걸쳤다. 몸이 휘청거렸다.

정신을 가다듬고 있는데 그때 문득 살짝 열린 서랍으로 시선이 갔다. 열린 서랍 사이로 콘돔들이 보였다.

갑자기 뱃속이 꼬였다.

이 호텔은 너무 격식 있는 곳이라, 성경과 함께 콘돔을 제공해줄 그런 곳으론 보이지 않는데. 아까 그는 분명 서랍에서 콘돔을 꺼냈었다.

나는 파르르 떨리는 손으로 서랍을 당겼다. 안에는 콘돔이 수북이 쌓여 있었을 뿐만 아니라 여성윤활제와 피임용 살정자제도 있었다. 또다시 심장이 쿵쾅거리기 시작했다. 나는 갈망에 불타 호텔까지 오던 기억을 되짚어봤다. 아까 기데온은 빈 호실을 물어보지도 않았다. 아무리 마스터키를 가지고 있다고 해도 어느 방이 비었는지는 확인하고 들어왔어야 했을 텐데……. 적어도 이 방이 비어 있다는 것을 이미 알고 있지 않는 한은.

그렇다면 이 방은 틀림없이 그의 방이라는 얘기였다.

그것도 그의 성욕을 채워줄 여자들과 즐거운 시간을 갖기 위해 필요한 모든 것이 갖춰진 섹스 전용 방.

벌떡 일어나 벽장으로 걸어가는데 욕실 안에서 샤워실 유리문이 열렸다 닫히는 소리가 들렸다. 나는 월넛으로 된 벽장문 양 손잡이를 잡고 확 열어젖혔다. 와이셔츠와 정장바지뿐만 아니라 면바지와 청바지까지 구색별로 갖춰진 남자 옷 몇 벌이 철제 봉에 걸려 있었다. 뜨겁던 열정이 곤두박질치며 식어버렸고 오르가슴으로 들떠 있던 기분은 비참함에 젖었다.

오른쪽의 서랍을 열자 가지런히 개어진 티셔츠, 드로즈 팬티, 양말들이 보였다. 왼쪽 맨 위 서랍엔 아직 포장을 뜯지 않은 성인용품들도 있었다. 그 아래 서랍들은 열어보지 않았다. 더 볼 필요도 없었다.

나는 바지를 입고 기데온의 셔츠 하나를 훔쳐 입었다. 옷을 다 입은 뒤엔 머릿속으로 심리치료에서 배웠던 절차를 떠올렸다. *대화 갖기. 상대방에게 부정적인 감정을 일으킨 방아쇠에 대해 설명하기. 그 방아쇠에 직면하여 문제 해결하기.*

하지만 기데온에 대한 깊은 감정만큼 충격이 너무 커서 그 절차대로 따를 수가 없었다. 차라리 그렇게 황홀한 섹스를 나누지 않았다면 덜 쓰라리고 덜 상처받았을 텐데. 그런 비참한 기분을 몰랐을 텐데. 살짝 불결하고 이용당한 기분도 들면서 마음이 너무 아팠다. 나는 그 뜻밖의 발견에 견딜 수 없이 아픈 상처를 받아서, 유치하게도 그에게 내가 받은 상처를 되갚아주고 싶었다.

나는 콘돔, 윤활제, 성인용품들을 있는 대로 집어서 침대로 내던졌다. 그리고 그가 들뜨고 장난스러운 목소리로 내 이름을 크게 부를 때 내 가방을 챙겨 들고 방을 뛰쳐나왔다.

10

나는 수치심에 계속 머리를 숙이고 걸으며 프런트 데스크를 지나 옆문으로 호텔을 빠져나왔다. 우리가 엘리베이터에 탈 때 기데온에게 인사했던 지배인을 떠올리자 창피해서 얼굴이 뜨거워졌다. 그 지배인은 나를 어떻게 생각했을까? 기데온이 그 방을 어떤 목적으로 마련해둔 것인지 뻔히 알았을 텐데. 내가 그 방을 드나들었을 수많은 여자들 중 한 명이었다고 생각하면 견딜 수가 없었지만 그 호텔로 들어서던 순간 나는 딱 그런 여자였다.

프런트 데스크에 들러서 우리 둘만의 특별한 방을 잡았다면 좋았을 텐데. 그게 그렇게 어려운 일이었을까?

나는 목적지도 없이 무작정 걸었다. 이제 어둠이 내려앉은 도시는 분주하던 낮 시간과는 전혀 다른 새로운 활기와 에너지를 띠고 있었다.

발걸음을 뗄 때마다 도망쳐 나온 통쾌함에 아드레날린이 솟구쳤다. 기데온이 욕실에서 나와 빈 방과 자기 물건들로 어질러진 침대를 봤을 생각을 하면 심술 섞인 기쁨이 밀려왔다. 나는 차츰 마음을 가라앉히며 좀 전의 일들에 대해 진지하게 생각해봤다.

기데온이 자기의 섹스 전용 방에서 가까운 헬스클럽으로 나를 유인한 것이 그냥 우연의 일치였을까?

그의 사무실에서 점심을 먹으며 나눴던 얘기와, 나를 붙잡기 위해 그가 자기 마음을 보여주려 애쓰던 모습이 생각났다. 그는 우리 사이의 일에 나만큼 당황스럽고 아파했었다. 그 모습에 내가 너무 쉽게 그의 패턴에 말려들었던 게 아닐까? 어쨌든 말없이 도망쳐 나왔으니 나도 내 패턴에 또 빠져버린 셈일까? 심리치료를 몇 년씩이나 받았는데도 여전했다. 상처를 입었다고 똑같이 상처를 되돌려주며 도망 나오는 것이 아니라 나는 더 현명하게 처신했어야 했다.

나는 의기소침한 기분으로 이탈리안 레스토랑에 들어가 시라즈 와인 한 병과 마르게리타 피자를 주문했다. 와인과 음식이 생각을 제대로 할 수 있게 마음속의 심란함을 가라앉혀 주길 바랐다.

웨이터가 주문한 와인을 가져다주자 나는 잔에 가득 따라 음미고 뭐고 그냥 벌컥벌컥 들이켰다. 벌써 기데온이 보고 싶어졌다. 내가 방에서 나올 때 들떠서 장난기가 발동해 있던 그의 목소리가 아른거렸다. 내 온몸에서 그의 체취가 느껴졌다. 내 온몸에, 그의 살 냄새와 뜨겁고 부서질 듯 강렬했던 섹스의 흔적이 배어 있었다. 눈이 따끔거리더니 눈물이 주르륵 흘러내렸다. 사람들로 북적거리는 식당 안인데도 참을 수가 없었다. 피자가 나와 집어 들었지만 종이를 씹어 먹는 기분이었다. 물론 그것이 요리사나 장소의 탓이 아님은 나도 잘 알고 있었다.

나는 가방을 내려놓은 옆 의자를 당겨 새로 산 휴대폰을 꺼냈다. 트래비스 박사님의 자동응답기에 메시지를 남기고 싶어서였다. 박사님은 내가 뉴욕에서 새 심리치료사를 찾을 때까지 화상통화 상담을 권했었는데, 바로 지금 그 상담이 절실한 순간이었다. 그런데 기데온에게서 부재중 전화 21통과 문자 1통이 와 있었다.

'내가 또 망쳤어. 나와 헤어질 생각하면 안 돼. 얘기 좀 해. 제발.'

또 눈물이 그렁그렁했다. 나는 어떻게 해야 할지 몰라서 휴대폰을 가슴에 가져다 댔다. 기데온이 다른 여자들과 함께 있는 모습이 머리에서 사라지지 않았다. 자꾸만 상상이 되었다. 바로 그 침대에서 다른 여자와 관계하는 그의 모습이, 성인용품을 가지고 그 여자를 미치도록 흥분시키며 그 여자의 몸에서 기쁨을 취하는 모습이…….

어리석고 쓸데없는 그런 상상 때문에 괜히 초라한 기분이 들면서 구역질이 났다.

그때 가슴에 대고 있던 휴대폰 진동이 울리는 바람에 나는 깜짝 놀라 휴대폰을 떨어뜨릴 뻔했다. 기분도 비참한데 그냥 음성 메시지로 넘어가게 놔둘까, 하는 갈등이 일었다. 휴대폰 화면에 기데온의 얼굴이 떠서였다. 하긴 이 번호를 아는 사람이 기데온밖에 없기도 했지만. 하지만 지금 기데온이 제정신이 아닐 것을 생각하니 무시하기 힘들었다. 아까는 그렇게도 그에게 상처를 주고 싶었는데, 이제는 마음이 약해져서 받지 않을 수가 없었다.

"여보세요."

눈물과 감정을 참느라 목이 메어서 내 귀에도 내 목소리 같지가 않았다.

"에바! 전화 받아 다행이야. 지금 어디야?"

기데온의 목소리에는 걱정이 가득했다. 주위를 둘러봤지만 레스토랑의 이름을 알 만한 그 어떤 것도 보이질 않았다.

"모르겠어요. 어……, 미안해요, 기데온."

"아니야, 에바. 그런 말 하지 마. 내가 잘못한 거야. 내가 찾아갈 테니 어디에 있는지 설명 좀 해봐, 걸어간 건가?"

"네. 걸어왔어요."

"당신이 어느 문으로 호텔을 나갔는지는 아는데, 나가서 어느 쪽으로 간 거지?"

그는 가쁜 숨을 쉬고 있었고 그의 목소리 뒤로 자동차 지나

다니는 소리와 클랙슨 소리가 들려왔다.

"왼쪽이요."

"그다음에 또 모퉁이를 돌은 건가?"

"아닌 것 같아요. 잘 모르겠어요."

나는 물어볼 만한 직원을 찾아 두리번거렸다.

"지금 레스토랑에 들어와 있어요. 이탈리안 레스토랑이요. 인도 쪽에도 의자를 내놓은 곳이고……. 철제 펜스도 있어요. 문은 좌우로 여닫는 유리문……. 세상에, 기데온, 나-."

눈앞에 그가 있었다. 레스토랑 입구에서 귀에 전화기를 댄 채로. 나는 그를 바로 알아봤고, 그도 레스토랑의 뒤쪽 구석 벽을 등지고 앉아 있는 나를 보더니 그대로 굳어졌다. 그가 청바지 주머니에 휴대폰을 밀어 넣더니 그에게 말을 붙이려는 여지배인을 성큼성큼 지나쳐 곧장 나에게로 왔다. 내가 주섬주섬 자리에서 일어나자마자 그가 나를 세게 끌어안았다.

"오, 이런. 에바."

그가 고개를 설레설레 흔들며 내 목에 얼굴을 묻었다.

나도 그를 마주 껴안았다. 그는 막 샤워를 해서 상큼한 향을 풍기고 있었다. 못 견디게 샤워가 하고 싶었다.

"난 여기에 있으면 안 되는데."

그는 허스키한 목소리로 말하더니 뒤로 물러나며 두 손으로 내 얼굴을 감쌌다.

"지금은 사람들 많은 곳에 있으면 안 돼. 나하고 같이 집으로 가자."

내 얼굴에 아직 경계하는 기색이 내비친 모양이었는지, 그가 내 이마에 입술을 꾹 누르며 속삭였다.

"그 호텔과는 다를 거야, 정말. 내 집에 들어온 여자는 우리 어머니밖에 없으니까. 가사도우미와 직원만 빼고."

"바보 같았어요. 내가 정말 바보인가 봐요."

내가 중얼거렸다.

"아니야."

그가 얼굴로 흘러내려 온 머리를 뒤로 쓸어주었다. 머리를 더 가까이 숙이며 내 귀에 대고 속삭였다.

"당신이 나를 다른 남자들과 잠자리를 갖는 그런 곳으로 데려갔다면 나도 그만큼 화가 났을 거야."

웨이터가 내 자리로 다시 다가왔고 우리는 서로 떨어졌다.

"메뉴판 가져다 드릴까요?"

"메뉴판은 됐어요."

기데온이 뒷주머니에서 지갑을 꺼내 그에게 신용카드를 내밀었다.

"나갈 겁니다."

우리는 택시를 타고 기데온의 집으로 향했다. 그는 가는 내내 내 손을 놓지 않았다. 그의 집은 뉴욕에서도 가장 번화가인 5번가에 위치해 있었다. 나는 그의 아파트 펜트하우스까지 전용 엘리베이터를 타고 올라가면서 별로 긴장하지 않았다. 솔직히 말해 높은 천장과 전쟁 전에 지어진 유서 깊은 건물을 처음 보는 것도 아니었고, 없는 게 없이 다 가진 듯한 남자와 데이트하면서 그런 정도는 놀랄 일도 아니었다. 아니나 다를까 그가 사는 그 건물은 센트럴파크가 바로 내려다보이는, 누구나 탐낼 만한 전망을 갖춘 곳이었다.

하지만 기데온은 눈에 띄게 긴장하고 있었다. 나를 집에 데려온 일이 그에게는 보통 일이 아닌 것처럼 보였다. 엘리베이터 문이 열리고 곧바로 대리석이 깔린 그의 집 현관으로 들어서자 그가 잡은 손에 힘을 주었다가 놔주었다. 그는 양쪽으로 여닫게 되어 있는 출입문의 잠금장치를 열며 나를 안으로 데려갔다. 내 반응을 살피는 그에게서 불안해하는 기색이 느껴졌다.

기데온의 집은 집주인 못지않게 멋졌다. 그의 사무실과는 분위기가 사뭇 달랐다. 현대적이고 세련되며 근사했다. 인테리어도 아늑하고 호화로웠으며, 골동품과 미술품들이 가득하고 반짝반짝 광이 나는 목재 바닥에는 화려한 고급 수제 카펫인 오뷔송 러그가 깔려 있었다.

"정말……, 멋져요."

내가 나지막이 말했다. 그런 집을 구경하는 자체가 특권을 받은 기분이었다. 너무도 알고 싶은 기데온의 사적인 공간을 살짝 엿본 것 같았고, 그렇게 엿본 그만의 공간은 무척 근사했다.

"이쪽으로."

그가 나를 더 안쪽으로 끌어당겼다.

"오늘 밤 여기에서 당신하고 자고 싶어."

"옷이랑 필요한 물건도 챙겨오지 않았는데……."

"당신 핸드백에 있는 칫솔이면 돼. 다른 건 아침에 당신 집에 들러서 챙기면 되니까. 회사에 늦지 않게 데려다 줄 테니 그건 걱정 말고."

그가 나를 가까이 끌어당기며 내 정수리에 턱을 얹었다.

"난 정말 당신이 자고 갔으면 좋겠어, 에바. 그 방에서 나가 버리고 싶어 했을 마음은 이해하지만 당신이 그렇게 가버려서 내가 얼마나 겁이 났는지 몰라. 잠시라도 당신을 꽉 붙잡아두지 않으면 난 못 견디겠어."

"난 붙잡혀 있지 않으면 못 견디겠어요."

내가 그의 티셔츠 안으로 두 손을 밀어 넣고 그의 부드럽고 단단한 등을 어루만지며 말을 이었다.

"나도 샤워 좀 해야겠어요."

그가 코를 내 머리에 묻으며 숨을 깊이 들이마셨다.

"당신에게 내 냄새가 나서 난 좋은데."

하지만 그는 나를 데리고 거실과 복도를 지나 그의 침실로 갔다.

"와우."

그가 불을 켰을 때 나는 작은 소리로 감탄했다. 가장 먼저 큼지막한 침대가 시선을 사로잡았는데, 그가 좋아하는 듯한 어두운 나무 소재에 윤곽이 옅은 크림색으로 둘려져 있었다. 나머지 가구는 침대와 조화를 이루면서 군데군데 황금색의 포인트가 들어가 있었다. 전체적인 방 안의 분위기는 아늑하고 남성적이었다. 벽에는 그림이 전혀 걸려 있지 않아 센트럴 파크와 맞은편의 멋들어진 주거 빌딩들, 내가 사는 맨해튼의 잔잔한 야경을 감상하는 데 시선을 흐뜨리지 않았다.

"욕실은 이쪽."

내가 서랍장이 달린 갈고리발 모양의 화장대를 보고 있을 때 그가 그 화장대와 한 세트인 커다란 옷장에서 수건을 꺼내 욕실에 가져다주었다. 자신감이 넘치고 관능적인 세련미를 자아내는 그의 몸동작을 보며 나는 감탄했다. 집에서 아주 편한 옷차림으로 있는 그의 모습을 보고 있으니 또 한 번 마음이 설렜다. 그의 집에 이렇게 들어온 여자가 내가 처음이라는 사실을 의식하자 더 흥분되었다. 나는 가장 꾸밈없는 그의 진짜 모습을 보고 있는 것이었다.

"고마워요."

그것은 수건만이 아니라 여러 가지에 대한 고마움이었다. 나를 돌아보던 그도 그런 뉘앙스를 이해하는 듯했다. 그가 뜨거운 눈으로 나를 바라봤다.

"이렇게 당신과 함께 있으니까 기분이 좋아."

"이렇게 당신 집에서 함께 있게 될 줄은 생각도 못했어요."

생각도 못했던 일이라 정말 꿈만 같았다.

"아무렴 어때? 이렇게 함께 있는 게 중요하지."

기데온이 나에게 다가와 내 턱을 들어 올리며 코끝에 입을 맞추었다.

"침대에 당신이 입을 티셔츠 올려놓을게. 캐비어에 보드카 어때?"

"음……, 피자 먹다가 이게 웬 호강이에요."

그가 싱긋 웃었다.

"프랑스 페트로시안사의 명품 오세트라 캐비어인데."

"정정할래요. 수백 배는 호강이겠어요."

나는 샤워를 하고 나와 그가 나를 위해 준비해둔 헐렁한 크로스 인더스트리사 셔츠를 입었다. 그리고 캐리에게 전화해서 자고 간다고 말하며 호텔 사건을 짤막하게 들려주었다.

캐리가 휙 휘파람을 불었다.

"이럴 땐 뭐라고 말해야 할지 모르겠는데."

뭐라 할 말이 없다고 했지만, 캐리의 그 말이 오히려 의미심장했다.

나는 기데온이 있는 거실로 나갔다. 우리는 커피 테이블 앞 바닥에 앉아 그 명품 캐비어에 미니 토스트와 크렘 프레슈를 곁들여 먹었다. 음식을 먹으면서 뉴욕을 무대로 한 경찰 드라마 재방송을 봤다. 마침 크로스파이어 빌딩 앞 도로에서 촬영

한 장면이 나왔다.

"자기가 가진 빌딩이 저렇게 TV에 나오면 기분이 끝내줄 것 같아요."

내가 말했다.

"나쁘진 않지. 촬영한다고 몇 시간씩 건물 앞 도로를 막지만 않는다면."

내가 그와 어깨를 맞부딪치며 말했다.

"비관주의자였군요."

우리는 10시 30분쯤 비슬비슬 기데온의 침대로 들어가 함께 몸을 웅크리고 누워서 드라마의 후반부를 봤다. 우리 두 사람 사이에 성적 긴장감이 팽팽히 흘렀지만 그가 말을 꺼내지 않아서 나도 가만히 있었다. 그는 여전히 호텔 일에 대한 실수를 만회해보려고, 또 '적극적인 섹스' 없이 나와 시간을 보내고 싶어 하는 마음을 증명하려고 애쓰는 것 같았다.

그의 그런 노력은 효과가 있었다. 그를 향한 갈망이 크긴 했지만 그냥 함께 시간을 보내고 있는 것도 기분이 좋았다.

그는 옷을 다 벗은 채 잠을 잤고 나로선 그를 꼭 껴안고 자기에 너무 좋았다. 나는 다리 한쪽을 그의 다리에 턱 올리고 선 한 팔로 그의 허리를 안고 그의 가슴에 뺨을 가져다 댔다. 드라마의 결말이 기억나지 않는 것을 보면 드라마가 끝나기도 전에 잠이 든 모양이었다.

눈을 떴을 때 방 안은 아직 어두웠다.

침대 끝으로 몸을 굴리며 일어나 앉아서 침대 옆 테이블의 디지털시계를 확인하니 겨우 새벽 3시가 되어가고 있었다. 밤새 깨지 않고 푹 자는 편인데 아마도 낯선 환경 때문에 잠을 깊이 들지 못한 것 같았다.

그때 기데온이 신음 소리를 내며 몸을 뒤척였고 나는 그제야 잠이 깬 이유를 알 것 같았다. 그가 괴로워하는 신음 소리를 내며 고통스럽게 숨을 쉭쉭 내쉬고 있었다.

"내 몸에 손대지 마. 그 더러운 손 치워!"

그가 쉰 목소리로 중얼거렸다.

나는 심장이 쿵쾅쿵쾅 뛰어 몸을 꼼짝할 수가 없었다. 그 어조에는 어둠을 가를 만큼 날카로운 날이 느껴졌고 분노로 가득 차 있었다.

"역겨워."

그가 발로 이불을 차대며 몸부림쳤다. 신음을 내며 등을 활처럼 휘어 올리기도 했는데 희한하게도 그 소리가 에로틱하게 들려왔다.

"하지 마. 이런, 젠장……. 아프다고!"

그가 몸에 힘을 잔뜩 주며 뒤틀어댔다. 더 이상 보고 있을 수가 없었다.

"기데온."

캐리가 가끔 악몽을 꿔서 터득한 바였지만 경련이 일어난 남자에게 손을 대는 건 좋지 않았다. 그래서 그냥 그의 옆에 무릎을 꿇고 앉아서 그의 이름을 불렀다.

"기데온, 눈 떠요."

갑자기 조용해지더니 그가 움직임을 멈추고 똑바로 누웠다. 가슴은 가쁜 숨을 몰아쉬느라 들썩였고 페니스는 딱딱하게 발기되어 배 쪽으로 눕혀 있었다.

나는 가슴이 아렸지만 목소리를 침착하게 내며 말했다.

"기데온. 당신 꿈 꿨어요. 정신 좀 차려봐요."

그의 몸이 매트리스 위로 푹 꺼졌다.

"에바……?"

"나 여기 있어요."

나는 몸을 옮기며 달빛이 비쳐들게 했지만 그가 눈을 떴는지 안 떴는지 알 수 없었다.

"기데온, 당신 깼어요?"

그는 호흡이 차츰 가라앉았지만 아무 말이 없었다. 두 손은 주먹을 쥐어 침대 시트에 얹은 채였다. 나는 입고 있던 셔츠를 머리 위로 당겨 벗으며 침대 위로 던졌다. 그리고 가만가만 다가가며 손을 뻗어 조심스레 그의 팔을 만져봤다. 그는 꼼짝도 하지 않았다. 이번엔 그의 단단한 팔 근육을 손가락 끝으로 살살 쓸어내리며 어루만져주었다.

"기데온?"

그가 갑자기 눈을 번쩍 떴다.

"흐흠, 무슨 일이야?"

나는 무릎을 꿇고 앉으며 두 손을 허벅지에 올렸다. 그는 눈을 깜빡이며 나를 보다가 두 손으로 머리를 쥐어뜯었다. 악몽을 떨치지 못하는 것 같았다. 그의 경직된 몸에서 그것이 고스란히 느껴졌다.

"무슨 일이지? 에바, 괜찮아?"

그가 한쪽 팔꿈치를 세워 몸을 일으키며 쉰 목소리로 물었다.

"당신을 원해요."

나는 내 맨몸을 그의 몸에 나란히 맞추며 그의 옆으로 누웠다. 그의 축축한 목에 얼굴을 묻고 짭짤한 그의 살을 부드럽게 핥았다. 나도 악몽을 꿔봐서 알았다. 누가 안아주고 사랑해주면 한동안 그 악몽의 공포를 가두어놓을 수 있었다.

그가 나를 안으며 두 손으로 내 등뼈를 위아래로 쓰다듬었다. 그가 길고 깊은 한숨을 내쉬며 악몽을 떨쳐내는 것이 느껴졌다.

나는 그를 똑바로 눕히고 그의 위로 올라가 내 입으로 그의 입을 덮었다. 그의 발기된 남성이 내 여성의 입구에 닿자 나는 엉덩이를 움직였다. 그의 손이 내 머릿결을 만지는가 싶더니 나를 붙잡고 키스했다. 내 몸은 이내 젖어들며 그를 받아들일 준비가 되었다. 살이 화끈화끈 타올랐다. 내가 그의 굵은 페니스에 클리토리스를 대고 문지르며 그를 이용해 자위를 하자 잠시 후 그가 거친 욕망의 신음을 내뱉으며 몸을 굴려 내 위로 올라탔다.

"집에는 콘돔이 없어."

그가 속삭이더니 입술로 내 젖꼭지를 부드럽게 빨았다.

그가 그렇게 준비되어 있지 않다는 사실이 너무 좋았다. 여긴 그의 섹스 방이 아니라 그의 집이었고 나는 그가 집으로 데려온 유일한 연인이라는 확신 때문이었다.

"전에 피임 얘기를 하면서 당신이 건강증명서 교환 얘기를 꺼냈잖아요. 내 생각에도 그게 책임 있는 행동이라고 여겨지지만……."

"당신을 믿어."

희미한 달빛 속에서 그가 머리를 들어 올려 나를 바라봤다. 이어서 무릎으로 내 다리를 벌리며 내 안으로 살짝 밀고 들어왔다. 그는 타는 듯 뜨겁고 비단처럼 부드러웠다.

"에바."

그가 작게 속삭이며 나를 꽉 끌어안았다.

"이런 경험은 처음이야……. 맙소사, 당신 느낌은 무척 좋아. 이렇게 당신과 있다는 게 정말 기뻐."

나는 그를 바짝 끌어당기며 키스했다.

"나도 그래요."

나는 잠들었던 자세 그대로 잠에서 깨어났다. 기데온이 내 위에, 그리고 내 안에 들어와 있는 채였다. 내가 의식을 잃었다가 뜨거운 쾌감에 깨었을 때 그의 시선은 열망에 들떠 눈꺼

풀이 무겁게 내려앉아 있었다. 어깨와 얼굴을 덮은 머리카락이 잠으로 헝클어져 있으니 더 섹시해 보였다. 하지만 가장 좋았던 것은, 그의 그 멋진 눈에 그림자가 없다는 것이었다. 꿈에서 그를 괴롭혔던 고통이 단 한 점도 없었다.

"싫어하지 마. 당신은 따뜻하고 부드러워. 원하지 않고는 못 배기겠어."

그가 장난기 어린 미소를 씩 짓고는 속삭이면서 살며시 내 안으로 들어왔다 나갔다 했다.

나는 머리 위로 팔을 쭉 뻗어 기지개를 켜며 그의 가슴에 내 가슴이 눌리도록 등을 휘어 올렸다. 상단이 아치형으로 된 길고 가느다란 창문 사이로 하늘을 부드럽게 물들이고 있는 여명이 보였다.

"음……, 이런 식으로 깨는 거라면 얼마든지 익숙해질 수 있어요."

"그건 내가 새벽 3시에 했던 생각인데."

그가 엉덩이를 비틀며 안으로 더 깊이 들어왔다.

"아까 받은 친절을 되돌려주고 싶었어."

내 몸이 다시 활기를 띠면서 맥박이 빨라졌다.

"제발, 그래줘요."

기데온과 함께 내 아파트에 돌아왔을 때, 캐리는 보이지 않았고 메모만 남겨져 있었다. 일 때문에 나간다며 트레이와 피자 먹기로 한 시간까지는 여유 있게 돌아오겠다는 내용이었다. 전날 밤에 너무 심란해서 피자를 시켜놓고 제대로 즐기지 못했으니, 이번 기회에 맛있게 먹어보고 싶었다.

"내가 오늘 밤엔 사업상 저녁 약속이 있는데."

기데온이 내 어깨 너머로 몸을 숙여 메모를 읽으며 말했다.

"당신이 같이 가주면 좋겠어. 당신이 옆에 있으면 그 자리가 참을 만할 것 같거든."

"안 돼요. 캐리를 바람맞힐 순 없어요. 여자들의 우정도 소중하다고요."

나는 돌아서서 그를 마주 보며 미안한 표정을 지어 보였다.

그가 입을 씰룩거리더니 나를 보조식탁으로 밀어붙여 꼼짝 못하게 했다. 그날 입고 나온 슈트는 내가 골라준 것이었다. 광택이 부드럽게 도는 진회색 프라다 슈트. 넥타이는 그의 눈과 똑같은 푸른색을 맸는데, 아까 침대에 누워 그가 옷 입는 모습을 보면서 다 벗겨버리고 싶은 충동을 참느라 얼마나 애를 먹었는지 몰랐다.

"캐리는 여자친구도 아니면서. 아무튼 무슨 뜻인지 접수했으니 그건 됐고. 오늘 밤에도 당신을 보고 싶어. 저녁 약속 끝나고 여기에 와서 자고 갔으면 하는데?"

기대감에 온몸으로 흥분이 퍼졌다. 나는 그의 조끼에 두 손을 반듯이 얹었다. 옷을 입지 않은 그의 모습이 어떤지 잘 안다고 생각하니 특별한 비밀을 가진 듯한 기분이 들었다.

"그래주면 나야 너무 좋죠."

"좋아."

그가 만족스러운 듯 고개를 끄덕였다.

"옷 갈아입고 와. 그동안 내가 커피를 뽑아놓을 테니까."

"원두는 냉동실에 있으니 꺼내면 돼요. 그라인더는 커피포트 옆에 있고요."

나는 손으로 방향을 알려주었다.

"그리고 난 우유 듬뿍에, 설탕 살짝 넣는 걸 좋아해요."

20분 후에 내가 나오자 기데온이 커피를 담은 텀블러 두 개를 보조식탁에서 집어 들었고 우리는 같이 로비로 내려왔다. 도어맨인 폴이 급히 출입문을 열었고 따라와서 대기 중인 기데온의 벤틀리 SUV 뒷문까지 열어주었다.

기데온의 운전사가 차를 도로로 뺄 때 기데온이 내 모습을 살펴보다가 말했다.

"당신 때문에 내가 정말 죽겠군. 또 가터벨트 차고 온 것 같은데?"

나는 치맛단을 잡아당겨 검은색 실크 스타킹에 검은색 레이스 가터벨트 찬 모습을 보여주었다.

그가 작은 소리로 욕을 내뱉는 것을 보다가 나는 싱긋 미소를 지었다. 그날 내 차림은 검은색 반소매 실크 터틀넥 스웨터에 적당히 짧은 주름치마, 그리고 빨간색 립스틱에 메리제인 힐이었다. 헤어스타일을 멋지게 만져줄 캐리가 없어서 머리는 포니테일로 묶고 나왔다.

"마음에 들어요?"

"나 섰다고."

그가 허스키한 목소리로 말하며 바지를 매만졌다.

"그렇게 입은 당신이 자꾸 생각나서 나더러 하루를 어떻게 견디라는 거지?"

"점심시간은 놔뒀다 뭐하게요."

내가 넌지시 말하며 기대온 사무실 소파에서의 섹스를 상상했다.

"오늘은 사업상 오찬 약속이 있어. 어제도 약속을 변경해서 또 미룰 수도 없으니 아쉽군."

"나 때문에 약속을 변경했던 거였어요? 이거 영광인데요."

그가 팔을 뻗어 손가락 끝으로 내 뺨을 어루만졌다. 이제는 습관이 되다시피 한, 부드럽고도 아주 친밀한 애정 표현이었다. 나는 그런 손길을 받는 것에 점점 집착하게 되었다. 나는 그의 손바닥에 뺨을 기댔다.

"나를 위해 15분 정도 시간 좀 뺄 수 있어요?"

"빼보지 뭐."

"정해지면 전화해줘요."

나는 심호흡을 한 번 하고 나서 가방을 뒤져 선물 하나를 손으로 감싸 쥐었다. 그가 마음에 들어 할지 자신은 없었지만 악몽을 꾸던 그의 모습이 머리에서 지워지질 않아 가져온 선물이었다. 그를 위해 준비한 그 선물을 보고 그가 나와 나눈 새벽 3시의 섹스를 떠올리며 힘을 얻길 바라는 마음이었다.

"줄 게 있어요. 그게 그러니까……."

가져온 것을 막상 주려니 너무 앞서나가는 게 아닐까 하는 걱정이 일었다.

그가 얼굴을 찡그렸다.

"뭔데 그래?"

"아니에요. 그냥……."

나는 급히 숨을 내쉬고 말을 이었다.

"저기, 당신한테 줄 게 있는데 지금 생각해보니까 이 선물이……, 아니, 선물이라고 하기도 좀 그러네요. 주려니까 적당한 선물 같지도 않고."

그가 손을 내밀었다.

"어서 줘봐."

"받고 싶지 않을 수도……."

"에바, 입 다물고 이리 내놔 보라니까."

그가 손가락을 구부리며 다그쳤다.

나는 가방에서 그 선물을 꺼내 건네주었다.

기데온은 아무 말도 없이 그 사진 액자를 빤히 내려다봤다. 액자는 'a.m. 3:00'라는 디지털시계 숫자를 포함해 졸업과 관련된 이미지들이 찍힌 특이한 것이었다. 그리고 액자 속에는 코로나도 비치에서 산호빛 비키니에 나풀나풀 챙 넓은 밀짚모자를 쓰고 포즈를 취한 내 사진이 있었다. 햇볕에 그을린 채 행복해하며 캐리에게 손키스를 날리며 찍었던 사진이었다. 그 때 캐리는 사진작가 흉내를 내며 큰 소리로 엉터리 찬사, '정말 예뻐', '도도한 표정 좀 지어봐', '이번엔 고양이처럼 깜찍하게!'를 남발하며 나를 띄워줬었다.

나는 창피한 마음에 몸을 꼼지락거렸다.

"좀 전에도 말했지만 받고 싶지 않으면."

"난……."

그가 헛기침을 하며 목소릴 가다듬더니 다시 말을 이었다.

"고마워, 에바."

"어, 뭘요."

다행히도 그때 창밖으로 크로스파이어 빌딩이 보였다. 나는 운전기사가 차를 세우자마자 후다닥 차에서 내리며 겸연쩍어져 치마에 손을 문질렀다.

"부담스러우면 내가 갖고 있다가 나중에 줄게요."

기데온이 차 문을 닫으며 고개를 내저었다.

"이제 내 건데 안 되지. 도로 빼앗아 갈 순 없어."

그가 내 손을 깍지 껴서 잡으며 다른 손에는 액자를 쥔 채 회전문을 가리켰다. 내 사진을 자기 사무실로 가져가려는 것 같아서 기뻤다.

매일매일 새롭다는 것이 광고 일의 매력 중 하나였다. 덕분에 오전 내내 정신없이 일하다 이제 막 점심시간에 뭘 할지 생각하려는데 전화벨이 울렸다.

"마크 개리티 사무실의 에바 트라멜입니다."

"놀라운 소식이 있어."

캐리가 인사도 없이 다짜고짜 말했다.

"뭔데?"

캐리의 목소리를 들어보니, 뭔지 몰라도 좋은 소식 같았다.

"내가 '그레이 아일스' 광고를 따냈어."

"정말? 캐리, 진짜 잘됐다! 나 그 회사 청바지 되게 좋던데."

"점심 때 뭐 할 거야?"

나는 픽 웃었다.

"너 축하해줘야지. 12시쯤에 이쪽으로 올 수 있어?"

"벌써 가는 중이야."

나는 전화를 끊고 의자에 앉은 채 몸을 뒤로 흔들흔들했다. 캐리가 그렇게 잘 풀리는 것에 흥분돼서 춤이라도 추고 싶었다. 점심시간까지 남은 15분을 때워줄 만한 뭔가가 필요했다. 메일이나 보려고 들어가 봤더니, 구글 알리미가 기데온의 이름 키워드로 보내준 메일이 있었다. 단 하루 사이에 검색 건수가 30건이 넘었다.

나는 그 메일을 열었다가 '의문의 여인'이라는 수많은 헤드라인을 보고 불길한 느낌에 몸이 싸늘해졌다. 첫 번째 링크를 클릭해봤더니 어떤 가십 블로그에 내 모습이 떡하니 실려 있었다.

기데온이 그의 헬스클럽 밖 길가에서 나에게 진한 키스를 하는 사진이었다. 사진과 함께 실린 기사는 짧고 간단명료했다.

> 존 F. 케네디 주니어 이후 뉴욕 최고의 미혼남, 기데온 크로스가 어제 많은 사람들 앞에서 열정적 키스를 연출하는 장면이 포착됐다. 크로스 인더스트리의 소식통을 통해 확인한 바에 따르면 행운을 잡은 의문의 여인은 사교계 명사인 수백억 자산가 리처트 스탠튼과 그의 아내 모니카의 딸인 에바 트라멜. 크로스와 트라멜이 어떤 관계인지를 묻는 질문에 이 소식통은 트라멜 양이 현재 이 거물과 '깊은 관계'라고 답했다. 오늘 아침 미국 전역에 가슴 아파할 사람들이 수두룩할 듯하다.

"이런, 젠장."

나는 작게 내뱉었다.

11

나는 급히 다른 링크들도 클릭해봤다. 똑같은 사진에 비슷비슷한 캡션과 기사들이 달려 있었다. 나는 뒤로 기대 앉으며 이 일의 의미를 생각해봤다. 한 번의 키스가 헤드라인감 뉴스가 될 정도로 난리인데 더 나가면 어떻게 되는 걸까?

브라우저를 닫는 내 손이 진정되지 않았다. 언론 보도에 대해서는 생각도 못하고 있었는데 실수였다.

"젠장."

나는 익명이 편했다. 익명은 나를 과거로부터 지켜주고 우리 가족이 곤궁에 빠지지 않게 지켜주는 보호막이었다. 그것은 기데온도 마찬가지였다.

나는 소셜네트워크 계정조차 없어서 내 생활에 깊이 얽혀 있는 사람들이 아니면 내가 누군지 잘 몰랐다. 나를 노출로부터 막아주고 있던 얇고 투명한 벽이 무너져버렸다.

"제기랄."

나는 나 자신이 한심해져서 작게 중얼거렸다. 뇌세포를 조금이라도 기데온이 아닌 다른 쪽에 할애했다면 이런 괴로운 상황은 피할 수 있었을 텐데.

이런 소란에 대해 그가 어떤 반응을 할지 궁금했다. 생각만 해도 마음속이 움찔했다. 엄마를 생각하니 그것도 막막했다. 득달같이 전화를 걸어 한바탕 난리를 치실 게 뻔했다.

"빌어먹을."

그제야 엄마가 내 새 휴대폰 번호를 모른다는 생각이 났다. 나는 회사 전화를 들어 엄마가 벌써 전화를 했었는지 알아보려고 전에 쓰던 휴대폰의 음성메시지를 확인했다. 순간, 놀라서 몸이 다 움찔했다. 음성사서함이 꽉 차 있었다.

나는 전화기를 내려놓은 뒤에 핸드백을 집어 들고 캐리를 만나러 나갔다. 캐리라면 어떻게 처신해야 할지 알려줄 수 있을 것이다. 로비에 도착했을 때 나는 너무 당황스러워 엘리베이터에서 후다닥 내렸다. 머릿속엔 내 룸메이트를 찾으려는 생각뿐이었다. 드디어 캐리가 보였고 다른 사람은 눈에 들어오지도 않았다. 그때 기데온이 옆걸음으로 내 앞에 쓱 나타나 길을 막아섰다.

"에바."

그가 찡그린 얼굴로 나를 내려다봤다. 그러더니 내 팔꿈치를 잡고 나를 살짝 돌려세웠다. 그때 그의 몸에 가려 못 봤던 여자 두 명과 남자 한 명이 보였다.

나는 그들에게 겨우겨우 미소를 지어 보였다.

"안녕하세요."

기데온은 점심 약속 손님들에게 나를 소개해준 후 잠깐 양해를 구하며 나를 끌고 옆쪽으로 갔다.

"무슨 일이야? 표정이 안 좋은데."

"여기저기에 다 퍼졌어요. 우리가 함께 찍힌 사진들 말이에요."

내가 작게 속삭였다. 그가 고개를 끄덕였다.

"그거야 나도 봤지."

나는 눈을 깜빡이며 그를 쳐다봤다. 그의 태연함에 정신이 얼떨떨했다.

"괜찮아요?"

"괜찮지, 그럼? 이번만큼은 사실을 보도하고 있는데."

그의 반응에 슬슬 의심이 들었다.

"당신이 계획한 일이었군요. 당신이 기사가 터지게 일부러 심어놓은 거예요."

"꼭 그런 건 아니고."

그가 부드럽게 말했다.

"마침 사진기자가 보이기에 기사감이 될 만한 사진을 찍게 해준 것뿐이었어. 그리고 당신이 누구이고 나에게 어떤 사람인지 광고 좀 해달라고 말했지."

"왜요? 왜 그런 건데요?"

"당신만 질투심이 있는 게 아니라 나도 그러니까. 우리 둘 다 임자 있는 몸이 되었으니 모두에게 알리고 싶어서 그랬어. 그러면 당신이 곤란해질 이유라도 있는 건가?"

"난 당신이 어떨지 걱정했어요. 하지만 그게 다가 아니에요. 당신이 잘 모르는 문제가 좀 있는데, 난……."

나는 떨리는 숨을 깊게 들이쉬며 심호흡을 했다.

"기데온, 우린 그런 식으로 노출되면 안 돼요. 사람들에게 알려지면 안 된다고요. 그런 거 난 싫어요. 젠장, 당신이 나 때문에 난처해질 거예요."

"그럴 리가. 그런 일은 없어."

그가 얼굴로 흘러내린 머리카락을 쓸어주며 말을 이었다.

"이 얘긴 나중에 해. 그래도 되겠지? 혹시……."

"됐어요, 괜찮아요. 가세요."

캐리가 가까이 다가왔다. 배기 스타일의 검은색 카고바지에 브이넥 흰색 면티 차림이었는데 어떻게 된 게 그렇게 입어도 귀티가 흘렀다.

"무슨 일 있어?"

"어서 와요, 캐리. 아무 일 없어요."

기데온이 이번엔 내 손을 꽉 쥐며 말했다.

"점심 맛있게 먹고 걱정하지 마."

걱정하지 말라니, 그건 그가 뭘 몰라서 하는 소리였다. 그리고 난 자신이 없었다. *그가 모든 걸 알고 나서도 여전히 날 원할지.*

기데온이 멀리 걸어가자 캐리가 나를 마주 보며 물었다.

"무슨 걱정거리 있지? 무슨 일이야?"

나는 한숨을 내쉬었다.

"다 엉망이야. 나가자. 점심 먹으면서 얘기해줄게."

나는 캐리의 휴대폰으로 링크를 보내주었다. 캐리가 그것을 보더니 중얼중얼 말했다.

"거 참, 대단한 키스네. 완전 대박인데. 아무튼 그 사람이 아무리 노력해도 네 속을 다 헤아려줄 수는 없어."

"그게 문제야. 노력하다 일이 이렇게 되어버린 거니까."

나는 한 번 더 물을 벌컥벌컥 마셨다. 캐리가 휴대폰을 주머니에 쑤셔 넣었다.

"너 저번 주에는 너랑 어떻게든 자보려고만 한다고 계속 욕했어. 이번 주에는 그 남자가 너랑 진지하고 열렬한 사이라고 광고를 하고 있는데도 여전히 행복해하지 않고. 난 슬슬 그 남자가 마음에 안 들어. 그 남잔 아무래도 안 될 것 같아."

그 말에 마음이 아팠다.

"기자들이 여기저기 파고 다니며 가십 거리를 찾아대겠지. 그런 데다 그 일이 워낙 자극적인 내용이라 크게 떠들어댈 테고, 그러면 기데온이 난처해질 거야."

"에바."

캐리가 내 손을 잡았다.

"스탠튼 아저씨가 알려지지 않게 전부 다 묻었잖아."

그래, 스탠튼 아저씨. 나는 몸을 꼿꼿이 세웠다. 여태 왜 아저씨를 생각하지 못했을까? 그 일이 세상에 알려지면 엄마가 잘못될까 봐, 아저씨가 큰 불행이 닥치지 못하게 그 일을 비밀로 단단히 단속해두었지. 하지만…….

"기데온에게 다 얘기해야겠어. 미리 알려주는 게 도리야."

그런 얘길 털어놓는다는 건 생각만 해도 비참했다. 캐리가 그런 내 생각을 눈치 챘다.

"그 사람이 도망칠 거라고 생각한다면 난 네가 틀렸다고 봐. 그가 널 바라보는 눈빛은 너밖에는 아무도 안 보이는 사람의 그런 눈빛이야."

나는 참치 시저 샐러드를 포크로 쿡쿡 찔러댔다.

"그 사람도 어떤 아픔이 있어. 악몽에 시달리더라고. 뭔지 몰라도 어떤 아픈 상처 때문에 마음을 닫은 것 같아."

"하지만 너를 받아들였잖아."

그리고 그가 이미 얼핏 밝혔다시피 그는 그런 관계에 대해 소유욕이 강했다. 그건 나에게도 있는 흠이어서 감수하긴 했던 것이었다.

"너 지금 이 일을 너무 심각하게 해석하고 있어, 에바. 너에 대한 그 사람의 감정을 요행이나 실수쯤으로 생각하는 것 같은데, 그런 사람이 단지 너그러운 마음이나 똑똑한 머리 같은 것을 보고 너한테 빠졌을 리 없잖아, 안 그래?"

"나도 그런 생각할 만큼 자존심이 형편없진 않아."

캐리가 샴페인을 한 모금 홀짝였다.

"그래? 그럼 그 사람이 너의 어떤 면을 좋아한다고 생각하는지 말해봐. 섹스나 상호집착 같은 것과 관련된 건 빼고."

곰곰이 생각해봤지만 떠오르는 게 없어서 나는 얼굴만 찡그렸다.

"좋아."

그가 고개를 끄덕이며 말을 이었다.

"그리고 크로스가 우리처럼 마음의 상처 같은 게 있다면 같은 생각을 하고 있을 거야. 너 같은 끝내주는 여자가 자기 같은 남자를 뭘 보고 좋아하는지 궁금해할 거라 이거지. 네가 돈에 환장한 애도 아닌데. 바보처럼 실수를 반복하는 정력남인 것 말고 자기의 뭘 보고 좋아하는지 모를 거야."

나는 그의 모든 말을 수긍하며 뒤로 기대앉았다.

"캐리, 내가 너 미치도록 사랑하는 거 알지?"

그가 씩 웃었다.

"그 말 그대로 반사다. 도움이 될지 모르겠지만 내가 조언 하나 할까? 커플 치료야. 늘 생각해왔던 건데, 나도 같이 정착하고 싶은 사람을 찾으면 그 커플 치료를 할 거야. 그리고 한마디 더 충고하면, 즐겁게 살려고 노력하라는 거야. 너무 슬퍼

하지만 말고 그만큼 행복한 시간도 많이 가져야 해. 아니면 너무 고통스러워 일에 파묻혀 살게 될지 몰라."

나는 팔을 뻗어 그의 손을 꽉 쥐었다.

"고마워."

"고맙긴, 뭐가?"

그가 세련된 동작으로 손을 내저으며 어깨를 으쓱했다.

"다른 사람의 인생을 비난하는 건 쉽지. 잘 알잖아? 나도 너 없이는 내 약점을 이기지 못한다는 거."

"이젠 그런 거 없잖아."

나는 그의 문제로 화제를 돌렸다.

"곧 타임스퀘어 광고판에 네 얼굴이 떡하니 걸리겠네. 이제는 많은 사람들이 알아보게 되겠는걸. 이렇게 좋은 일이 있는데, 저녁에 피자 갖고 되겠어? 스탠튼 아저씨가 선물해준 크리스털 샴페인 꺼낼까?"

"이제야 너답다."

"영화도 볼까? 특별히 보고 싶은 영화 있어?"

"아무거나 네가 골라. 신나게 때려 부수는 블록버스터 영화는 네가 잘 고르잖아."

나는 기분이 한결 나아져 씩 웃었다. 캐리와 한 시간쯤 같이 보내고 나면 그렇게 될 줄 이미 알고 있었다.

"트레이랑 단둘이 있고 싶은데 내가 너무 눈치 없게 굴면 알려줘."

"하! 그건 걱정 마. 너의 파란만장한 애정사를 보고 있으니 내 연애사는 따분하고 지루해 보여. 나도 뜨겁고 땀나는 흥분이 필요하다고."

"바로 이틀 전에 집기보관 벽장에서 즐겨놓고선!"

그가 한숨을 쉬었다.

"참, 거의 잊어버리고 있었네. 정말 슬프지 않아?"

"눈은 웃고 있는데 슬프긴 뭐가 슬퍼."

사무실의 내 자리로 돌아온 뒤에 휴대폰을 확인해보니 기데온이 보낸 문자가 와 있었다. 2시 45분에 15분 정도 시간을 낼 수 있다는 내용이었다. 그 뒤로 한 시간 반 동안 남몰래 기대감에 들뜬 채로 캐리의 충고대로 좀 즐기자고 결심했다. 기데온과 내가 내 과거의 치욕을 이겨내야 할 시기가 곧 닥치겠지만 지금 당장은 우리 두 사람 모두에게 웃으며 즐길 시간이 있었다.

나는 자리를 뜨기 바로 전 그에게 문자를 보내 올라가는 중이라고 알렸다. 시간의 압박을 감안하면 우리에겐 1분이라도 낭비할 여유가 없었다. 기데온도 같은 생각이었던 듯했다. 내가 크로스 인더스트리 사무실이 있는 층에 다다랐을 때 스캇이 안내 데스크에서 나를 기다리고 있었다. 안내 직원이 버튼을 눌러 문을 열어주자 스캇은 나를 데리고 안으로 들어갔다.

"오늘 하루 어땠어요?"

내가 물었다.

그는 미소를 지어보였다.

"아직까지는 좋습니다. 어떠셨어요?"

나도 미소를 지었다.

"전 끔찍했어요."

내가 기데온의 사무실에 들어갔을 때 그는 통화 중이었다. 상대방에게 얘기하는 말투가 딱딱하고 초조한 것으로 미루어 보아 그가 직접 감독할 필요 없이 잘 처리되어야만 하는 일 같았다.

그는 1분만 기다려 달라는 뜻으로 손가락 하나를 들어 보였다. 나는 씹고 있던 껌으로 크게 풍선을 불었다가 소리가 나도록 딱 터뜨리는 것으로 대신 대답했다.

그는 눈썹을 홱 치켜들었다가 버튼을 눌러 문을 닫고 유리벽을 불투명하게 바꿨다.

씩 웃으며 느릿느릿 그의 책상으로 걸어간 나는 펄쩍 뛰어 그 위에 걸터앉으며 손가락으로 책상 가장자리를 짚고 다리를 흔들거렸다. 또 한 번 풍선을 불자 그가 금세 손가락으로 푹 찔러 터뜨려버렸다. 나는 귀엽게 입을 삐죽거렸다.

"좋아."

누군지 모르지만 상대방에게 그가 조용하면서도 위엄 있게 말했다.

"다음 주면 내가 그쪽으로 갈 수 있는데 괜히 시간을 끌어봐야 우리 일이 더 지체될 게 뻔해. 이제 이 얘기는 그만 하지. 지금 처리해야 할 시급한 일이 있는데 못하고 있어. 확실히 말해두지만 그런다고 내 생각이 좋게 변하진 않는다는 거야. 필요한 부분을 수정해서 내일 다시 보고하도록."

그가 수화기를 전화통에 내려놓으며 감정을 억제한 목소리로 말했다.

"에바-."

나는 한 손을 들어 올려 그의 말을 막으며 그의 책상에 있는 정리함에서 뽑은 포스트잇으로 껌을 쌌다.

"크로스 씨, 당신이 날 나무라기 전에 먼저 하고 싶은 말이 있어요. 어제 호텔에서 우리의 합병 논의가 교착상태에 빠졌을 때 그렇게 나와버린 건 내 잘못이었어요. 그런다고 상황 해결에 도움이 되는 것도 아니었는데 말이에요. 그리고 그 사진 홍보 문제에 대한 반응도 그다지 적절하지 못했다는 거 알아요. 하지만……, 내가 아무리 속 썩이는 비서 같더라도 한 번 더 만회할 기회를 얻어야 한다고 생각해요."

그가 눈을 가늘게 뜨고 나를 유심히 쳐다봤다.

"내가 뭐라고 했던가, 트라멜 양?"

나는 머리를 내저으며 그를 올려다봤다. 그의 표정에서 전화 통화 후에 채 가시지 않았던 절망감이 걷히며 점점 관심과 흥분이 차오르는 것이 보였다.

나는 책상에서 펄쩍 뛰어내려 옆걸음으로 다가가 반듯하게 매어진 그의 넥타이를 두 손으로 매만졌다.

"우리 같이 뭐 좀 해볼까요? 나한테 유용한 재주가 여러 가지 있거든요."

그가 내 엉덩이를 붙잡았다.

"재주야 여러 가지지만 그것도 내가 당신을 지금 그 자리의 적임자라고 생각한 이유 중 하나지."

그의 말에 온몸으로 흥분이 퍼졌다. 나는 대담하게 한 손으로 그의 페니스를 더듬으며 바지 위로 그를 애무했다.

"일자리를 다시 지원해야 할까 봐요? 당신한테만 지원할 수 있는 어떤 일을 여기서 보여줄 수도 있는데."

기데온은 빨리도 딱딱해졌다.

"아주 진취적이군, 트라멜 양. 하지만 다음 회의가 10분도 안 남았어. 그리고 난 사무실에서 직무충실도를 조사하는 데는 익숙지 않아."

나는 그의 바지 단추를 풀고 지퍼를 내렸다. 입술을 그의 턱에 바짝 붙이며 속삭였다.

"내가 당신을 흥분시키지 못할 곳이 있다고 생각한다면 다시 생각해봐야 할걸요."

"에바."

그가 뜨겁고 부드러운 눈빛으로 나를 바라보며 낮게 속삭였다. 그러고는 손으로 내 목을 감싸며 엄지손가락으로 턱을 어루만졌다.

“당신은 나를 무너뜨리고 있어. 당신도 그걸 알아? 혹시 일부로 그러는 건가?”

나는 드로즈 팬티 안으로 손을 집어넣어 그의 페니스를 두 손으로 감싸 쥐며 입술로 키스했다. 그가 내 입술에 강렬히 반응하며 나를 숨이 막히도록 자극했다.

“당신을 원해.”

그가 포효하듯 거칠게 내뱉었다.

나는 카펫 깔린 바닥에 무릎을 꿇고 앉아 필요한 만큼만 그의 바지를 끌어내렸다.

그가 거칠게 숨을 내쉬었다.

“에바, 지금 뭐하는…….”

내 입술이 그의 굵은 페니스의 끝을 부드럽게 훑었다. 그는 고개를 뒤로 젖히며 손가락 관절이 하얗게 변하도록 책상 모서리를 꽉 잡았다. 나는 두 손으로 그의 남성을 잡고 매끄러운 그 꼭대기를 입에 넣고 부드럽게 빨았다. 그의 뜨거운 살결에, 그의 더없이 매력적인 체취에 절로 신음이 새어나왔다. 그가 온몸을 파르르 떠는가 싶더니 그의 가슴이 거칠게 들썩거렸다.

기데온이 내 뺨을 어루만졌다.

“핥아줘.”

그 명령에 자극되어 나는 아래쪽을 혀로 핥았고, 그가 오르가슴 전의 격한 신음을 터뜨리는 순간 그 보람이 주는 즐거움에 몸을 떨었다. 이번엔 그의 페니스 뿌리를 한 손으로 쥐며 볼이 홀쭉해지도록 리드미컬하게 빨았다. 그를 미치도록 흥분시킬 시간이 부족한 것이 아쉬웠다.

그가 매력적이기 그지없는 신음 소리를 냈다.

"세상에, 에바……. 당신 입은 정말, 계속 빨아. 그거야……, 세고 깊게."

쾌감에 휩싸인 그를 느끼자 너무 흥분이 되어 몸이 움찔거렸다. 그때 그가 내 묶은 머리카락 안으로 두 손을 넣어 세게 잡아당겼다. 그가 점점 더 흥분하고 있다는 의미였다. 처음엔 부드럽게 시작했다가 나를 향한 욕망이 자제력을 압도하면 점점 거칠어지는 그의 방식이 나는 너무 좋았다.

그 부드럽고도 짜릿한 아픔이 나를 더 목마르고 탐욕스럽게 만들었다. 나는 머리를 아래위로 움직이며 그에게 쾌감을 주었다. 한 손으로는 아래를 주무르는 동시에 입으로는 그 꼭대기를 빨고 애무했다. 그의 페니스를 따라 굵은 힘줄들이 돋자 나는 고개를 기울여 그 힘줄 하나하나에 혓바닥을 쓱 미끄러뜨렸다.

페니스가 팽팽해지며 점점 굵고 길어졌다. 무릎이 배겨왔지만 상관없었다. 나는 기데온에게서 시선을 떼지 않았다. 고개를 뒤로 젖히고 숨을 헐떡이는 그에게서.

"에바, 당신 정말 기차게 잘 빨아."

그가 내 머리를 못 움직이게 붙잡았다. 그러고는 자기 엉덩이를 앞뒤로 움직이며 내 입에 넣었다 뺐다 했다. 오르가슴을 향한 질주만이 남은, 원초적 욕망의 상태에 이르렀다.

도시적 세련미가 넘쳐 흐르는 기데온이 자신의 제국을 통치하는 책상에서 그 부푼 페니스를 내 탐욕스러운 입 안에 넣었다 뺐다 하고 있는 모습만으로도 나는 미칠 것 같았다.

나는 두 손으로 그의 팽팽해진 허벅지를 움켜잡고 그의 절정을 위해 입술과 혀를 미친 듯이 놀렸다. 그의 고환은 그의 강한 남자다움을 대담하게 드러내는 듯 묵직하고 컸다. 나는 고환을 감싸 쥐고 부드럽게 굴리며 그것이 팽팽하게 위로 당겨지는 것을 느꼈다.

"오, 에바."

그가 쉰 목소리를 내며 내 머리카락을 꽉 움켜쥐었다.

"당신은 나를 정말 흥분시켜."

곧이어 입 안으로 뜨거운 것이 분출되었다. 첫 순간엔 너무 걸쭉해서 간신히 삼켰다. 기데온은 내 목구멍 안쪽 깊숙이 자신의 페니스를 찔러 넣은 채 쾌감에 도취되어 무아지경에 빠졌다. 내 입 안에서 페니스가 흥분으로 움찔거리며 고동쳤다. 나는 눈이 촉촉해지고 폐가 화끈거렸지만 움켜쥔 손을 풀지 않은 채 정액을 짜냈다. 내가 그의 정액을 모조리 다 먹어치우자 그가 온몸을 부르르 떨었다. 그가 토해낸 신음 소리와 헐떡이며 속삭여준 칭찬의 말은 이제껏 들어본, 가장 기분 좋은 소리였다.

나는 그를 깨끗하게 핥아주다 폭발적인 오르가슴 후에도 완전히 흐물해지지 않은 그의 남성을 보며 놀랐다. 아직도 나에게 미친 듯이 오르가슴을 주고도 남을 만한 상태였다. 하지만 시간이 없었고 나는 오히려 그 점이 기뻤다. 그를 위해 이렇게 해주고 싶었다. 우리를 위해. 또 나를 위해. 내가 이용당했다는 느낌 없이, 이기심 없는 성행위에 탐닉할 수 있는지 꼭 확인해봐야만 했다.

"가봐야겠어요."

내가 일어나서 그에게 입을 꾹 맞추며 말했다.

"남은 하루도 멋진 시간이 되길 바라요. 사업상 저녁식사도요."

내가 몸을 떼며 나가려고 하자 그가 내 손목을 잡으며 책상 위의 시계를 쳐다봤다. 그때 책상 위에 놓인 내 사진이 보였다. 그것은 그가 언제든 볼 수 있는 좋은 자리에 놓여 있었다.

"에바……, 젠장. 잠깐만."

나는 초조하고 난처한 그의 어조에 얼굴을 찡그렸다.

그는 드로즈 팬티를 끌어 올리고 셔츠의 밑단을 펴서 바지를 잠갔다. 다시 마음을 추스르며 평상시의 모습을 되찾는 그를 보고 있으니, 그것도 내가 그 겉모습 뒤에 감추어진 모습을 적어도 조금은 아는 채로 그런 모습을 지켜보고 있자니, 어쩐지 달콤한 기분이 들었다.

기데온이 나를 가까이 끌어당겨 내 이마에 입을 맞췄다. 두 손을 내 머리카락 사이로 밀어 넣어 머리핀을 풀었다.

"당신을 흥분시켜주지 못해서 어쩌지."

내 두피에 닿는 그의 손길이 좋았다.

"괜찮아요. 당신을 보는 것만으로도 흥분됐는 걸요."

그는 오르가슴의 여운으로 볼이 붉게 상기된 채, 내 머리를 매만져주는 일에 지나치리만큼 열중했다.

"당신도 공평하게 받아야 하는데. 내가 당신을 이용한 것 같은 기분으로 당신을 보낼 순 없어."

그가 거친 목소리로 말했다.

그 다정함이 가슴 찡하면서도 달콤했다. 그는 내가 했던 말을 흘려듣지 않았고 나에게 관심을 가져주었다.

나는 두 손으로 그의 얼굴을 감싸 안았다.

"당신은 내 동의하에 나를 이용했고 정말로 짜릿했어요. 내가 해주고 싶어서 한 거예요, 기데온. 기억 안 나요? 내가 이렇게 해주겠다고 경고했었잖아요. 당신에게 이런 추억을 갖게 해주고 싶었어요."

그의 눈이 놀라서 휘둥그레졌다.

"당신이 내 옆에 있는데 내가 왜 추억이 필요하지? 에바, 혹시 그 사진 때문에……."

"입 다물고 그냥 즐겨요."

우리에겐 지금 사진 문제를 꺼낼 시간이 없었고 나로선 그 얘길 꺼내고 싶은 마음도 없었다.

"우리에게 한 시간의 여유가 있다고 해도 난 당신이 날 흥분시키게 놔두지 않을 거예요. 당신과 계산을 맞출 생각 없어요. 그리고 솔직히 내가 남자에게 이런 말을 하는 건 당신이 처음이에요. 이젠 가봐야 해요. 당신도 나가야 하잖아요."

나는 다시 발길을 돌렸지만 그가 다시 붙잡았다. 그때 스피커에서 스캇의 목소리가 들렸다.

"대표님, 죄송하지만 3시 약속 시간이 다 되었습니다."

"괜찮다니까요, 기데온. 오늘 밤에 올 거잖아요, 아니에요?"

내가 그를 안심시켰다.

"무슨 일이 있어도 꼭 가야지."

나는 발끝으로 서며 그의 뺨에 키스했다.

"그럼 그때 얘기해요."

퇴근 후, 헬스클럽을 빠지려니 괜히 마음이 켕긴 나는 1층까지 계단으로 내려갔다. 하지만 로비에 다 왔을 때쯤엔 후회막급이었다. 전날 밤 잠이 부족했던 탓에 체력이 고갈되어 있었다. 안 되겠다 싶어 걸어가지 말고 지하철을 타야겠다고 생각하고 있는데 도로변에 서 있는 기데온의 벤틀리가 보였다. 운전기사가 차에서 내리더니 내 이름을 부르며 인사했다. 나는 놀라서 우뚝 멈춰 섰다.

"대표님이 집까지 모셔다 드리라고 말씀하셨습니다."

검은색 양복에 운전기사 모자를 쓴 말쑥한 차림의 그가 말했다. 그는 흰머리가 희끗희끗한 빨간 머리의 노신사였고 연푸른 눈동자에 교양 있으면서도 아주 부드러운 억양을 갖고 있었다.

다리가 너무 아파서 그 말이 고맙기만 했다.

“고마워요. 저기, 죄송하지만 성함이 어떻게 되셨죠?”

“앙구스입니다, 트라멜 양.”

어떻게 저런 이름을 기억하지 못했을까? 저렇게 멋지고 재미있는 이름을.

“고마워요, 앙구스.”

그가 머리를 숙여 인사했다.

“별말씀을요.”

내가 뒷자리에 타자 그가 문을 닫아주었다. 자리에 편하게 앉다가 얼핏 보니 그의 재킷 안쪽 견대에 권총이 보였다. 앙구스는 클랜시처럼 보디가드와 운전기사를 겸하고 있는 모양이었다.

차가 도로로 들어섰을 때 내가 물었다.

“크로스 씨 밑에서 일한 지 얼마나 되셨어요, 앙구스?”

“이제 8년 됐습니다.”

“오래되셨네요.”

“대표님을 안 지는 더 오래되었지요.”

그가 백미러로 나와 시선을 맞추며 묻지 않은 얘기까지 들려주었다.

"어렸을 때도 학교에 태워다 드렸어요. 비달 씨 밑에서 일하다 적절한 때가 되었을 때 이 자리로 옮겨온 겁니다."

나는 또 한 번 기데온의 어린 시절을 상상해봤다. 틀림없이 그때도 멋지고 카리스마 넘쳤을 것 같았다.

그도 십 대 시절에 '보통' 십 대들처럼 성관계를 즐겼을까? 그때도 여자들은 그의 관심을 끌지 못해 안달했을 것이었다. 워낙에 타고나길 섹시해서 성적 매력으로 여러 여자를 홀렸을 것 같았다.

나는 핸드백을 뒤져 열쇠 꾸러미를 꺼낸 다음 몸을 앞으로 숙여 조수석에 놓았다.

"이 열쇠 기데온에게 좀 전해주시겠어요? 오늘 밤에 볼일을 마치고 집으로 오기로 했는데 너무 늦게 되면 제가 잠이 들지도 몰라서요."

"알겠습니다."

차가 아파트 앞에 도착하자 폴이 내가 내리도록 차 문을 열어주더니 앙구스를 알아보고 그에게 인사했다. 기데온이 이 건물의 소유주인 게 새삼스레 생각났다. 나는 두 사람에게 손인사를 하고 프런트 데스크에 기데온이 찾아올 거라는 말을 미리 해둔 후에 위로 올라갔다.

캐리가 문을 열어주면서 우스꽝스럽게 눈썹을 치켜 올려 나를 웃게 만들었다.

"이따 기데온이 오기로 했는데 지금 내가 몸이 너무 지쳐서 늦게까지 안 자고 기다릴 자신이 없어. 그래서 알아서 들어오라고 열쇠 건네줬어. 음식은 주문했어?"

"응. 그리고 와인셀러에 크리스털 몇 병도 넣어뒀어."

"잘했어."

내가 가방으로 캐리를 쿡 찌르며 말했다.

샤워를 하고 나서 내 방 전화로 엄마에게 전화를 걸었다가 엄마의 째지는 목소리에 움찔했다.

"내가 며칠 동안 얼마나 전화를 했는 줄 아니!"

"엄마, 기데온 크로스 때문이라면."

"그래, 당연히 그 사람 때문이기도 하지! 맙소사, 에바. 네가 그 사람과 깊은 관계라는 기사가 떴는데 이 엄마가 궁금해서 어떻게 가만히 있겠니?"

"엄마–."

"하지만 그 일로만 전화한 건 아니었어. 네가 말했던 피터센 박사님과의 상담을 예약했거든."

뻐기며 좋아하는 기색이 배인 엄마의 목소리에 그만 미소가 지어졌다.

"목요일 저녁 6시로 예약해뒀다. 네가 시간이 맞았으면 좋겠구나. 박사님이 저녁 예약은 잘 안 받으시는데 잡아주신 거니까."

나는 한숨을 쉬며 침대로 털썩 드러누웠다. 회사 일과 기데온 때문에 정신이 없어서 그 일은 깜빡하고 있었다.

"목요일 6시, 괜찮아요. 고마워요, 엄마."

"그럼 이제, 크로스 얘기 좀 해보자."

내가 트레이닝 바지에 샌디에이고 주립대학 티셔츠 차림으로 침실에서 나와 보니 거실에 트레이가 캐리와 같이 앉아 있었다. 두 남자는 내가 나오자 일어났고 트레이는 환하고 친근한 미소를 보냈다.

"꼴이 너무 후줄근해서 미안해요."

내가 부끄러운 얼굴로 말하며 덜 마른 상태에서 묶은 축축한 머리를 손가락으로 빗어 내렸다.

"오늘 일 끝나고 계단으로 걸어 내려오다가 힘들어서 죽는 줄 알았어요."

"엘리베이터가 쉬는 날이었어요?"

그가 물었다.

"아뇨. 내 머리가 쉬는 날이었죠."

기데온과 밤을 보낸 후유증은 정말 대단했다.

초인종이 울려서 캐리가 열어주러 나간 사이에 나는 샴페인을 가지러 주방으로 갔다. 잠시 뒤 보조식탁에서 신용카드 영수증에 서명 중인 캐리 옆으로 갔다가 트레이를 훔쳐보는 캐리의 눈빛을 보며 나는 몰래 웃음을 지었다.

저녁이 깊어가는 동안 두 남자 사이에는 그런 시선이 여러 번 오고 갔다. 그리고 그날 트레이가 너무 멋져 보인다는 캐리의 찬사에 나도 맞장구를 치지 않을 수 없었다. 찢어진 청바지에 조끼와 긴팔 셔츠를 받쳐 입은 그 수의사 지망생의 옷차림은 캐주얼해 보이면서도 정말 멋들어졌다. 트레이는 그동안 캐리가 만났던 남자들과는 많이 달랐다. 예전 남자들에 비해 더 신중한 성격으로, 너무 답답하지도 너무 가볍지도 않았다. 두 사람이 오래 사귄다면 그가 캐리에게 좋은 영향을 줄 것 같았다.

우리 세 사람은 크리스털 두 병을 비우고 피자 두 판을 먹으며 영화 〈데몰리션 맨〉을 봤고, 영화가 끝나자 나는 그만 자러 들어가겠다고 말했다. 트레이에게는 〈드리븐〉에서 실버스타 스텔론의 고군분투기를 마저 보고 가라고 말했다. 내 방으로 들어온 나는 신부들러리 선물로 받았던 섹시한 까만색 란제리로 갈아입었다. 색을 맞춘 팬티는 생략했다.

기데온을 위해 촛불을 켜놓은 후엔 그대로 잠이 들었다.

도시의 빛과 소음이 방음 유리창과 암막 커튼으로 차단된 어둠 속에서 눈을 떴을 때 기데온의 살 냄새가 맡아졌다.

기데온이 미끄러지듯 내 위로 올라오며 그의 맨살이 차갑게 내 몸에 닿았다. 그가 입술을 비스듬히 포개며 느릿느릿, 그리고 깊게 키스했다. 민트 맛과 그만의 특유한 맛이 입 안에 퍼져들었다. 나는 그의 미끈한 근육질 등을 손으로 쓸어내리며 다리를 벌려 그가 편히 들어오게 해주었다. 내 몸을 누르는 그의 무게에 심장이 한숨을 토해냈고 몸은 뜨거워졌다.

"왔어요? 나도 반가워요."

내가 숨을 헐떡이며 말하자 그가 숨을 편히 쉬도록 내 몸을 올려주었다.

"다음 번엔 같이 가자."

그가 그 섹시하고 뇌쇄적인 목소리로 속삭이며 내 목을 잘근잘근 깨물었다.

"글쎄요?"

내가 장난스럽게 말했다.

그가 손을 아래로 뻗어 내 엉덩이를 감싸서 꽉 쥐더니 자기 쪽으로 능숙하게 들어올렸다.

"당신이 그리웠어, 에바."

나는 손가락을 그의 머리카락 안으로 쓸어 넣었다. 그의 모습이 잘 보이지 않는 것이 아쉬웠다.

"날 그리워할 만큼 당신이 나를 그렇게 오래 안 것도 아니잖아요."

"내가 당신을 얼마나 많이 아는지 보여주지."

기데온이 비웃듯 대꾸하더니 밑으로 내려가 내 가슴 사이에 코를 밀어 넣었다.

그의 입이 란제리 위에서 내 젖꼭지를 덮으며 빠는 순간 나는 숨을 헉 들이쉬었고 그 깊은 키스에 내 중심부가 조여들었다. 그가 다른 쪽 가슴으로 입술을 옮기며 한 손으로 내 란제리를 밀어 올렸다. 나는 그를 향해 몸을 활처럼 젖히고 그의 입이 내 몸을 훑으며 부리는 마법에 빠져 황홀감에 젖어들었다. 그러던 어느 순간 그의 혀가 배꼽을 핥다가 더 아래로 내려갔다.

"당신도 내가 그리웠군."

그는 목소리에 남자로서의 만족감을 드러내며 소곤거리더니 가운뎃손가락 끝으로 내 여성의 가장자리를 훑었다.

"나를 위해 이렇게 부풀고 젖어 있다니."

그가 내 다리를 잡아 자기 어깨 위로 올리더니 내 다리 사이를 그 뜨겁고 벨벳 같은 혀로 핥았다. 부드러우면서도 자극적이었다. 침대 시트 위에 얹어져 있던 내 두 손에 힘이 꽉 들어가고 가슴이 들썩거릴 때, 그가 내 클리토리스를 따라 혀를 빙글빙글 돌리다가 극도로 예민해진 그 안쪽으로 찌르고 들어왔다. 나는 안달이 나서 신음을 토해내며 엉덩이를 들썩여댔다. 오르가슴에 목이 말라 근육이 팽팽하게 당겨졌다.

그는 야들야들하고 살살 애태우는 혀 놀림으로 나를 몸부림치도록 미치게 흥분시키기만 할 뿐, 아직 오르가슴에 이르게 해주지는 않았다.

"기데온, 제발요."

"아직 안 돼."

그는 내 몸을 오르가슴 직전까지 데려갔다가 도로 거두어버리면서 나를 고문했다. 몇 번씩 계속해서. 피부에 땀이 배어나오고 심장이 터져버릴 지경이 되었다. 그의 혀는 지칠 줄 모르고 잔인하게 굴며 내 클리토리스를 영리하게 공략하다 단 한 번의 놀림으로 확 흥분시킨 다음엔 그냥 더 밑으로 찔러 넣길 반복했다. 그 부드럽고 감질나는 삽입에 나는 미칠 지경이었다. 잔뜩 달아오른 신경조직에 또 그의 혀가 휘감아오자 이제는 너무 필사적이 되어 부끄러움도 잊고 애걸하기 시작했다.

"제발, 기데온……. 절정에 이르게 해줘요……. 못 견디겠어요, 제발요."

"쉿, 앤젤……. 내가 다 알아서 해줄 거야."

드디어 그가 부드럽게 나를 절정으로 이끌었다. 오르가슴이 철썩이는 파도처럼 온몸으로 퍼져나가며 쾌감이 왈칵 밀려들었다.

그는 다시 내 위로 올라와 내 손에 깍지를 끼며 내 팔을 꼼짝 못하게 했다. 그의 페니스 끝이 내 몸의 미끌미끌한 입구에 나란히 맞추어지는가 싶더니 내 안으로 가차 없이 밀고 들어왔다. 나는 신음을 내뱉으며 그의 맹렬한 돌진을 받아들이느라 온몸을 뒤척였다.

기데온이 내 목으로 거칠고 축축한 숨을 내뿜으며 내 안으로 조심스레 미끄러져 들어오더니 그 큰 몸집을 부르르 떨었다.

"당신은 너무 부드럽고 따뜻해. 당신은 내 거야, 에바. 내 거라고."

나는 다리로 그의 엉덩이를 감싸며 더 깊이 들어오는 그를 기꺼이 받아들였다. 내 종아리에 그의 엉덩이 근육이 수축됐다 풀렸다 하는 것이 느껴지면서, 그의 굵은 페니스가 뿌리 끝까지 내 안으로 들어왔다.

서로 손을 맞잡은 채로 그가 내 입에 자신의 입을 포개며 움직이기 시작했다. 그는 서두르지 않고 솜씨 좋게 넣었다 뺐다를 반복했다. 정확하고 끊김 없는 템포였지만 부드럽고 느슨했다. 바위처럼 단단한 그의 페니스가 들어왔다 나갔다 할 때마다, 구석구석까지 내 모든 것이 그의 것이라고 되풀이하여 각인시키는 느낌이었다. 그는 그 메시지를 내 안에 거듭거듭 깊이 박아놓았다. 그러던 어느 순간 나는 그와 입을 맞댄 채로 숨을 헐떡이며 그의 밑에서 몸을 뒤틀었다. 그와 맞잡은 손을 핏기가 가시도록 꽉 잡았다.

그가 찬사와 달콤한 말을 뜨겁게 쏟아냈다. 정말 아름답다고, 내가 그에게 완벽한 여자 같아서 멈출 수가 없다고. 나는 격한 외침과 함께 절정에 이르며 몸을 떨었고 그도 나와 함께 그곳으로 따라왔다. 그는 페이스를 높이며 몇 차례 거칠게 찔러 들어오더니 낮게 내 이름을 부르며 절정에 이르자 내 안에 자신을 쏟아냈다.

나는 노곤노곤 풀어져 매트리스 위로 푹 처졌다. 땀에 젖고 뼈가 녹는 듯 황홀한 기분이었다.

"난 안 끝났는데."

그가 은근히 위협조로 속삭이며 무릎 자세를 고쳐서 더 강하게 찔러왔다. 페이스는 여전히 노련하도록 정확했고 움직임마다 자신의 것이라는 소유권을 각인시켰다. 나의 몸은 그를 만족시키기 위해 존재한다는 듯이.

주체할 수 없는 쾌감에 휩싸이며 나는 입술을 깨물었다. 밤의 고요를 깨뜨리고야 말 것 같은 격한 신음이 터질 것 같아서, 그리고 무서울 만큼 깊이 빠져들기 시작한 기데온 크로스를 향한 내 감정을 드러내게 될까 봐 두려웠다.

12

다음 날 아침 기데온이 샤워 중인 나를 발견하곤 내 방에 딸린 욕실로 성큼성큼 걸어 들어왔다. 눈부시게 멋진 알몸이었다. 처음 보던 순간 나를 감탄시켰던 바로 그 세련되고 자신감 넘치는 분위기는 여전했다. 나는 그가 움직일 때마다 탄탄히 드러나는 근육을 지켜보다가 다리 사이의 당당한 페니스를 아예 대놓고 빤히 쳐다봤다.

물의 온도가 뜨거운데도 젖꼭지가 오돌도돌하게 일어나고 피부에 소름이 퍼졌다. 그가 내 옆으로 다가오며 다 안다는 듯한 미소를 띠었다. 마치 자신이 나에게 어떤 영향을 미쳤는지 정확히 간파했다고 말하는 것 같았다. 나는 보복으로 비누 거품 투성이의 손을 그의 신 같은 몸 여기저기에 문지르다가 샤워 벤치에 앉아 그의 페니스를 빨았다. 그가 양 손바닥을 타일에 딱 붙이고 몸을 지탱해야 할 만큼 열정적으로.

출근하려고 옷을 입는 내내 그의 원색적이고 거친 말이 머릿속에 울렸다. 아까 내 목 안으로 맹렬히 자신을 쏟아내기 직전에 그가 했던, 나를 사정없이 가져주겠다고 위협하던 그 말을 그가 실행할 기회가 없게 하려고 샤워를 마치고 후다닥 옷을 입었다.

그는 어젯밤 악몽을 꾸지 않았다. 진정제로서의 섹스가 효과가 있었던 모양이었고, 그래서 너무 감사했다.

"무사히 넘어갔다고 생각하지 말라고."

그가 주방으로 나를 따라 살금살금 들어오며 말했다. 그는 가는 세로줄 무늬가 들어간 세련된 검은색 슈트를 말끔하게 차려입은 모습으로 내가 건네 준 커피를 받으며 짓궂기 그지없는 시선을 던졌다. 그런 세련된 차림의 그를 보고 있으니 어젯밤의 모습이 떠올랐다. 내 침대로 들어와선 만족을 모르던 그런 남자의 모습이. 심장박동이 빨라졌다. 몸은 욱신거렸고 그 쾌감이 떠오르는 순간 근육이 긴장으로 튕겼는데도, 나는 여전히 더 하고 싶다는 생각이 들었다.

"나를 계속 그렇게 쳐다보기만 해. 무슨 일이 일어나는지 보여줄 테니까."

그가 느긋이 조리대에 기대 커피를 홀짝이며 경고하듯 말했다.

"당신 때문에 직장을 잃게 생겼어요."

"내가 새 자리를 구해주면 되지."

"어떤 자리요? 당신 성노예?"

"그거 참 도발적인 제안인데. 진지하게 얘기 좀 해봅시다."

"못 됐어, 정말."

나는 투덜대며, 먹고 난 머그잔을 대충 헹궈 식기세척기 안에 넣었다.

"준비된 건가? 출근할 준비?"

그는 남은 커피를 다 마시더니 내가 머그컵을 달라고 손을 내밀자 나를 빙 돌아가 직접 컵을 헹궜다. 친근감을 느끼게 해주는 또 하나의 치명적 행동이었다.

그가 나를 마주 봤다.

"오늘 밤 저녁식사 자리에 당신을 데려가고 싶어. 그리고 그 다음엔 우리 집의 내 침대로."

"당신이 나한테 정력을 너무 불태우지 않았으면 좋겠어요, 기데온."

그는 혼자 지내는 것에 익숙한 남자였다. 설령 관계를 가져왔더라도 오랜 시간 동안 각별한 육체관계를 가진 적이 없는 남자였다. 그런 그에게 언제 도피 본능이 발동할지 모르는 일이었다. 게다가 우리는 사람들 앞에서 커플로 다니는 모습을 보이면 정말 안 되었다.

"핑계 같은데. 내가 또 실수할까 봐 그러는 건가?"

그의 얼굴이 딱딱하게 굳어졌다.

그를 기분 상하게 한 나 자신에게 화가 났다. 그는 노력 중이었고, 그의 그런 노력을 내가 인정해주지는 못할망정 기를 죽여선 안 되는 거였다.

"그런 뜻이 아니었어요. 난 그냥 당신이 나 때문에 무리하는 게 싫다는 얘기였어요. 그리고 아직 우리에겐……."

"에바."

그가 한숨을 내쉬더니, 딱딱한 표정을 거두고 좌절감을 드러냈다.

"당신은 나를 믿어야 해. 난 당신을 믿고 있어. 내가 당신을 믿지 않았다면 우린 지금 이렇게 있지도 못했을 거야."

맞는 말이었다. 나는 고개를 끄덕이면서 침을 꿀꺽 삼키고 말했다.

"그래요, 저녁식사 자리에도, 당신 집에도 따라갈게요. 솔직히 말하면 나도 너무 기대돼요."

믿어야 한다는 기데온의 그 말이 아침 내내 머릿속을 떠나지 않았다. 그리고 구글 알리미 메일이 내 메일함에 날아왔을 때 머릿속을 맴돌던 그 말이 나를 다잡는 데 도움이 되었다.

이번엔 사진 한 장이 아니었다. 기사와 블로그 게시글마다 나와 캐리가 그 전날 점심을 먹은 후 레스토랑 밖에서 작별 포옹을 나누는 사진이 몇 장씩 실려 있었다. 그 사진에 붙은 설명은 우리가 어떤 사이일지에 대한 추측성 글들이었고 우리가 함께 산다는 것을 지적한 글들도 더러 눈에 띄었다. 그런가 하면 내가 요즘 뜨고 있는 모델을 남자친구로 사귀면서 '억만장자 플레이보이 크로스'를 꼬시고 있다는 주장까지 있었다.

그런데 나와 캐리의 사진들과 함께 실린 기데온의 사진을 보고 나서야 매스컴의 주목이 쏠린 이유를 알 것 같았다. 기데온의 사진은 어젯밤, 내가 캐리, 트레이와 영화를 보고 있던 시간이자, 기데온이 사업상 저녁 약속이 있다고 한 시간에 찍힌 것이었다.

사진 속에서 기데온과 막달레나 페레즈는 서로를 바라보며 미소 지었고 그녀는 그의 한쪽 팔을 잡고 있었다. 사진에 달린 설명들은 기데온의 '미인들과의 넓은 사교성'에 대한 찬사에서부터 그가 나의 배신 때문에 찢어지는 마음을 숨기려 다른 여자들과 데이트하고 있다는 추측까지 여러 가지였다.

'당신은 나를 믿어야 해.'

메일함을 닫는데 숨이 너무 차고 심장이 튀어나올 것처럼 빨리 뛰었다. 질투심에 심란해져서 속이 꼬였다. 그가 다른 여자와 육체적으로 친밀한 관계를 가졌을 리 없다는 건 알았다. 그가 나를 좋아한다는 것도 알았다. 하지만 막달레나가 치 떨리게 싫었다. 화장실에서 나누었던 얘기만 생각해도 싫어하지 않을 수가 없는 여자였다. 그리고 그 여자가 기데온과 함께 있는 모습을 보는 건 도저히 참을 수가 없었다. 그가 그녀에게 그렇게 다정한 미소를 지어주다니, 그것도 그녀가 나에게 그렇게 못되게 군 일이 있다는 걸 알면서도 그렇게 웃어주다니, 견딜 수가 없었다.

하지만 나는 생각하지 않기로 했다. 막달레나는 머릿속 한 구석에 치워놓고 내 일에 집중했다. 내일 마크가 킹스맨 보드카의 제안요청서 검토 건으로 기데온과 미팅이 잡혀 있었고 나는 마크와 관계 부서들 사이의 정보 교류를 책임졌다.

"에바."

마크가 사무실 밖으로 고개를 내밀며 불렀다.

"스티븐과 점심에 '브라이언트 파크 그릴'에서 보기로 했는데 에바도 같이 올 수 있는지 물어봐 달라네. 당신이 또 보고 싶은가 봐."

"저야 너무 좋죠."

두 매력남과 좋아하는 레스토랑에서 점심을 먹을 생각을 하니 그날 오후 내내 기분이 밝아질 것 같았다. 두 사람과 있는 동안은 몇 시간 후에 기데온에게 내 과거를 털어놓아야 한다는 생각에서 벗어날 수 있을 듯했다.

내 프라이버시는 확실하게 깨져버렸다. 이제 용기를 내서 저녁 만찬 자리에 가기 전에 기데온에게 얘기해야 했다. 그가 나와 함께 있는 모습을 사람들 앞에 더 노출하기 전에, 나와 사귐으로써 그가 감수하게 될 위험을 미리 알려줘야 했다.

잠시 후 나는 사내문서 쪽지를 하나 받았다. 킹스맨 광고의 기획안이려니 생각하고 열어봤더니 뜻밖에도 기데온이 보낸 카드 메모였다.

12시. 내 사무실.

"이게 다야?"

나는 순간 짜증이 나서 투덜거렸다. 인사말도 맺음말도 없었다. 그것도 부탁하는 말도 없이 달랑 시간과 장소만 적어 보냈다. 저녁 약속 자리에서 그렇게 막달레나와 마주쳤으면서 나한테 그 일을 한마디도 안 했다는 생각을 하면, 가뜩이나 서운한데.

혹시 나 대신에 그녀를 그 자리에 초대한 건 아니었을까? 어쨌든 그것이 그녀가 그의 곁에 있는 이유였으니까. 호텔 방 안이 아닌 밖에서 사귀는 여자들 중 한 명이 되는 것.

나는 기데온이 보낸 카드에 똑같이 세 마디로 짤막하게 답글을 썼다.

미안하지만, 약속 있음.

예의 없는 답장이었지만 그는 그런 대우를 당해도 쌌다. 12시 15분 전에 마크와 나는 1층으로 내려가려고 사무실을 나왔다. 그런데 보안 출입구에서 경비원이 나를 못 가게 막더니 기데온에게 내가 로비에 내려왔다는 연락을 넣었다. 그 모습을 보자 순간 또 울컥 화가 치밀었다.

"가요."

나는 마크에게 말하며 회전문 쪽으로 성큼성큼 걸어갔다. 경비원이 잠깐만 기다려 달라고 사정하는데도 못 들은 척했다. 그 경비원을 중간에서 난처하게 하는 것이 기분 좋진 않았지만 그게 중요하진 않았다.

도로변에 있는 앙구스와 벤틀리가 눈에 들어오는 것과 동시에 기데온이 회초리를 휘두르는 듯 매서운 목소리로 내 이름을 부르는 소리가 뒤에서 들렸다. 그가 우리가 있는 길가까지 나왔을 때 나는 멈춰 서서 그를 똑바로 마주 봤다. 얼굴이 냉담하고 시선은 얼음처럼 차가웠다.

"마크와 점심 먹으러 가야 해요."

내가 턱을 치켜들고 말했다.

"어디로 가십니까, 개리티 씨?"

기데온이 나에게서 시선을 떼지 않은 채 물었다.

"브라이언트 파크 그릴인데요."

"곧 그쪽으로 보내드리죠."

그가 그 말과 동시에 내 팔을 잡더니 막무가내로 나를 벤틀리 쪽으로 데려갔고 앙구스는 내가 타도록 뒷문을 붙잡고 있었다. 기데온은 나를 뒤따라 타며 억지로 안쪽으로 들어가게 밀었다. 곧이어 문이 닫히고 차가 출발했다.

나는 시드 원피스의 치맛자락을 확 잡아당겨 똑바로 폈다.

"지금 뭐하는 거예요? 내 상관 앞에서 나를 망신 주면서까지 이래야겠어요!"

그가 내 자리 뒤의 등받이로 팔을 두르며 내 쪽으로 몸을 숙여왔다.

"캐리가 당신을 사랑하는 건가?"

"뭐라고요? 아니에요!"

"그 자식이랑 잤어?"

"지금 그걸 말이라고 해요?"

굴욕감이 들어 앙구스를 흘끗 쳐다봤더니 앙구스는 못 들은 척하고 있었다.

"당신 정말 어이없네요, 미인들과의 넓은 사교성을 자랑하는 억만장자 플레이보이 씨."

"당신도 그 사진들 봤군."

나는 너무 화가 나서 숨이 다 찼고 신경이 곤두섰다. 나는 고개를 돌려 그를 외면하며 그의 기막힌 힐난을 묵살했다.

"캐리는 나에겐 남매나 다름없어요. 당신도 알잖아요."

"그래, 알지. 하지만 캐리는 당신을 어떻게 생각할까? 그 사진들에 그 답이 확실히 나와 있어, 에바. 난 그게 사랑인지 아닌지 보면 안다고."

앙구스가 도로를 건너는 사람들을 보고 속도를 늦추었다. 나는 그 틈에 냅다 문을 열고 기데온을 똑바로 돌아보면서 말했다.

"확실히 그건 아닌 것 같네요. 당신은 몰라요."

나는 그의 어이없는 말에 화가 나서 문을 쾅 닫고 씩씩대며 걸었다. 나도 의심과 질투 때문에 속이 심란했지만 초인적인 노력으로 꾹 참고 있었는데, 이건 너무 억울했다. 그런 내 앞에서 기데온이 이성을 잃고 화를 내다니, 너무했다.

"에바. 거기 서."

나는 돌아보지도 않은 채 그에게 가운뎃손가락을 치켜들고는 브라이언트 공원으로 들어서는 낮은 계단을 급히 올라갔다. 브라이언트 공원은 주변을 에워싼 초고층 빌딩과 극명한 대조를 이루는 녹지로, 도심에서 몇 걸음만 올라서면 완전히 딴 세상에 옮겨온 듯한 기분을 주는 곳이었다.

그러나 불행히도 그 딴 세상까지 나를 따라 들어온 멋진 괴물이 있었다. 기데온이 내 허리를 붙잡았다.

"도망갈 생각 마."

그가 내 귀에 대고 식식거리며 말했다.

"당신이 미친 사람처럼 구니까 그러잖아요."

"그야 당신이 날 돌아버리게 만드니까."

그의 팔이 강철밴드처럼 내 허리를 꽉 움켜 감았다.

"당신은 내 거야. 캐리에게 그 점을 확실히 해두라고."

나는 뭐라도 물어뜯고 싶을 만큼 화가 치밀었다.

"말 잘했어요. 막달레나에게도 당신이 내 거라고 알게 해주지 그래요. 어쨌든 사람들 많은 데서 소란 피우지 말아요."

"당신이 그렇게 바보같이 굴지만 않았으면 지금 내 사무실에서 얘기하고 있었을 거야."

"글 못 읽어요? 약속 있다고 했잖아요. 그리고 당신이 지금 그 약속을 다 망치고 있어요."

우리에게 쏠린 시선들이 느껴지면서 목소리가 갈라지고 눈물이 핑 돌았다. 사람들 앞에서 망신스러운 꼴을 보여서 행실 불량으로 해고당할까 봐 괜스레 겁도 났다.

"당신 때문에 다 엉망진창이 되고 있어요."

기데온이 바로 나를 놓아주더니 자기를 마주 보게 돌려세웠다. 하지만 어깨를 꽉 잡은 두 손은 여전히 나를 빠져나가지 못하게 하고 있었다.

"젠장. 울지 마. 미안해."

그가 나를 꽉 끌어안으며 내 머리카락에 입술을 묻었다.

나는 주먹으로 그의 가슴을 퍽퍽 내리쳤다. 암벽을 치는 느낌이었다.

"당신 뭐예요? 당신은 나를 창녀 취급하면서 당신이 자기랑 결혼할 거라고 생각하는 그 재수 없는 여자랑 만나고 다녀도 괜찮고, 나는 처음부터 당신에게 호감을 가졌던 내 소중한 친구랑 점심도 먹으면 안 된다는 거예요?"

"에바."

그가 한 손으로 내 뒤통수를 감싸며 뺨을 내 관자놀이에 꾹 붙였다.

"마기는 내가 사업 파트너와 저녁을 먹었던 그 레스토랑에서 우연히 마주쳤을 뿐이야."

"상관없어요. 다른 사람 얼굴 표정 갖고 이러쿵저러쿵하지 말고 당신 표정이나 신경 써요. 그 여자가 나한테 그렇게 심한 말을 했는데 어떻게 그 후에도 그 여잘 그런 표정으로 볼 수 있어요?"

"앤젤……."

그의 입술이 열정적으로 내 얼굴로 옮겨왔다.

"그 표정은 당신 때문이었어. 마기가 밖에서 나를 붙잡기에 당신 집으로 가는 중이라고 말하면서 지은 표정이라고. 우리 단둘이 있을 생각만 하면 난 도무지 표정 관리가 안 돼."

"나보고 그 말을 믿으라고요? 그럼 그 여잔 뭔데요? 어떻게 그런 얘길 듣고도 그렇게 웃어요?"

"당신한테 인사 전해달라고 말하면서 웃은 거야. 하지만 인사를 전해줘봐야 당신이 곧이듣지 않을 것 같았고 마기 얘길 해서 괜히 우리의 밤을 망치기도 싫었어."

나는 재킷 안으로 팔을 집어넣어 그의 허리를 안았다.

"우리 얘기 좀 해요. 오늘 밤에요, 기데온. 꼭 해야 할 말이 있어요. 어떤 기자가 운 좋게 그걸 파헤치기라도 하면……. 우린 몰래 만나거나 관계를 끊어야 해요. 둘 중 하나를 선택하는 것이 당신에게 좋을 거예요."

기데온이 내 얼굴을 양손으로 감싸며 이마를 내 이마에 꾹 붙였다.

"그건 둘 다 싫어. 무슨 일이 닥치든 우리가 잘 헤쳐 나가면 되니까."

나는 발가락 끝으로 서며 그의 입술에 입을 맞추었다. 우리는 서로의 혀를 애무하고 적시면서 뜨거운 키스를 나누었다. 주변을 돌아다니는 수많은 사람들, 웅성거리는 소리, 도심의 쉴 새 없는 차량 소음이 어렴풋이 의식되었지만 아무 상관없었다. 기데온의 품 안에 피해 있으면서 그에게 소중한 사람으로 아낌 받는 한은. 그는 나에게 고문을 주었다 기쁨을 주었다 하는 사람이었다. 감정의 기복이 심하고 쉽게 흥분하는 면에서 나와 막상막하인 그런 남자.

"이제 사람들 사이에 소문이 더 퍼지겠는걸."

그가 손가락 끝으로 내 뺨을 쓸어내리며 속삭였다.

"아까 내 말 못 들었어요? 정말 말이 안 통하는 사람이라니까요. 이제 가봐야 해요."

"퇴근 후에 내 차로 같이 집에 가자."

그가 서서히 뒤로 걸어가며 손가락이 서로 떨어질 때까지 잡은 손을 놓지 않았다.

내가 아이비 덩굴이 드리워진 레스토랑 건물 쪽으로 돌아섰을 때 입구에서 나를 기다리고 있는 마크와 스티븐이 눈에 들어왔다. 슈트에 넥타이를 맨 마크와, 빈티지 청바지에 부츠를 신은 스티븐은 정말로 잘 어울리는 커플 같아 보였다.

스티븐이 주머니에 양손을 찔러 넣고 서서 매력적인 얼굴에 환한 웃음을 머금었다.

"박수라도 쳐주고 싶었어요. 멜로 영화보다 더 멋진 장면이던데요."

나는 얼굴이 달아올라 발가락을 자꾸만 꼼지락거렸다.

마크가 문을 열어주며 들어가라고 손짓했다.

"이제 보니 내가 크로스의 여성편력을 조심하라고 했던 그 충고 말이야, 그냥 무시해도 되겠어."

"절 안 자르셔서 감사해요. 아니면 자르기 전에 밥부터 먹여주시는 거라고 해도요."

여종업원에게 예약 확인을 하며 기다리는 동안 내가 얼굴을 찡그리며 대꾸했다.

스티븐이 내 어깨를 툭 쳤다.

"당신 같은 직원을 놓치면 아쉬운 사람은 마크예요."

마크는 나에게 의자를 빼주며 생긋 웃었다.

"자넬 자르면 스티븐에게 자네 애정사의 최신 소식을 어떻게 들려주나? 사실, 스티븐이 멜로 드라마 중독자거든. 로맨틱 드라마에 환장해."

내가 코웃음을 쳤다.

"설마요."

스티븐이 자신의 턱을 쓱 쓸며 빙긋 웃었다.

"어느 쪽으로도 인정하지 않겠어요. 남자에겐 비밀이 필요한 법이니까."

그 말에 입 꼬리를 말아 올리긴 했지만 나 자신의 말 못할 비밀이 생각나 마음이 아팠다. 그 비밀을 털어놔야 할 시간이 너무 빨리 온 것 같아, 그것도 마음이 아팠다.

5시 정각, 나는 비밀을 털어놓기 위해 마음을 다잡고 있었다. 기데온과 같이 벤틀리에 탈 때는 긴장되고 우울했다. 시선을 외면한 채 앞만 보는 내 얼굴을 옆에서 유심히 살펴보는 그가 느껴지자, 불안감은 더 커졌다. 그가 내 손을 잡아 입술로 가져갈 때는 울고 싶었다. 공원에서의 말다툼 후에 아직도 앙금이 다 안 풀렸지만, 그것은 우리가 해결해야 할 문제의 작은 부분에 불과했다.

그의 아파트에 도착할 때까지 우리는 서로 아무 말도 하지 않았다.

그의 집으로 들어가자 그가 나를 데리고 멋지고 호화로운 거실과 복도를 지나 곧장 침실로 갔다. 그곳 침대 위에, 기데온의 눈동자 색과 똑같은 파티 드레스와 바닥까지 끌리는 검은색 실크 가운이 펼쳐져 있었다.

"어제 저녁 약속에 가기 전에 잠깐 쇼핑 좀 했지."

그가 말했다.

그의 배려에 기뻐서 불안한 마음이 살짝 풀렸다.

"고마워요."

그가 화장대 옆 의자에 내 가방을 내려놓았다.

"당신이 집에서 편안하게 있었으면 해서. 저 가운이 싫으면,

내 옷 중에서 뭐든 꺼내 입어도 괜찮아. 내가 와인 한 병을 딸 테니까 마시면서 마음을 좀 가라앉혔으면 좋겠어. 얘기는 당신이 준비되면 그때 하고."

"가볍게 샤워 좀 하고 싶어요."

공원에서의 일과 내가 그에게 해야 할 얘기가 서로 상관없는 문제여서 그 둘을 별개로 다룰 수 있다면 얼마나 좋을까. 하지만 나에겐 선택의 여지가 없었다. 하루하루가 조마조마했다. 언제라도 누군가가 기데온에게, 나에게 직접 들어야 할 그 얘기를 할지도 모르는 상황이었다.

"앤젤, 당신이 뭘 원하든, 어려워 말고 편안히 얘기해도 돼."

발을 떼어 욕실로 들어가려는데 그가 말했다. 그의 목소리에서 무거운 걱정이 느껴졌다. 하지만 그 고백은 내가 나 자신을 더 잘 추스를 때까지 참아야 했다. 그런 제어력을 얻으려고 샤워할 시간을 번 것이기도 했다. 그런데 유감스럽게도 바로 그날 아침에 그와 함께 했던 샤워가 떠올랐다. 그 샤워가 커플로서의 처음이자 마지막 샤워는 아닐까?

마음의 준비를 하고 나와 보니 기데온이 거실 소파 옆에 서 있었다. 허리선이 골반까지 내려오는 검은색 실크 파자마 바지로 갈아입고 있었다. 그는 달랑 그 바지만 입고 있었다. 벽난로에서 작은 불꽃이 깜박였고 커피 테이블에는 와인 한 병이 얼음 가득한 와인 버킷에 담겨 있었다. 테이블 중앙엔 아이보리색 초들이 놓여, 난로의 불빛을 제외하면 초의 금빛 불꽃만이 거실을 밝히고 있었다.

"실례합니다."

내가 방문턱에서 말했다.

"기데온 크로스는 어디 가셨나요? 그 사람 사전에는 '로맨스'라는 단어는 없어서요."

그가 부끄러운 듯 씩 웃었다. 벗은 몸의 남성적 섹시미와 대조적인 소년 같은 미소였다.

"그런 생각으로 해놓은 건 아니고, 어떻게 하면 당신을 기쁘게 해줄까 궁리하다가 해본 건데. 제발 효과가 좋길 기대하면서……."

"당신 자체만으로도 나에겐 기쁨인 걸요."

나는 발목에 휘감기는 검은색 가운 자락을 나풀거리며 그에게로 갔다. 나에게 선사해준 선물과 어딘지 어울리는 그의 표정이 매우 좋았다.

"그래야지. 내가 얼마나 노력하고 있는데."

그가 진지하게 말했다.

나는 그 앞에 멈춰 서며 멋진 얼굴과 어깨, 스치듯 흘러내린 섹시한 머리끝을 넋을 잃고 바라보았다. 양 손바닥으로 그의 팔뚝을 쓸어내리며 단단한 근육을 쥐어봤다. 그러고는 그의 품 안으로 바짝 붙으며 가슴에 얼굴을 묻었다.

그가 두 팔로 나를 안으며 속삭였다.

"점심 때 바보처럼 군 것 때문인가? 아니면 나에게 다른 할 말이 있는 거야? 말해봐, 에바. 그럼 내가 괜찮다고 말해줄 테니까."

나는 그의 가슴에 코를 비볐다. 뺨을 간질이는 곱슬곱슬한 가슴털을 느끼며, 나에게 위안을 주는 그 익숙한 살 냄새를 들이마셨다.

"좀 앉아요. 내 얘기를 해줄게요. 치욕스러운 얘기요."

내가 몸을 떼자 기데온은 마지못해 하며 나를 놓아주었다. 나는 소파에 앉아 두 다리를 끌어당겨 웅크렸고 그는 두 개의 잔에 황금빛 와인을 따른 후에 와서 앉았다. 그는 나에게로 몸을 기울이며 한 팔을 소파 등받이에 두르고 다른 손으론 자기 잔을 잡은 자세로 나에게 온 관심을 쏟았다.

"좋아요. 이제 얘기할게요."

나는 입을 떼기 전에 숨을 크게 들이마셨다. 점점 빨라지는 맥박 때문에 어지러웠다. 이렇게 긴장된 적도, 이렇게 뱃속이 울렁거렸던 적도 처음인 것 같았다.

"엄마와 아빠는 결혼을 안 하셨어요. 두 분이 어떻게 만났는지는 잘 몰라요. 엄마도 아빠도 그 얘긴 안 해주시니까요. 엄마는 부유하게 자라셨어요. 갑부 집안과 결혼할 만큼은 아니었지만 대다수 평범한 서민들보다는 풍족하셨어요. 그때 엄만 사교계에 데뷔를 앞둔 아가씨였어요. 무도회장에 입장할 때 입을 화이트 드레스와 소개 인사까지 다 준비돼 있었어요. 날 임신하신 건 의절을 당할 만한 실수였지만 그래도 엄만 날 지키셨어요."

나는 내 잔을 내려다보며 말을 이었다.

"그 점에 대해선 엄마가 정말 존경스러워요. 아기를, 그러니까 나를 지우라는 압박이 많았지만 끝까지 낙태를 안 하고 버티셨으니까요."

그의 손가락이 샤워를 해서 축축해진 내 머리를 빗질하듯 쓸었다.

"그건 나로서도 행운이었군."

나는 그의 손가락을 잡고 손가락 마디에 입을 맞추다 그 손을 내 무릎 위로 가져왔다.

"애 딸린 몸이었지만 엄만 백만장자를 잡을 수 있었어요. 나보다 두 살 많은 아들을 둔 홀아비였는데 그래서 두 분 모두 완벽한 결합이라고 생각하셨던 것 같아요. 아저씬 출장이 많아서 집에 계시는 날이 드물었고 엄만 아저씨의 돈을 쓰면서 아저씨 아들을 키웠죠."

"난 돈의 필요성을 잘 이해해, 에바. 나도 돈이 필요하니까. 그 든든한 힘이 필요한 거지."

그가 나직이 말했다.

우리의 시선이 마주쳤다. 그런 소소한 고백으로 우리 사이에 특별한 뭔가가 통하는 듯한 감정이 느껴졌다. 덕분에 다음 얘기를 꺼내기가 더 쉬워졌다.

"내가 열 살 때, 의붓오빠에게 처음으로 강간을 당……."

그의 손 안에서 와인 잔의 다리가 뚝 부러졌다. 와인이 쏟아지기 전에 그가 잔의 윗부분을 잡았다. 동작이 흐릿하게 보일 정도로 아주 잽싸게.

나는 후다닥 일어났고 그도 동시에 자리에서 일어섰다.

"베이지 않았어요? 괜찮아요?"

"괜찮아."

그가 입술을 깨물며 말했다. 그러나 주방으로 들어가 깨진 잔을 내던져 더 산산조각을 냈다. 나는 손이 떨려서 내 잔을 살살 내려놓았다. 싱크대 문이 열렸다 닫히는 소리가 들렸다. 잠시 뒤에 기데온이 더 짙은 뭔가가 담긴 큰 컵을 들고 돌아왔다.

"앉아, 에바."

나는 그를 빤히 쳐다봤다. 몸이 굳어 있었고 눈은 얼음처럼 차가웠다. 그가 손으로 얼굴을 문지르며 좀 더 부드럽게 말했다.

"앉아……, 어서."

나는 무릎에 힘이 풀려 소파 끝에 걸터앉으며 가운을 더 꼭 여몄다.

기데온은 그대로 선 채로 손에 든 뭔지 모를 그것을 한 모금 벌컥 들이켰다.

"그게 처음이었다니, 그럼 대체 몇 번이나?"

나는 마음을 가라앉히려 의식적으로 호흡을 가다듬었다.

"잘 모르겠어요. 세보지도 못했어요."

"누구에게든 얘기했어? 어머니에게는?"

"못했어요. 엄마가 아셨다면 날 구해주셨을 거예요. 하지만 나단 오빤 날 잘 알았어요. 내가 너무 겁이 나서 말하지 못할 거라는 걸요."

나는 입 안이 바짝 타고 갑갑해서 침을 삼키려다 목이 사포로 문지르는 듯 화끈거려서 움찔했다.

"너무 못 견디겠어서 엄마에게 털어놓을 뻔했던 때가 한 번 있었는데 나단 오빤 내가 곧 얘기할 것 같다는 낌새를 눈치채곤 키우던 고양이의 목을 부러뜨려 내 침대에 놔뒀어요."

"맙소사."

그가 가슴을 들먹거렸다.

"그냥 개자식이 아니라 미친놈이잖아? 그 미친놈이 당신을……. 에바."

"틀림없이 집에서 일하는 사람들은 알고 있었어요."

나는 꼬아 모은 두 손을 물끄러미 쳐다보며 멍한 정신으로 이야기를 계속했다. 어서 다 끝내고 나서, 어서 다 털어놓고 나서 다시 내 머릿속 상자에 꼭꼭 숨겨둔 채로 하루하루 잊어버리고 살고 싶었다.

"그런데 다들 아무 얘기도 안 했어요. 그들도 겁을 먹고 있는 것 같았어요. 어른이었는데도 한 마디도 못했죠. 어린 나는 어땠겠어요. 그렇게 큰 어른들도 어떻게 못하는데, 어린 내가 뭘 할 수 있었겠어요."

"어떻게 빠져나왔어? 그 악몽이 언제가 돼서야 끝난 건데?"

그가 쉬어서 잠긴 목소리로 물었다.

"열네 살 때였어요. 그냥 생리인 줄 알았는데 피가 너무 많이 쏟아졌어요. 엄마가 놀라서 어쩔 줄을 몰라 하며 날 응급실로 데려가셨어요. 유산이었어요. 병원에서 검사를 하다가……, 몸에 다른 이상이 있는 것도 발견했어요. 질과 항문에서 상처 자국이……."

기데온이 테이블 끝에 잔을 쾅 내려놓았다.

"미안해요."

내가 작게 말했다. 토할 것처럼 속이 울렁거렸다.

"자세한 것까진 얘기하고 싶지 않았지만 누군가 캐내면 밝혀질 일이라 안 할 수가 없었어요. 병원에서 아동 당국에 그 일을 보고해서 공식기록으로 남았거든요. 봉인해놓긴 했지만 그 일을 아는 사람들이 있어서 문제인 거죠. 엄마가 스탠튼 아저씨와 결혼하셨을 때 아저씬 그 봉인을 더 강력하게 단속하며 돈을 대가로 누설하지 않겠다는 합의……, 같은 걸 받아내셨어요. 하지만 당신은 알 권리가 있어요. 이 일이 밝혀지면 당신이 난처해질 수도 있으니까요."

"난처해지다니? 말도 안 돼."

그가 분노로 목소리를 떨며 매섭게 말했다.

"기데온-."

"이 일을 기사화하는 기자는 누구든 기자 생활을 끝장내고 글을 게재한 발행사는 폐간시켜버리겠어."

그는 분노에 북받쳐 차갑고 냉담했다.

"당신에게 상처를 준 그 짐승 같은 놈을 찾아내고 말겠어, 에바. 어디에 있든 꼭 찾아내서 가만히 놔두지 않을 거야. 차라리 죽고 싶어 할 만큼 지독하게."

나는 온몸에 소름이 돋았다. 그냥 하는 빈말이 아닌 것 같았다. 그의 얼굴과 목소리에서 진심이 담긴 의지가 느껴졌다. 그리고 그가 뿜어내는 기운과 날카롭게 날선 눈의 초점에서도 알 수 있었다. 그는 그냥 겉모습만 다크 앤 데인저러스가 아니었다. 기데온, 그는 원하는 것은 무슨 일이 있어도 이루고 마는 그런 남자였다.

나는 소파에서 일어났다.

"그럴 가치도 없는 인간이에요. 그렇게 당신의 시간을 할애할 가치도 없어요."

"당신 때문이야. 당신은 나에게 그럴 만한 사람이니까. 나쁜 새끼. 빌어먹을 개자식."

나는 온기가 필요해 난로가로 가까이 다가갔다.

"입만 막는다고 되는 게 아니라 돈의 추적도 빌미가 될 거예요. 경찰과 기자들은 늘 돈의 흐름을 쫓게 마련인데 누군가가 의문을 품을 소지가 있거든요. 엄마가 첫 번째 결혼을 정리하면서 위자료 200만 달러를 받았는데 어째서 그 딸은 500만 달러의 보상금을 받았는지 말이에요."

그가 갑자기 분노를 가라앉히는 것이 쳐다보지 않아도 느껴졌다. 나는 계속 말을 이었다.

"물론, 그 보상금은 이제 원래 액수보다 엄청나게 많이 불어나 있을 거예요. 손도 대고 싶지 않은 돈이라 내팽개치듯 증권사에 맡겨놓았고, 그 계좌는 스탠튼 아저씨가 관리하고 계시거든요. 누구나 알다시피 아저씨는 미다스의 손이시니까요. 혹시 내가 당신 돈을 보고 접근한 게 아닌가 싶어 걱정한 적이 있다면……."

"그만."

나는 돌아서서 그를 마주 봤다. 그의 얼굴을, 그의 눈을 바라봤다. 연민과 참혹함이 느껴졌다. 하지만 가장 마음 아픈 건 눈으로 보이는 그런 것이 아니었다. 그것은 내가 느껴본 최악의 악몽이었다. 내 과거가, 나에게 끌리는 그의 마음에 안 좋은 영향을 미칠까 봐, 그것이 두려웠다.

전에 캐리에게 말한 적이 있었다. 기데온은 그릇된 이유에 매달려 내 옆에 머무를지 모른다고. 그가 여전히 내 옆에 있더라도, 나는 어떤 식으로든 그를 잃게 될지 모른다고. 내 마음과 의지가 아무리 간절해도 말이다.

정말 그런 것 같았다.

《크로스파이어 유혹 2》로 이어집니다.

KI신서 4582

크로스파이어 유혹 1

1판 1쇄 발행 2012년 12월 11일
1판 2쇄 발행 2013년 2월 28일

지은이 실비아 데이 **옮긴이** 정미나
펴낸이 김영곤 **펴낸곳** (주)북이십일 19.0
부사장 임병주
MC기획1실장 김성수 **DC개발팀장** 정지연
책임편집 이보람 **디자인** 윤정아 **해외기획팀** 정영주 조민정
영업본부장 최창규 **영업** 이경희 정병철 정경원
마케팅본부장 주명석 **마케팅** 민안기 김해나 김다영 이은혜
출판등록 2000년 5월 6일 제10-1965호
주소 (우 413-120) 경기도 파주시 회동길 201(문발동)
대표전화 031-955-2100 **팩스** 031-955-2151
이메일 book21@book21.co.kr

ISBN 978-89-509-4539-8 04840
978-89-509-4541-1 04840(SET)
책 값은 뒤표지에 있습니다.